KB209976

사이드 캐릭터의 공식

8 STEPS TO SIDE CHARACTERS
How To Craft Supporting Roles With
Intention, Purpose, And Power

사이드 캐릭터의 공식

8 Steps to Side Characters

사샤 블랙 지음

정지현 옮김

추천의 말

김보영
소설가, 『사바삼사라 서』 저자

↳ '빌런과 히어로 만들기도 바쁜데 사이드 캐릭터까지 살펴야
하는가' 하며 허투루 넘기지 말기를. 이 책은 캐릭터의 다양성과
조화를 말한다. 그 위치 짓기와 연결성을 말한다. 그리하여
궁극적으로 인물이라는 자재로 소설을 탄탄하게 건축하는 법을
말한다.

중심인물을 넘어서서 다채로운 인물 군상으로 그대의 소설을
구석구석 풍요롭게 하라. 캐릭터는 진짜 사람이 아니다. 진짜
사람은 서로 비슷비슷할 수도 있고, 목적 없이 존재할 수 있고,
우리 인생에 관여하지 않으면서 우리 주변을 어슬렁거릴
수도 있겠지만 캐릭터는 그렇지 않다. 캐릭터는 이야기의
조각이다. 저마다의 목적과 역할이 있어야 하며 소설의 주제에
다각도로 관여해야 한다. 주인공의 영역을 침해하지 않으면서도
제자리에서 저마다의 소임을 다해야 한다. 그러면서도 생생하게
살아 있어야 하고 자기만의 삶이 있어야 한다. 이 책은 이를 모두
이해하게 해준다. 여러분의 소설에서 쉬이 흐릿해질 수 있는
주변부의 해상도를 높여준다. 그 무엇보다도, 이 책은 미친 듯이
웃기다.

천선란

소설가, 「모우어」 저자

↳ 주인공은 혼자 벽을 보고 무언가를 깨닫지 않는다. 당연한 말처럼 들리겠지만 소설을 써보기 전까지는 미처 생각하지 못하는 부분이다. 그렇다면 주인공에게 깨달음의 한마디를 던질 수 있는 사이드 캐릭터는 어떻게 만들어야 할까?

주인공은 작가의 손에서 운명적으로 탄생한다면 사이드 캐릭터는 철저한 계산과 규칙으로 만들어진다. 주인공이 마음껏 뛰어놀기 위해서는 그 공간에 함께 존재하는 사이드 캐릭터도 살아 있어야 한다. 2차원 세계에서 주인공만 3차원으로 우뚝 서 있다면 장면을 잘못 찾아온 것이다. 사이드 캐릭터는 말하는 벽이 아니다. 우리는 사이드 캐릭터가 주인공과 함께 걸을 수 있도록 숨을 불어넣어줘야 한다. 이 책은 그 과정을 어려워하는 모든 창작자를 위한 가이드다. 서사 속에서 방황하는 당신에게 깨달음을 주는, 그리하여 한 줄기 빛을 발견하도록 하는 마성의 캐릭터가 탄생할 것이다.

일러두기

• 본문에 예시로 든 책, 영화, 드라마 등의 경우 국내에 정식 출간, 방영된 작품은
  한국어판 제목으로 적었으며, 국내에 소개되지 않은 작품은 제목을 임의 번역한 후
  원제목을 병기했습니다.

남들과 달라서, 이상해서, 특이해서
소외감을 느껴본 적 있는 모든 작가를 위하여.
당신은 사이드 캐릭터가 아니라 주인공입니다.
당신에게 이 책을 바칩니다.

차례

규칙 따윈 집어치워라

지금까지 지은 책들 중에 이 책은 가장 '쓸 수밖에 없어서 쓴 책'이었다. 근육질의 히어로를 조각하고, **똑같이**(강조 표시한 이유는 그래야 마땅하기 때문이다) 공을 들여 최고의 빌런을 만들었다면 그다음에는 이제 조연들로 시선을 향하지 않을 수가 없었던 것이다. 이제 친구, 조력자, 멘토, 이간질하는 자 등 온갖 다양한 조연들의 차례다.

나는 캐릭터에 관한 책을 쓸 때마다 그 캐릭터를 개발하는 것이 중요한 이유를 설명한다. 빌런은 갈등과 스토리텔링에 필수적이다. 히어로는 작가의 이야기를 전달하는 렌즈다. 그렇다면 사이드 캐릭터는 어떨까? 이미 짐작했을 수도 있고 아닐 수도 있겠지만, 사이드 캐릭터는 정말 어마무시하게 중요하다. 이 성가신 자들은 당신의 주인공을 지탱하는 기둥이므로 반드시 관심을 쏟아야 한다.

보통 작가는 땅콩버터젤리 샌드위치에 잼을 바르는 것처럼 소설에 사이드 캐릭터를 몇 명 그냥 끼워 넣는다. 쯧쯧. 주인공을 받쳐주는 이 귀염둥이가 그런 취급을 받아서야. 우리는 멋진 주인공과 사악한 빌런을 조각하는 것처럼 사이드 캐릭터도 온갖 기술을 동원하고 전력을 다해 그려내야 한다.

확실히 밝히건대, 이 책은 캐릭터와 캐릭터화를 전반적으로 개선하기 위한 요령을 전하되 사이드 캐릭터에 집중할 것이다. 주로 '사이드 캐릭터'라는 명칭을 사용하겠지만 때에 따라 조연, 부차적 캐릭터, 서브 캐릭터처럼 잘 어울리는 표현도 사용할 예정이다.

잠시 규칙에 대해 곰곰이 생각해보자.

규칙은 곰 인형이나 달콤한 시럽, 아기 토끼같이 작고 사랑스러운 존재다.

곰 인형은 어린애들이나 좋아하지.

난 시럽이 싫다.

그리고 아기 토끼는….

우리 집 고양이는 주말 특식으로 아기 토끼를 먹는다. 이 문장에 아무런 악의가 없음을 밝히며 아기 토끼 보호 위원회에는 정중한 사과의 말을 전하는 바다.

사이드 캐릭터 애길 하다가 왜 시럽과 토끼 얘기로 빠지냐고? 작가 동지여, 지금쯤이면 내가 본격적으로 유익한 정보를 나눠주기 전에 한 챕터 동안 장광설을 늘어놓는다는 걸 잘 알지 않는가(몰랐다면 이제 알아둘 것). 약속하건대 사이드 캐릭터 만드는 방법은 곧 다룰 것이다.

어디까지 얘기했더라? 아, 규칙 얘길 하고 있었지.

글쓰기에 관한 규칙은 솜털이 보송보송하고 귀여워 보이지만 사실은 문학의 신이 내린 사악한 규제다. 규칙은 뮤즈와 풋내기 작가, 베테랑 작가의 적이다. 그 규칙의 목표는 단 하나다. 당신의 글쓰기 작업을 방해하고 상상력을 가로막는 것. 명망 있는 교수들은 부사를 싫어하고 심지어 의도적인 반복도 나쁘다고 말하지만, 작가 중에는 부사를 절대 필터링하면 안 된다고 생각하는 사람도 많다. 규칙은 너무 많은 데다 대부분 헛소리다.

소설 쓰기는 예술이다.

예술은 주관적이다.

군더더기 없는 산문체를 선호하는 독자도 있지만 방종하고 풍성한 산문체를 선호하는 사람도 많다. 그래서 음악에도 알앤비, 덥스텝, 어쿠스틱이 있는 것 아니겠는가. 사람마다 선호하는 소리의 색깔이 다르니까. 우리 사랑하는 독자들에게도 저마다 좋아하는 문체가 있는 것이고.

하지만… 내가 아무리 규칙을 어기는 것을 좋아해도 소위 '글쓰기 규칙'이 생겨난 이유가 있다는 사실을 인정하지 않으면 태만한 처사일 것이다. 규칙은 대부분 작가가 말하고자 하는 바를 정확히 표현하도록 도와주기 위한 지침이자 제안으로 생겨났다. 작가의 생각과 달리 심한 숙취에 시달리는 것처럼 횡설수설할 수 있으니까 말이다. 시간이 흐르면서 '이른바' 규칙은 기본법이 되었다. 글 좀 쓴다는 누군가가 나머지 미천한 작가들 앞에서 신 노릇을 한 것이다. 정말로 터무니없는 실수였다.

당신의 글쓰기 페티시즘이 뭐든 괜찮다. 부사가 그렇게 좋으면 단어 끝마다 마구 문질러도 된다. 부사는 내 타입은 아니지만 당신이 좋다면야 말리지 않겠다.

실력만 있으면 그 어떤 규칙인들 어겨도 된다. 이 책에서 반드시 무엇을 해야만 한다고 해도 따르지 않아도 된다. 논쟁을 벌이려고 이 책을 쓴 게 아니니까. 당신의 이야기를 위해 탄탄한 사이드 캐릭터를 만드는 원칙과 기법을 알려주고 싶을 뿐이다.

하지만 같은 장르의 다른 소설책을 많이 읽고 연구하기를 바란다. 규칙 따위는 아무래도 좋지만 독자들이 어떤 장르에

대하여 으레 기대하는 트롭이 있다는 사실을 잊으면 안 된다. 예를 들어 로맨스 장르 독자는 해피엔드가 아니라면 대체로 불만스러워할 것이다. 판타지 장르 독자는 대서사시를 기대하는 경향이 있으며 범죄소설 독자는 시체가 등장하기를 바란다. 이처럼 중요한 '법칙'도 있다.

이 책에서는 특정한 장르에서 반복되는 패턴인 트롭에 따라 조연의 구성 방법을 자세하게 설명하지 않겠다. 그러려면 백과사전 정도의 분량이 나올 것이고 자신이 쓰는 장르를 연구하는 일은 작가인 당신의 과제니까.

이것을 작가의 첫 번째 숙제라고 생각하라. 만약 책장을 훑지 않고서 최소 다섯 개의 트롭 또는 장르의 일반적인 스타일과 길이, 톤에 관해 술술 설명할 수 없다면 장르를 제대로 안다고 할 수 없다. 이참에 책방으로 행차해서 책을 좀 사라. 같은 장르에서 활동하는 인디 작가의 책을 사주면 더 좋고.

그렇게 했는가?

잘했다.

나는 내 책을 집어 든 독자에게 미리 경고하는 것을 좋아한다. 다음에 해당하는 사람은 이 책을 읽지 말아야 할지어다.

✔ 히어로와 빌런 만들기에 대한 조언을 얻으려는 사람

음… 그런 책은 이미 썼다. 주인공이나 빌런 만들기에 대한 구체적인 정보를 얻고 싶다면 내가 쓴 다른 책 두 권이 도움될 것이다.

• 『히어로의 공식』
• 『빌런의 공식』

물론 이 책에서 히어로와 빌런을 비롯해 모든 캐릭터를 개발하는 데 유용한 법칙도 다루지만 주로 사이드 캐릭터에 초점을 맞춘다.

✔ 캐릭터 개발에 관심 없는 사람

이 책의 제목을 제대로 보지 못한 건가? 기교나 캐릭터, 전반적인 글쓰기는 안전지대에서 벗어나 새로운 한계로 자신을 밀어붙어야만 발전할 수 있다. 어느 부분에 개선이 필요한지 알고 노력을 쏟아부을 생각이 없다면 이 책을 읽어봤자 시간 낭비에 불과하다. 난 돌려 말하지 않는다. 늘 단도직입적으로 말한다. 내 콘셉트다. 지금쯤은 익숙해졌겠지만.

∨ 어두운 유머나 욕설을 싫어하는 사람

난 입이 좀 더럽다. 거친 내 주둥이의 이름은 헬가고 나이는 적어도 856세(하고도 반)다. 한마디로 늙은이 같고 비틀린 유머 감각을 가졌으며 거친 입담을 늘어놓는 걸 즐긴다. 내가 평생 짊어지고 가야 할 짐이다. 헬가는 마마이트처럼 사람에 따라 좋아하거나 싫어하거나 호불호가 꽤 강하다. 당신이 싫어하는 쪽에 속한다고 해도 이해할 것이다.

이 책에서 나는 내가 쓴 책뿐만 아니라 인기 도서와 TV 드라마, 영화도 예시로 사용한다. 왜냐고? 아무래도 책보다는 TV와 영화 작품의 인지도가 훨씬 높기 때문이다. 따라서 영화를 예로 들면 더 많은 독자가 공감할 수 있다. 게다가 영화는 작가들이 400쪽이나 걸려서 하는 일을 90분 안에 해낸다. 스테로이드 맞은 책이나 마찬가지다. 압축적이고 좋은 영화들은 아주 훌륭한 이야기 구조로 되어 있다. 논란이 많은 건 알지만, 디즈니 영화는 여러 다양한 스토리텔링 장치의 훌륭한

18

예시를 보여준다. 분명 배울 점이 있다.

나는 '실제' 책이나 영화를 예로 들고 인용하는 것을 선호하지만 내가 죽기 전에 이 책이 세상의 빛을 보려면 구체적인 사례를 찾아 무수히 많은 책을 대대적으로 뒤지는 것보다 그냥 사례를 만들어내는 게 더 빠를 때도 있다. 본문의 내용을 읽는 데만 그치지 말고 당신의 장르에서 직접 사례를 찾아보고 연구하는 일도 꼭 필요하다.

각 '단계'의 시작 부분에 스포일러 경고를 표시했다. 어떤 작품은 첫 문장만 언급하고 또 어떤 작품은 소설 전체를 분석하지만, 모두 스포일러로 묶었다.

이쯤 하면 규칙 타파와 개인주의에 대해 충분히 얘기한 것 같다.

소매를 걷어붙이고 멋진 사이드 캐릭터를 만들기 위해 뛰어들 준비가 되었는가?

좋다.

자, 그럼 시작하자.

Step ›› 1

사이드
캐릭터란
무엇인가?

⚠️ **스포일러 경고**

소설

A.G. 하워드의 『로즈블러드Roseblood』
J.K. 롤링의 『해리 포터』 시리즈
J.M. 배리의 『피터 팬』
J.R.R. 톨킨의 『반지의 제왕』 시리즈
게리 폴슨의 『손도끼』
로버트 조던의 『시간의 수레바퀴The
Wheel of Time』 시리즈
로알드 달의 『찰리와 초콜릿 공장』
메리 로비넷 코왈의 『매력적인 역사The
Glamourist Histories』 시리즈
베로니카 로스의 『다이버전트』 시리즈
수잰 콜린스의 『헝거 게임』 시리즈
아서 코난 도일의 『셜록 홈즈』 시리즈
잰디 넬슨의 『하늘은 어디에나 있어』
제이 크리스토프의
『네버나이트Nevernight』
조지 R.R. 마틴의 『얼음과 불의 노래』
시리즈
짐 버처의 『드레스덴 파일즈』 시리즈
찰스 디킨스의 『크리스마스 캐럴』
퍼트리샤 콘웰의 『케이 스카페타』
시리즈
하퍼 리의 『앵무새 죽이기』

영화

〈누가 로저 래빗을 모함했나〉
〈다키스트 마인드〉
〈덤 앤 더머〉
〈라이온 킹〉
〈마이너리티 리포트〉
〈매트릭스〉 시리즈
〈모아나〉 시리즈
〈스타워즈〉 시리즈
〈아담스 패밀리〉 시리즈
〈엑설런트 어드벤처〉 시리즈
〈인크레더블 헐크의 재판The Trial of the
Incredible Hulk〉
〈퀸카로 살아남는 법〉
〈테이큰〉 시리즈
〈토르〉 시리즈
〈토이 스토리〉 시리즈
〈퍼스트 어벤져〉
〈펄프 픽션〉

드라마

〈스타 트렉〉 시리즈

사이드 캐릭터에 관한
잘못된 생각

캐릭터 창조는 수수께끼 같은 과정이다. 대부분 작가의 경우,
캐릭터가 이상한 샘에서 튀어나온다. 뭐라고 콕 짚어서 말할 수
없는 무형의, 뮤즈 같은 영감 말이다.

내가 가장 최근에 겪은 그 순간은 이랬다. 아들과 함께
공원에서 산책하다가 홀로 떨어진 가로등을 지나칠 때였다. 숨이
턱 막히고 사지가 떨리고 아래가 찌릿해지는 영감의 순간이었다.
곧장 걸음을 멈추고 몸을 숙였을 정도였다. 당신도 나와 같다면
찌릿한 번개가 치는 순간 공포와 즐거움을 동시에 느낄 것이다.
이 엄청난 아이디어를 글로 써야 한다는 생각에 두려우면서도,
예술의 여신이 가져다준 놀라운 캐릭터와 줄거리, 주제를
생각하면 너무나도 큰 기쁨을 느낄 것이다.

하지만 달을 향해 울부짖으며 별이 총총한 하늘 아래에서
샴페인을 마시며 춤추기 전에 코끼리만큼 거대한 문제를
인식해야 한다. 예술의 여신은 우리 무릎 위에 다듬어지지 않은
뼈다귀 같은 캐릭터를 친절히 던져주었지만 변덕스럽게도
그 캐릭터를 완전한 플롯에 어울리도록 살을 붙이는 자세한
방법까지는 알려주지 않았기 때문이다. 그 일은 우리가 직접 해야
한다.

게다가 예술의 여신이 나타나기만을 하염없이 기다리는 것은
비생산적인 일이다. 책도 거의 출판하지 못하고 읽어주는 사람은
더더욱 없는 조용한 생활을 보내야 할 것이다. 예술의 여신은

그다음부터는 우리더러 직접 하라고 한다. 손에 피가 날 때까지 캐릭터들을 깎고 또 깎아 곱디고운 대리석 눈썹을 만들어줘야 한다. 그러면 우리의 이야기는 섬세한 감정으로 가득 찰 것이다.

실제로 캐릭터 창조는 다소 이중적인 과정이다. 영감은 이야기의 영혼에서 나올 수도 있지만 무드 보드나 읽거나 본 책, TV 시리즈에서 나올 수 있다. 아, 인간으로 가장한 고름 덩어리들에서도 나올 수 있다. 밥맛 떨어지는 식사 습관을 지닌 직장 동료들 말이다. 그런 인간들을 소설에 넣어 감자샐러드에 독을 타서 죽이지 않는 건 예의가 아니지.

자, 예술의 여신이 우리에게 남긴 문제를 살펴보자. 번쩍이는 영감은 캐릭터의 아주 작은 조각만 가져다줄 뿐이다. 짜증 나는 동료의 식사 습관을 망가뜨리는 게 재미는 있겠지만 식사 습관만으로는 깊이 있는 완전한 캐릭터가 만들어지지 않는다. 캐릭터가 케이크라면 영감은 그저 케이크 한 '조각'을 가져다줄 뿐이다. 그것만으로는 소설이 만들어지지 않는다. 앞으로 할 일이 많다. 캐릭터 창조의 시작일 뿐이다.

처음에 떠올린 영감에서 발전하지 못한 캐릭터는 종이를 오려낸 것처럼 평면적일 수밖에 없다. 믿거나 말거나 이야기는 마법이 깃든 생명체처럼 진화하고 발전한다. 따라서 초기의 영감에서 캐릭터를 더 깊이 발전시키지 못하면 덧없고 기억에 남지 않는 플롯 장치에 불과해진다.

왜냐고? 캐릭터는 깊이가 필요하고 이야기가 진행되는 동안 변화해야 한다. 변하지 않는 캐릭터, 똑같은 말만 늘어놓고 배움도 성장도 없는 캐릭터는 지루하기 짝이 없다.

웩.

물론 똑똑한 멍청이들은 그 규칙에서 예외적인 캐릭터도 있다고 소리칠 것이다.

그럼 '까짓것' 한번 살펴보자.

마법이든 범죄든 단 하나의 명백한 사건으로 각 권이 이루어지는 시리즈의 주인공들은 변하지 않는다. 퍼트리샤 콘웰의『케이 스카페타』시리즈나 짐 버처의『드레스덴 파일즈』시리즈를 생각해보라. 그런 캐릭터는 그게 매력이다. 하지만 시리즈가 진행될수록 그들도 성장하거나 중요한 무언가를 선택하거나 깨닫거나 일상이 달라지면서 어떤 식으로든 조금씩 변한다. 만약 그들이 전혀 변하지 않는다면 주변 환경을 대신 바꿀 것이다.

이제 앞으로는 조연을 단순히 부가적인 것으로 여겨서는 안 된다. 오늘부터는 점토 틀, 갈비뼈, 끈, 철사 절단기, 브러시, 키보드, 쇠톱, 드릴 날을 꺼내자. 또 뭐가 있더라….

에헴.

다시 말해서 이제부터는 올바른 방법으로 캐릭터를 만들어야 한다.

그렇다면 사이드 캐릭터가 정확히 무엇일까?

아니, 처음에는 이야기부터 시작해야 한다.

캐릭터들이 사는 이상한 나라
'이야기'는 대체 무엇인가?

내 다른 책을 읽어본 사람들은 이야기는 곧 변화라는 사실을 잘
알 것이다. 이야기는 한 캐릭터가 경험하는 감정적인 변화다.
하지만 캐릭터는 잠시 접어두고 거들먹거림을 참는다면 이야기의
진정한 골자가 나온다.

이야기는 곧 아이디어가 아닌가? 구체적으로 변화가 어떻게
일어나는지에 대한 아이디어 말이다. 변화가 캐릭터와 그의
인간관계에 어떻게 영향을 미치는지. 작가 리사 크론은 이야기가
인간의 관계에 따르는 대가라고 말했다. 이것보다 더 맞는 말이
있을까. 생각해보라. 세 가지 이야기를 무작위로 들어보자.

- 『헝거 게임』: 가족을 지킨 대가
- 『피터 팬』: 가질 수 없는 사람을 사랑한 대가
- 〈테이큰〉: 자식을 사랑한 대가

물론 이 이야기들은 겉으로는 그렇게 보이지 않을 수도 있다.
그도 그럴 것이 『헝거 게임』은 디스토피아를 배경으로 부패한
권력의 공포에 맞서 목숨을 건 싸움을 다루고, 『피터 팬』은 요정과
해적, 상상력, 선악의 구현을 다룬 이야기며, 〈테이큰〉은 뛰어난
실력을 가진 남자에게 걸려온 섬뜩한 전화를 시작으로 펼쳐지는
긴장감 넘치는 액션 영화니까.

하지만 세 이야기 모두 그 이상이다.

〈테이큰〉은 자식을 향한 깊고 절박한 사랑을 구현한다. 자식을 지키기 위해서라면 지구 끝까지라도 가겠다는 부모의 마음이 이 영화의 핵심 아닌가? 캐릭터는 소설의 영혼, 이야기 속에 묻혀 있는 생각, 즉 주제를 구현한다.

당신의 캐릭터는 걸어 다니는 은유이자 불시에 날아오는 주먹과도 같다. 모두가 책장 사이에 숨겨진 무형의 관념(주제)을 구현한다. 캐릭터가 없으면 이야기도 없다. 캐릭터는 주제고 행동이고 감정이다. 이야기, 변화, 주제가 전달되는 방식이다.

다 알겠으니 이제 사이드 캐릭터가 뭔지 빨리 좀 설명해달라고?

무엇이 사이드 캐릭터인지가 아니라 무엇이 사이드 캐릭터가 아닌지를 먼저 알아봐야 한다.

사이드 캐릭터의
성격이 아닌 것

한때 나는 지옥 같은 회사 생활을 하며 상처받은 적이 있다. 그래도 배운 게 하나 있다면 범위의 안팎이라는 개념이다. 회사에서 새로운 프로젝트를 시작할 때는 할 일과 하지 않을 일을 정한다. 다시 말해 무엇이 범위 밖의 일인가를 정한다. 이것은 특히 아랫사람에게 도움이 된다. 왜냐하면 상사가 프로젝트를 다른 방향으로 살살 몰고 가려고 할 때마다 우유부단한 먼치킨의 머리를 쓰다듬으며 겸손하고도 수동 공격적인 목소리로 "그건 아닌데요, 팀장님"이라고 말할 수 있기 때문이다.

범위의 안팎이라는 개념을 가져와 사이드 캐릭터가 무엇이 아닌지를 알아보면서 다시 활용해보자. 당연히 사이드 캐릭터는 프로타고니스트protagonist가 아니다.

dictionary.com에 따르면 프로타고니스트의 정의는 다음과 같다.

> 제1 배역을 연기하는 배우, 말 그대로 '첫 번째 전투원', 즉 '첫 번째'라는 뜻의 'prôt(os)'와 '상을 위해 경쟁하는 사람, 전투원, 배우'라는 뜻의 'agōnistés'가 합쳐진 말.

일반적으로 사이드 캐릭터는 본질이 전투적일 수는 있지만 가장 먼저 전투에 뛰어드는 희생양은 아니다. 그것은 프로타고니스트의 특권이다. 사이드 캐릭터는 중앙 무대를 차지하거나 기차 화통을 삶아 먹은 커다란 목소리로 '돌격'을 외치거나 주도권을 잡거나 최후의 타격을 날리지 않는다. 황금빛 찬란한 영광은 그들에게 내리쬐지 않는다. 그들은 이야기의 본질이다. 그들은 이야기에 꼭 필요한 존재지만 주인공은 아니다. 아무리 떼를 쓰거나 대신 주목받으려고 발버둥 쳐도 소용없다.

작가들은 빌런이나 안타고니스트antagonist를 사이드 캐릭터로 분류하는 경향이 있다. 물론 주인공이 아니니 이해는 간다. 빌런은 다른 책에서 이미 다루었으니 여기에서 또다시 빌런을 자세히 파고들 생각은 없다. 나도 빌런과 안타고니스트를 '일종의' 사이드 캐릭터로 분류하지만 이 책에서는 특별히 빌런 캐릭터에 초점을 맞추지 않을 것이다. 다시 말하자면 이 책의 내용은 사이드 캐릭터뿐만 아니라 빌런 캐릭터의 창조에도 적용할 수 있다.

도대체 사이드 캐릭터는 무엇인가?

지금까지 '사이드 캐릭터란 무엇인가'보다는 '무엇이 아닌가'를 살펴보았다. 이제는 무엇인가로 정의의 범위를 좁혀보자.

공학 용어를 주저리주저리 내뱉는 엔지니어나 끈 이론에 대해 늘어놓는 물리학자도 비슷하다. 좋아하는 것에 대해 얘기할 때는 누구나 눈이 반짝반짝 빛나고 말이 많아진다. 작가는 단어를 좋아한다. 단어는 작가의 '열정'이다. 우리는 쉬지 않고 단어를 내던진다. 그러나 듣는 사람이 눈을 크게 뜨며 쳐다보고 그의 뇌가 피곤해 녹아버리기 전에 동의어를 그만 던져야 한다.

그러니 작가도 히어로와 빌런, 사이드 캐릭터의 차이를 알아야 한다. 그들이 바로 우리의 말이니까.

사이드 캐릭터는 주인공의 심장 동맥이고 새로운 시점이자 관점, 갈등 제조기, 하위 플롯 이행자라고 할 수 있다. 이야기와 캐릭터의 끈적끈적한 내면으로 들어가면 모든 캐릭터는 이야기 뒤에 있는 생각이다. 다시 말해서 주제다.

그들은 주제와 관련한 대화와 행동, 장애물을 토대로 그 주제를 현실로 끌어들인다. 캐릭터는 주제의 관념과 개념을 사실적으로 만들어주는 비유다. 우리는 캐릭터의 행동, 감정, 상호작용을 통해서 주제의 진정한 의미를 이해할 수 있다.

이렇게 생각하라. 책과 주제가 수학 방정식이라면 프로타고니스트는 정답이다. 안타고니스트는 오답이고 사이드 캐릭터는 당신이 중간에 버린 방식 또는 대안이라고 할 수 있다.

중요 단어 정의

이야기 창작에는 수많은 전문용어가 있다. 아크arc와
원형archetype, 주제와 플롯 포인트plot point, 어두운 밤dark
nights… 수없이 많다.

그중에서 우리가 살펴볼 건 바로 캐릭터와 관련된 용어다.
'주요 사이드 캐릭터'와 '보조 사이드 캐릭터' 등 다양한 용어마다
어떤 차이가 있는지 살펴볼 것이다. 하지만 그 전에 몇 가지
큼직한 분류도 해보겠다. 어떤 단어든 끝없이 미묘한 차이에
집착하는 의미론자들도 있겠지만 이 책에선 그럴 시간이 없다. 내
관점에 따른 정의를 제시하고 이 책에서 어떤 식으로 사용할지
이야기하겠다.

캐릭터 대
캐릭터화

간단하지만 무척 중요한 분류다. 캐릭터와 캐릭터화는 같은
의미로 혼용될 때가 많다. 나조차도 그렇다. 하지만 더 이상 그래선
안 될 것 같다. 비록 둘이 비슷해 보이고 실제로 전체에서 핵심적인
부분을 이루긴 하지만 사실은 똑같지 않기 때문이다. 명료함이
중요한 만큼 이 둘에 대해서도 분명히 짚고 넘어가기로 하자.

캐릭터character는 내적이다. 어떤 인물이 어떤 사람인지를 말한다. 다시 말해 핵심적인 특징 같은 것을 가리킨다. 캐릭터는 눈에 보이지 않는다. 하위 텍스트이자 그림자이고, 집의 기초이자 기둥이다. 눈에 보이지 않지만 집을 지탱한다.

캐릭터화characterization는 표면에 드러난 모든 것이다. 캐릭터의 외형이다. 그들이 입는 옷이나 대화할 때의 어조, 그리고 타인이 관찰 가능한 행동이다. 캐릭터화는 한 장면에서 캐릭터를 구현하는 일이다. 캐릭터화는 독자가 본다. 독자의 눈에 바로 보이진 않는 '캐릭터'를 보여준다.

캐릭터와 캐릭터화는 서로 스며들고 통과하고 주변을 맴돌며 영향을 주고받는다. 캐릭터는 안쪽으로 향한다. 캐릭터화는 주로 독자를 향해 바깥으로 향한다. 마치 음양의 관계와 같다. 참고로, 캐릭터와 캐릭터화는 설명하는 대신 보여주어야be shown and not told 독자에게 흥미로운 정보를 드러내 몰입시킬 수 있다.

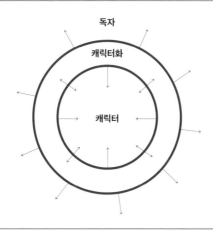

캐릭터
역할

캐릭터 역할은 말 그대로 책에서 캐릭터가 하는 역할을 말한다.
하지만 불편할 정도로 서로 비슷한 캐릭터 원형이 나오는 순간
'캐릭터 역할'은 더 이상 단순해 보이지 않는다. 이 부분은 나중에
다룰 것이다. 먼저 캐릭터 역할을 직업 유형이라고 생각하자.
규모에 상관없이 회사에 다녀본 적 있는 사람이라면 자기만의
직무를 부여받았을 것이다. 픽션에서도 마찬가지인데 딱 하나
작은 차이점이 있다. 픽션에는 고전적인 역할이 그렇게 많지 않다.
'고전적'이라고 하는 이유는 그럼에도 이를 깨는 반란군이나 규칙
위반자 들을 위한 자리가 있기 때문이다. 고전적인 역할은 다음과
같다.

프로타고니스트

프로타고니스트는 이야기의 주인공이다.

> 주인공은 '프로타고니스트'라고도 하며, 이야기 속에서 가장
> 많이 배우고 성장하며 변화하는 존재다. 주인공은 이야기와
> 인물관계도의 중심에서 구심점 역할을 한다.
>
> 사샤 블랙,
> 『히어로의 공식』, 15쪽

프로타고니스트를 만드는 자세한 방법을 알고 싶다면

『히어로의 공식』을 읽어보기를 추천한다.

안타고니스트

나는 빌런과 안타고니스트를 따로 구분하지만 이야기에서
그들은 똑같이 주인공과 대립하고 방해하는 역할을 한다.
차이점이 있다면 안타고니스트는 주인공(또는 히어로)에게
반대하는 캐릭터 또는 사물이다. 안타고니스트가 반드시 빌런일
필요는 없다.

빌런은 히어로에게 반대하므로 안타고니스트다. 그렇지만
빌런은 안타고니스트와 달리 어느 정도 사악함이 있다.

안타고니스트나 빌런을 만드는 방법에 대해 자세히 알아보려면
『빌런의 공식』을 참고하면 된다.

연애 상대

솔직히 연애 상대는 내가 가장 좋아하는 캐릭터 역할 중
하나다. 내 속이 부드럽고 끈적끈적해서가 아니라… 연애 세포가
완전히 죽어 있어서 그렇다.

에헴.

연애 상대의 역할은 말 그대로다. 프로타고니스트가 욕망하는
대상이다. 사람일 수도 있고 아닐 수도 있다. 〈엑설런트
어드벤처〉나 〈덤 앤 더머〉 같은 버디 러브 영화에서 친구들은
서로 성기를 비비고 싶어 하는 사랑은 아니지만 어쨌든 서로
사랑한다. 따라서 친구가 캐릭터 '역할'의 측면에서 연애 상대
기능을 한다.

듀테라고니스트

듀테라고니스트deuteragonist는 빌런과 히어로 다음으로 중요한 인물, 본질적으로 두 번째 프로타고니스트다. 듀테라고니스트는 충성심을 뒤집을 수 있다. 프로타고니스트를 지지하지만 반대할 수도 있다. 범죄 영화의 하위 장르인 하이스트heist film나, '친구' 집단이 중요한 이야기에서는 다수의 듀테라고니스트가 나오기도 한다. 예를 들면 론과 헤르미온느는 해리의 듀테라고니스트 그룹이다. 왓슨 박사는 셜록 홈즈의 듀테라고니스트이고.

포일

일반적으로 포일foil은 빌런 또는 안타고니스트라는 오해가 있다. 물론 그럴 수도 있지만 항상 그렇지는 않다. 포일은 프로타고니스트와 정반대인 캐릭터를 말한다. 그 차이를 이용해서 주인공의 성격을 명료하고 안정감 있게 드러낸다. 〈스타트렉〉의 스팍은 커크 선장과 무척이나 달라서 두 사람의 성격을 정의하는 데 서로 도움이 된다. 『해리 포터』 시리즈의 드레이코 말포이도 그렇다. 물론 말포이는 사소한 안타고니스트 역할도 한다.

원형이란
무엇인가?

원형은 캐릭터가 이야기 속에서 수행하는 기능이다. 나는 원형의
'고전적인' 정의에서 벗어나는 걸 좋아한다. 왜냐하면 원형은
특정한 한 가지 역할에 주로 갇혀 있는 반면 현대문학에서는
캐릭터가 한 원형이라고 해서 단 하나의 목적과 기능을 수행하는
경우는 드물기 때문이다. 그 캐릭터에게도 고유한 하위 플롯과
아크가 있는 경우가 많다. 그 점이 원형의 기능과 다르다.

> 만약 캐릭터가 단 하나의 캐릭터 원형만을 갖고 있다면, 다시
> 말해 그 캐릭터가 처음부터 끝까지 주인공의 멘토 역할만을
> 한다면, 그야말로 아주 평면적이고 지루한 캐릭터가 될 것이다.
> 캐릭터는 반드시 복합적인 면모를 지녀야 한다.
>
> 사샤 블랙,
> 『히어로의 공식』, 74쪽

캐릭터 아크의
유형

어떤 캐릭터는 주인공이 아닐지라도 아크를 가졌고 이야기가
진행되는 동안 아크가 극적으로 변화한다. 또 다른 캐릭터는

매우 일관적이고(보통은 캐릭터화 유형인데 나중에 더욱 자세히 살펴보자) 그 나머지는 중간에 해당한다. 순수주의자는 이 캐릭터들이 전부 별개라고 말할지 모르지만, 나는 이들이 부분집합 관계처럼 서로 공통점이 있어 보인다. 때로는 정적 캐릭터가 전형일 수 있고 상징적 캐릭터가 커다란 변화의 소용돌이에 휘말릴 수 있는 법이다. 그러니 모든 캐릭터마다 강박적으로 이름표를 붙여야 한다는 뜻은 결코 아니다. 당신의 캐릭터 하나가 이 중에서 세 가지에 속한다고 한들 내가 벽돌만 한 책과 채찍을 휘두르며 쫓아가지는 않을 테니 염려 말라. 솔직히 굳이 이런 말로 캐릭터를 설명할 필요도 없다. 우리 같은 글쟁이에게는 단어가 전부지만… 사실 단어는 단어일 뿐이기도 하니까. 워, 진정하고 소파에 앉아라. 이건 그저 당신이 지면에 만들어낸 생명체에 이름표를 붙이고 식별할 때 약간 도움이 될 뿐이다. 그렇다면 캐릭터의 아크 유형은 어떤 것들이 있을까?

동적 캐릭터

동적 캐릭터는 프로타고니스트처럼 이야기에서 극적으로 변하는 캐릭터다. 여기서 중요한 점은 이 캐릭터는 마치 체스 말처럼 어떤 사건이 발생하는 바람에 불가피하게 변화를 맞이한다는 사실이다. 다시 말해 이들의 변화는 자의적이지 않다.

입체적 캐릭터

동적 캐릭터와 마찬가지로 입체적 캐릭터도 소설이 진행되는 동안 변화를 겪는다. 하지만 이들은 줄거리에 의한 강요 없이 스스로 변화하려는 의지가 더 크다. 그들은 일반적으로 아크가 작은 주요 사이드 캐릭터다. 예시로 『해리 포터』의 론과 헤르미온느, 〈모아나〉의 마우이, 『헝거 게임』의 헤이미치 등이 있다.

정적 캐릭터

정적은 변하지 않는 상태를 말한다. 그래서 정적 캐릭터를 다른 말로 평면적 캐릭터라고도 부른다. 깊이 있는 설정이 필요하지 않기 때문에 의도적으로 납작하다.

정적 캐릭터는 줄거리가 진행되는 동안 발전하지 않는다. 발전한다고 해도 얕고 피상적이다. 성격 변화 대신에 그들이 원했던 물질을 얻을 수도 있다. 보통 이들은 단역 또는 카메오 유형에 속하는 사이드 캐릭터다. 긍정적인 조연일 수도 있고 앙심을 품은 조연일 수도 있다.

대부분은 작은 역할이며 자신에 대해 많은 것을 드러내지 않지만 줄거리에서 사소한 기능을 수행한다. 『해리 포터』의 아거스 필치나 〈라이온 킹〉의 티몬과 품바가 여기에 속한다.

그러나 간혹 정적 캐릭터 중에 빌런도 있다. 개인적으로 그런 빌런은 너무 지루하다고 생각하지만 『반지의 제왕』 속 암흑의 군주 사우론 같은 빌런이 이 유형에 속한다.

상징적
캐릭터

상징적 캐릭터는 작품의 주제를 나타내거나 주제의 변형이거나 캐릭터가 쓴 가면보다 더 큰 무언가다. 그들은 동적, 입체적 또는 정적 캐릭터일 수 있다. 예를 들어 『앵무새 죽이기』에 나오는 부 래들리가 있다. 차별과 편견을 상징하는 그는 밥 유얼의 습격을 받고 위기에 처한 남매를 구해줄 만큼 선하지만, 사회에서 소외되어 은둔자로 살아간다.

전형적 캐릭터의
다양한 그림자

고전적인 이론과는 달리 나는 전형적 캐릭터에 두 가지가 있다고 생각한다. 일반적으로 전형적 캐릭터는 고정적이고 변하지 않는 독특한 성격을 가진 인물이다.

전형적 캐릭터를 크게 두 가지로 나누어 살펴보자.

- 기능적 전형
- 캐릭터화 전형

기능적 전형은 종종 원형이라고 불리는 역할을 하는 캐릭터를 말한다. 예를 들어 『해리 포터』의 덤블도어, 『반지의 제왕』의 간달프는 둘 다 '멘토' 역할을 한다. 이들은 기능적 전형이라고 할 수 있다. 그들의 원형인 멘토로서 이야기에서 한 기능을 담당하지만, 여러 가지 다양한 목적을 수행할 수도 있기 때문이다.

캐릭터화 전형은 주로 단역이지만 가끔은 주요 등장인물인 경우도 있다. 그들의 성격적 특성은 고정적이며 원형의 장점뿐만 아니라 극적인 캐릭터화를 위해 창조되는 경우가 더 많다. 예를 들어 〈아담스 패밀리〉의 웬즈데이 아담스, 〈토이 스토리〉의 렉스, 〈퀸카로 살아남는 법〉의 레지나 조지가 있다. 성격적 특성이 무엇이든 간에 이들 모두 강렬하고 일관된 이미지를 가졌다. 웬즈데이가 인상적인 이유는 절대로 웃지 않는 얼굴과 어둡고 뒤틀린 마음 때문이다. 렉스는 무시무시한 공룡이지만 겁이 많고, 레지나는 싹수가 없다. 이것은 그들의 성격이기도 하고 이야기 속에서 효과적이면서도 강렬한 캐릭터화를 이루는 목적이기도 하다. 그리고 그들의 캐릭터화는 갈등을 일으켜 작은 사건을 만들 수 있지만, 멘토처럼 이야기 구조의 중요한 뼈대에 해당하지는 않는다.

명료함이 중요해

영화 〈마이너리티 리포트〉에서 톰 크루즈는 신종 마약 '뉴로인'에 중독되어 살인 사건을 예지하는 능력을 얻는다. 이 영화에서 마약을 예지력으로 활용한 것이 바로 흥미로운 지점이다. 이처럼 그동안 좀처럼 풀리지 않던 문제가 확실히 이해되는 순간을 떠올려보자. 세상이 한 템포 느려지고 눈이 커지고 모든 것이 환해지고 반짝반짝 빛난다. 당신은 어떨지 모르겠지만 나에게는 뇌 오르가슴과 비슷하다.

'사이드 캐릭터'는 이야기 속에서 매우 범위가 넓으므로 누구를 의미하는지 명확히 할 필요가 있다. 사이드 캐릭터의 개념을 해체하는 방법은 여러 가지가 있고 모든 사이드 캐릭터가 똑같지 않다. 가장 간단한 분류법은 주요 사이드 캐릭터, 보조 사이드 캐릭터, 카메오 이 세 가지로 구분하는 것이다.

하지만 용어 사이에 미묘한 차이가 있으므로 명료함이 주는 짜릿한 뇌 오르가슴을 느낄 수 있도록 잠시 설명해보겠다. 난 우리가 앞으로 잘해나가길 바라고 그러려면 지금이 바로 우리의 로맨틱한 첫 만남이 될 것이다. 자, TED 강연에 버금갈 만큼 명료하고 유익한 강연을 시작하겠다.

카메오

카메오는 '엑스트라' 또는 '일회성 캐릭터'라고도 한다. 이들은 한순간 반짝이는 별이다. 그래서 나는 이들을 조루라고 부른다. 이런, 너무 노골적이었나.

그게 아니라…

세상의 모든 책을 걸고 너무 심했다.

다시 해보겠다.

카메오는 이야기 속으로 날아가서 아주 잠깐 환하게 타오른 뒤 깜빡거리며 기억의 저편으로 사라진다.

dictionary.com에 따르면 카메오는 다음과 같다.

> 영화나 텔레비전 연극의 장면에서 유명한 배우가 단역을 연기하는 것.

마블 코믹스 작가 스탠 리를 생각해보라. 이제 고인이 된 스탠 리는 지금까지 만들어진 거의 모든 마블 영화에 출연했다. 아주 짧게 얼굴만 비추고 사라진다. 그는 〈인크레더블 헐크의 재판〉에서 배심원 대표를 연기했다. 〈토르〉에서는 트럭을 이용해서 망치를 당기려고 한다. 〈퍼스트 어벤져〉에서는 나이 지긋한 장군으로 나온다.

YA 소설가 알렉산드라 브래컨은 그의 소설을 각색한 영화 〈다키스트 마인드〉에 카메오로 출연했다. 메리 로비넷 코왈은 그의 책 『매력적인 역사』에 닥터 후를 카메오로 등장시킨다. 미키 마우스와 미니 마우스는 〈누가 로저 래빗을 모함했나〉에 잠깐 모습을 드러낸다.

카메오는 아주 잠깐 등장해 희생하는 존재다. 그들은 어떤 캐릭터의 건강 상태를 보고하거나 배심원의 결정을 법원에 말하는 것처럼 단일한 기능을 수행한다. 카메오는 금박을 입힌 접시에 담겨 무대 위에 올라갔다가 단 한 줄의 대사를 읊은 뒤 죽음을 맞이한다. 여기서 '단 한 줄'은 대충 적은 거다. 그만큼 대사가 적다는 의미니 꼬치꼬치 따지지 마라. 당연히 카메오의 대사는 한 줄보다 많을 수도 있다. 핵심은 대사가 적다는 것이다.

뭐 어쩌겠는가. 썩 반갑지는 않지만 누군가는 해야 할 일이고 카메오가 그 일을 맡는다.

하지만 아주 중요한 질문이 있다. 카메오는 과연 얼마만큼의 디테일이 필요한가?

정답은 별로 많이 필요하지 않다는 것이다.

영화 속 카메오를 떠올려보자. 카메오는 주인공이 거리에서 지나치는 얼굴 없는 사람이다. 카메오는 별로 기억에 남지 않는 옷을 입고 얼굴도 저 뒤편에서 흐릿하게 보인다. 기억에 남는 것이라고는 기껏해야 한두 가지뿐일 것이다. 하지만 대부분은 전혀 기억에 남지 않는다. 바로 그게 카메오의 핵심이다.

영화 〈매트릭스〉에서 훌륭한 보기를 찾아볼 수 있다. 이 영화에는 빨간 드레스를 입은 여자가 등장하는 유명한 장면이 나온다. 주인공 네오는 가상 세계에서 뉴욕 시내처럼 인파로 북적거리는 길을 걷고 있다. 그의 멘토 모피어스는 바로 앞에서 걸으며 중요한 정보를 말해준다. 이곳은 코드로 만들어낸 가상 세계며 모두 거짓이니 자신만 보고 집중하라고. 사람들은 모두 하나같이 검은색 정장을 입고 있으며 통화를 하거나 서류 가방을 들고 있다. 그때 빨간 드레스를 입은 여자가 옆을 지나치며 그의 집중력은 깨지고 만다. 온통 검은색의 물결 속에서 밝은 옷을 입은 단 한 명이었으니 거기로 정신이 팔릴 수밖에 없었다. 모피어스는 네오에게 뒤를 돌아보라고 한다. 네오가 뒤돌아보자 어느새 여자는 사라지고 그의 적인 스미스 요원이 총을 겨누고 있다. 이 장면의 요점은 누구든 스미스 요원이 될 수 있다는 것이다. 그리고 사이드 캐릭터를 위한 요점은 카메오가 단 몇 초 동안 등장한다는 것이다. 하지만 어떤 사람은 〈매트릭스〉를 보고 나서 빨간색 드레스를 입은 매력적인 여자가 나온 장면만 기억에 남을 수도 있다.

　원한다면 카메오의 외모를 묘사해도 되지만 카메오는 독자의 기억에 남을 만큼 오래 등장하지 않고 솔직히 그럴 필요도 없다. 쓸모없는 정보로 독자의 머릿속을 조잡하게 만들지 말고 유용한 것으로만 가득 채워주자.

보조 사이드 캐릭터

카메오의 바로 위 단계는 보조 사이드 캐릭터다. 보조 사이드
캐릭터는 부차적 캐릭터라고도 불리지만, '부차적' 캐릭터보다는
'주요' 사이드 캐릭터와 '보조' 사이드 캐릭터로 분류하는 것이
더 명확한 듯하다. 그러니 여기에서는 부차적 캐릭터 말고 보조
사이드 캐릭터라고 부르기로 하자.

보조 사이드 캐릭터는 카메오보다는 좀 더 길게 등장한다.
말하자면 어디 으슥한 곳에서 재빨리 해치우는… 아, 안 돼.
이상한 상상은 그만하자, 사샤.

휴, 알겠다.

보조 사이드 캐릭터는 카메오 곱하기 5라고 하자. 그는 때에
따라 여러 번 등장할 수도 있다. 카메라로 보면 꽤 매력적으로
보일지 모르지만 영화 속 엑스트라일 뿐이다. 마치 전희 없이
형식으로 치르는 밤일처럼 등장과 동시에 할 일을 한다. 원하는
것을 얻지만 별로 만족하지는 않는다. 보조 사이드 캐릭터는
이야기에 의미 있는 흔적을 남기지 않는다는 점이 중요하다.
책에서 영영 삭제되더라도 별 영향을 미치지 않을 것이다.
그렇다고 이 캐릭터가 아예 쓸모없지는 않다. 유용한 정보를 알고
있거나 주인공을 한 건물로 들어가게 한다든지, 작지만 전개에
반드시 필요한 행동을 유도할 때 제 역할을 톡톡히 해낸다.
그러나 규칙을 어기는 반항아 작가를 제외하면 대체로 보조
사이드 캐릭터는 카메오처럼 잊힌다.

보조 사이드 캐릭터의 역할에는 정보 전달하기, 바텐더나 안내 직원처럼 반복적인 역할, 불쑥 등장하는 친척 등이 있을 수 있다. 그의 역할은 그 세계 자체나 마법 또는 법 체계에 중요할 수 있지만 업무적 관계 외에 이야기나 주인공에게 아무런 영향을 주지 못한다.

카메오와 보조 사이드 캐릭터는 대개 캐릭터 아크가 없다. 캐릭터 아크에 대한 자세한 내용은 6단계의 '아크 짜기'에서 자세히 살펴보자.

이 캐릭터의 예로는 『해리 포터』 속 호그와트 마법 학교의 수위 필치, 〈토이 스토리〉의 펭귄 위지, 『크리스마스 캐럴』 속 스크루지의 사무실에서 일하는 밥 크래칫의 아들 팀, 『헝거 게임』의 매지, 〈스타워즈〉의 킷 피스토, 〈펄프 픽션〉의 제드가 있다.

저런 캐릭터가 있었던가 머리를 긁적일지도 모른다. 바로 그게 핵심이다. 이 캐릭터들은 대부분 크게 기억에 남지 않는다. 독자의 머릿속 한편에 익숙한 가려움증을 유발하는 그런 캐릭터들이다. 기억이 날 것 같으면서도 좀처럼 나지 않는 그런 느낌. 그것이 바로 보조 사이드 캐릭터가 POVpoint of view, 즉 일인칭시점의 캐릭터가 아닌 이유다. 일인칭시점의 캐릭터는 분량과 깊이가 만만찮게 필요하다. 반면에 보조 사이드 캐릭터는 둘 다 적고 얕다.

그렇다면 보조 사이드 캐릭터는
얼마나 많은 디테일이 필요할까?

답은 간단하다. 카메오보다는 많이, 주요 사이드 캐릭터보다는 적게.

보조 사이드 캐릭터는 적어도 조금은 기억에 남을 만큼 결정적인 특징이 묘사되어야 한다. 결국 주인공과 독자는 보조 사이드 캐릭터를 한 번 이상 마주할 것이므로 독자에게 기억이 날 듯 말 듯한 정도의 인상은 남겨줄 필요가 있다. 비중이 낮다고 쓰레기봉투처럼 아무런 특징도 모양도 없어야 한다는 뜻은 아니다. 작가들이여, 그보다는 더 잘해야 한다. 보조 사이드 캐릭터도 관심을 갈망하며 반짝반짝 빛날 수 있다. 아무리 평범한 바텐더라도 카메오와 달리 엄연히 마이크라는 이름이 있을 수 있다는 뜻이다.

안타깝지만 보조 사이드 캐릭터는 프로타고니스트나 안타고니스트 또는 주요 사이드 캐릭터처럼 온전하게 살을 붙여야 할 필요는 없다. 백스토리backstory가 필요할 가능성은 거의 제로에 가깝다. 플롯과 깊은 연관성이 있지 않은 한 이들의 오리진 스토리origin story가 필요하지 않다. 마지막으로, 과거의 상처나 결함도 필요하지 않으며 목표나 욕망도 특별히 없어도 된다.

보조 사이드 캐릭터는
캐릭터 아크와 하위 플롯이 필요한가?

아니다.

이렇게 말하면 어느 헛똑똑이는 중요한 하위 플롯과 관련 있거나 주인공을 지지하는 역할을 하는 아크를 가진 보조 사이드 캐릭터도 있다며 들이밀 것이 분명하다. 하지만 아크가 있는 캐릭터는 '주요 사이드 캐릭터'의 영역에 훨씬 더 가깝다. 그렇게 할 거라면 아예 제대로 주요 사이드 캐릭터로 만들지 않고?

메롱, 똑똑한 척이나 계속하세요.

물론 보조 사이드 캐릭터 역시 하위 플롯에 관여할 수 있고 심지어 아주 작지만 고유한 하위 플롯을 가지고 있을 수도 있지만, 대체로 하위 플롯과 아크에서 멀어지는 게 좋다.

그들은 이야기 속 세계에 존재하지만 주인공과는 스치듯이 지나가는 것만으로도 충분하다.

충격적으로 들릴지 모르지만 보조 사이드 캐릭터는 이차원적이어도 된다. 작가는 한가한 사람이 아니다. 시간이 얼마 없으니 깊이가 있다는 착각이 느껴질 정도로만 하자. 이 캐릭터는 이야기에 깊이를 더해줄 만큼 영향력을 미치지 못한다.

주요 사이드 캐릭터

주요 사이드 캐릭터는 사이드 캐릭터계의 거물이다. 이 책에서 주로 다루는 유형이기도 하다. 차이를 개념화하는 가장 쉬운 방법은 주인공과 주요 사이드 캐릭터는 삼차원이고 나머지 캐릭터는 전부 이차원이라고 생각하는 것이다. 앞으로 사이드 캐릭터를 만드는 방법에 대해 더 자세히 살펴보는 동안 주요 사이드 캐릭터, 보조 사이드 캐릭터, 카메오 이 세 가지 범주를 반드시 염두에 두어야 한다.

주요 사이드 캐릭터의 특징

주요 사이드 캐릭터는 주인공에게 영향을 끼치며 의미 있는 역할을 수행한다. 갈등이나 문제를 일으킬 수도 있지만 오히려 해결을 도와주기도 한다. 히어로가 과거와 달리 변화하도록 돕는 기폭제일 수 있고, 히어로가 성장하거나 깨닫지 못하도록 가로막는 장애물일 수도 있다. 더 자세히 살펴보자.

삼차원적이다
주요 사이드 캐릭터는 카메오, 보조 사이드 캐릭터와는 달리

이야기에서 매우 중요하다. 인간은 피를 약 500밀리리터 정도
흘려도 생명에는 아무런 지장이 없다. 마찬가지로 카메오와
보조 사이드 캐릭터가 없어도 당신의 이야기는 괜찮을 것이다.
하지만 신장이나 폐, 장, 대동맥판막이 찢어지면 곧바로 목숨이
위험해지는 것처럼 주요 사이드 캐릭터 역시 사라지면 꽤나
치명적일 것이다. 이 캐릭터는 삼차원적이어야 하므로 고유한
백스토리가 필요하다. 백스토리는 단순히 '주인공을 돕기 위하여'
존재하는 게 아니라 자신만의 목표가 있는 것처럼 강점과 약점을
가지고 있어서 입체감을 더할 수 있다. 하지만 이런 요소가
얼마나 자세해야 하는지는 다음의 두 가지 기준에 따라 달라진다.

- ✔ 요소가 플롯 및 주제와 얼마나 연결되어 있는지
- ✔ 얼마나 '주요한' 사이드 캐릭터인지

주제를 나타낸다

주요 사이드 캐릭터는 이야기의 주제와 연결되어야 한다.
주인공은 이야기가 던지는 질문에 대한 답 혹은 주제 자체를
나타내지만, 주요 사이드 캐릭터는 주제의 변주일 가능성이
크다(또는 그래야만 한다). 만약 소설의 주제가 사랑이라면 다음과
같을 것이다.

- 히어로는 '사랑은 항상 이긴다'는 주제를 상징한다.
- 주요 사이드 캐릭터 A는 '너 자신을 먼저 사랑하라'를
  나타낸다.
- 주요 사이드 캐릭터 B는 '사랑이 없어도 행복할 수 있다'를

나타낸다.

2단계에서 더 자세히 살펴보도록 하자.

일인칭시점이 있거나 화자가 될 수 있다

주요 사이드 캐릭터는 고유한 관점을 가질 수 있을 정도로
탄탄하게 확립된 인물이다. 그들은 두 번째 화자일 수도 있고
이야기 일부분에서는 화자로 나올 수도 있다. 물론 꼭 화자로
내세울 필요는 없지만 내레이션을 할 수 있을 정도로 충분히
개발되어야 한다. 작가가 그를 주인공으로 스핀오프 드라마나
소설, 영화를 만들 수 있을 정도로 캐릭터가 잘 개발되어야
한다는 뜻이다.

『해리 포터』시리즈의 론 위즐리와 헤르미온느 그레인저, 영화
〈매트릭스〉의 트리니티,『찰리와 초콜릿 공장』의 조 할아버지,
『다이버전트』시리즈의 포,『크리스마스 캐럴』의 세 유령을
생각해보라. 우리가 잘 알고 사랑하는 캐릭터는 모두 그들의
이야기를 담은 외전을 기꺼이 보고 싶을 정도로 흥미롭다.

하위 플롯과 아크가 있다

주요 사이드 캐릭터는 독자의 착각에 불과하더라도 입체적으로
보이도록 분량과 캐릭터 아크가 웬만큼은 필요하다. 자, 우리가
형사가 돼서 살인 사건의 용의자들 중 한 사람을 밀착해 수사하는
중이라고 가정해보자. 그리고 세차게 쏟아지는 빗줄기 속에서
안에서는 밖이 보이고 밖에서는 안이 보이지 않는 블라인드
너머로 그 사람이 집에서 도대체 뭘 하고 있는지 보려고 한다면

상상력이 어느 정도 필요할 것이다. 주요 사이드 캐릭터의 하위 플롯도 그렇게 보여야 한다. 그 대신 주인공처럼 복잡하지 않아도 된다. 아니, 주인공의 영역을 침범하므로 절대 복잡해서는 안 된다. 주인공은 한 명이니까. 하지만 어쨌든 캐릭터 아크기는 해야 한다. 앞서 제시한 예를 생각해보자. 주요 사이드 캐릭터 A는 '너 자신을 먼저 사랑하라'는 주제를 상징한다. 따라서 그는 처음에는 타인에 대한 사랑을 우선시했을 것이다. 하지만 이야기의 끝부분으로 가면 주도적으로 변하고 타인보다 자신을 소중하게 여기게 된다. 주요 사이드 캐릭터 B는 '사랑이 없어도 행복할 수 있다'를 나타냈다. 그렇다면 가장 먼저 떠오르는 캐릭터 아크는 누군가와 지독하게 사랑을 하다 결국은 혼자가 되고 더 행복해지는 모습이다. 둘 다 몇 문장이나 문단 또는 긴 장면으로 해결될 수 있다. 주의할 점은 하위 플롯이 어떤 방식으로든 메인 플롯과 주제와 연결되어야 한다는 것이다.

3단계와 6단계에서 자세히 살펴보도록 하자.

몇 명이나 필요할까?

주요 사이드 캐릭터는 주인공과 한 걸음 떨어져 있다. 당신이 조지 R.R. 마틴처럼 엄청나게 많은 인물을 등장시키는 것을 좋아하는 작가가 아니라면 대개는 주요 사이드 캐릭터의 수가 적고 다들 이야기에서 중요한 역할을 할 것이다.

소설에는 세 가지 유형의 캐릭터가 모두 필요하다. 카메오를 전부 보조 사이드 캐릭터로 만들려고 하면 안 된다. 주인공이 666명이어서도 안 되고 조연도 그렇게 많아서는 안 된다. 당신 말이에요, 조지.

주요 사이드 캐릭터는 탐욕스럽다. 이야기의 주인공은 아니지만 카메오나 보조 사이드 캐릭터보다 많이 등장한다. 그래서 그들이 어릿광대나 관심받기 위해서라면 뭐든 하는 사람이 되면 작가가 곤란해진다. 백과사전만 한 두께의 책이 아닌 이상 주요 사이드 캐릭터를 엄청나게 많이 만들어낼 시간이 없기 때문이다.

플롯의 변화를 만든다

주요 사이드 캐릭터가 맡는 중요한 역할이 있다. 우선 주요 사이드 캐릭터는 이야기에 중대한 표시나 영향, 인상을 남겨야 한다. 범죄소설에서 조연이 횡설수설하다가 얼떨결에 주인공의 추리에 도움을 주듯이, 주요 사이드 캐릭터는 무언가를 더하거나 바꿈으로써 이야기에 영향을 끼쳐야 한다. 그런 역할을 하지 않는 주요 사이드 캐릭터는 불필요하다. 작가 동지여, 그렇다면 그 캐릭터가 아무리 사랑스러워도 죽여도 된다는 뜻이다. 냉정하게 절연하고 도살장으로 보내라. 쓸모없는 녀석은 참수해 의미 없이 많기만 한 캐릭터의 머릿수를 줄여라. 좀 더 자비를 베풀어 그냥 보조 사이드 캐릭터로 강등해도 되고.

히어로와 춤을 춘다

주요 사이드 캐릭터는 주인공과 상호작용해야 한다. 주요 사이드 캐릭터라면 주인공을 지원해야 한다. 여기에서 '지원'은 대략적인 의미로 사용되었다. 그들은 거대한 장애물로서 주인공이 결국 갈등이나 약점을 극복하도록 밀어붙일 수도 있다. 이 맥락에서 본다면 부정적인 지원도 지원이다. 그들은 결국 정체되어 있던 주인공의 등을 걷어차서라도 다음 목표로 밀어붙이기 때문이다.

까다로운 사람이라면 이야기의 '현재' 시점에 등장하지 않는 캐릭터는 주요 사이드 캐릭터가 아니라고 주장하겠지만, 틀렸다.

만약 한 캐릭터가 회상 속에 자주 등장하거나 언급되고 이야기의 현재에서 주인공이나 줄거리에 영향을 준다면 그를 주요 사이드 캐릭터로 분류하고 그렇게 취급할 수 있다.

잰디 넬슨의 『하늘은 어디에나 있어』가 좋은 예다. 그 책에서 주인공의 언니는 이야기가 시작하기 바로 직전에 죽었다. 죽었으니 이야기에 '실물로' 등장하지는 않지만 동생에게 끼치는 영향력은 막대하다. 언니는 구체적으로 묘사되지 않지만 이야기에 충분한 인상과 영향을 남기므로 주요 사이드 캐릭터라고 할 수 있다.

앞서 말했듯이 많은 훌륭한 사이드 캐릭터들은 이야기에 무엇을 더하거나 주인공과 상호작용함으로써 강렬한 인상을 남긴다. 하지만 더욱 중요한 사이드 캐릭터들은 다음의 이유로 기억에 남아야만 한다. (a) 작품에 등장하는 시간이 많아서, (b) 캐릭터화가 잘되어서, (c) 이야기와 주인공에 변화를 주고 결과적으로 독자에게도 기억에 남을 만한 영향을 선사해서.

이 부분은 잠시 후에 자세히 살펴보겠다.

등장에는 이유가 있다

주요 사이드 캐릭터는 목적이 있어야 한다. 좀 더 정확하게는 목적이 두 개여야 한다. 첫 번째 목적은 이야기와 주인공과 연결되는 것이다. 두 번째는 주요 사이드 캐릭터의 개인적인 삶을

위한 것이다. 만약 주인공의 가장 친한 친구라면 주인공의 목표를
지원하는 역할을 수행하면서, 주인공과는 별개로 한적한 시골
마을에서 연인과 함께 두 사람만의 일상을 꾸려나가는 미래를
꿈꿀 수 있다. 이 두 가지 목적은 캐릭터에 깊이를 더해주므로
사실처럼 느껴지도록 섬세히 살을 붙이려면 반드시 염두에 둬야
한다.

사이드 캐릭터의
변신은 무죄

여기서 마지막 질문이 있다. 보조 사이드 캐릭터를 주요 사이드
캐릭터로 바꿀 수 있을까? 물론 가능하다. 이 캐릭터들은 서로
뒤집을 수 있지만 반드시 캐릭터의 지방을 다듬거나 이식하는
작업이 필요하다. 보조 사이드 캐릭터가 너무 많은 장면과 분량에
등장해서는 안 된다. 그렇지 않은가?

사이드 캐릭터는
몇 명이나 필요할까?

크기는
중요하다…

거시기, 그 사이즈 말고… 캐릭터를 몇 명이나 만들 것인지가
중요하다는 말이다. 경우에 따라 다를 수 있기에 숫자를 콕
짚어서 알려주기보다 그때마다 어떤 질문을 던져야 하는지
알려주겠다. 당신의 이야기에 캐릭터가 몇 명이나 필요한가?

  J.K. 롤링의 『해리 포터와 마법사의 돌』에는 이름을 가진
캐릭터가 131명 나온다. 조지 R.R. 마틴의 『왕좌의 게임』에는
이름 있는 캐릭터가 218명이다. 로버트 조던의 『세상의 눈The
Eye of the World』에는 이름 있는 캐릭터가 250명이나 된다.
특히 그의 『시간의 수레바퀴』 시리즈에는 이름 있는 캐릭터가
2700명이 넘는다. 반면 게리 폴슨의 『손도끼』 같은 책에는
처음부터 끝까지 거의 한 명만 등장한다. 영화의 90퍼센트 동안
톰 행크스와 윌슨이라는 이름의 배구공만 나오는 이상한 영화도
있고.

  그런데 캐릭터의 수가 적당한지 어떻게 알지? 몇 가지 질문을

통해 어느 정도가 적당한지 알 수 있다.

- ✓ 모든 캐릭터가 명확하고 뚜렷한 기능을 수행하는가?
- ✓ 멘토가 두 명 또는 포일이 두 명이라든지 역할이 반복되는 캐릭터가 있는가? 그렇다면 합칠 방법이 있을까?
- ✓ 캐릭터의 새로운 구별 방법을 찾기 위해 고군분투하고 있는가?
- ✓ 서로 섞이는 캐릭터가 있는가?
- ✓ 캐릭터가 대화와 행동에서 길을 잃은 장면이 있는가?

앞에서 사이드 캐릭터를 카메오, 보조 사이드 캐릭터, 주요 사이드 캐릭터로 나눈 것처럼 캐릭터를 매슬로의 욕구 5단계 구조에 대입하면 간편하다. 캐릭터 피라미드에서 가장 넓은 맨 아래 단계는 카메오가 차지한다. 현실적인 세계관을 구축하려면 군중이나 문 열어주는 사람, 이름 없는 경비원 같은 엑스트라가 아주 많이 필요할 것이다. 피라미드의 중간 부분은 보조 사이드 캐릭터와 주요 사이드 캐릭터에 해당한다. 보조 사이드 캐릭터는 카메오의 바로 윗부분을 차지한다. 카메오보다 숫자는 적지만 등장 시간은 더 많기 때문이다. 주요 사이드 캐릭터는 보조 사이드 캐릭터의 바로 위, 피라미드의 세 번째 칸에 자리한다. 왜냐하면 플롯과 갈등에 깊이 관여하고 주인공에게 영향을 끼치기 때문이다. 보조 사이드 캐릭터보다 숫자가 더 적은 것도 그 때문이다. 많아봤자 몇 명 되지 않는다. 주요 사이드 캐릭터는 어느 정도 작품에 많이 등장하면서 깊이가 쌓여야 한다. 하지만 지면의 한계가 있으니 이 캐릭터들의 숫자에도 한계가 있을 수밖에 없다.

이제 피라미드의 맨 꼭대기 부분만 남았다. 그곳은 당신의
하나뿐인 주인공을 위한 자리다.

```
                    ╱╲
                   ╱  ╲
                  ╱    ╲
                 ╱      ╲
                ╱프로타고니스트╲
               ╱귀하고 값진 다이아몬드,╲
              ╱  이야기의 정점이자      ╲
             ╱      주제의 구현          ╲
            ╱─────────────────────────────╲
           ╱      주요 사이드 캐릭터         ╲
          ╱  많은 분량, 다른 방식으로 주제 구현,  ╲
         ╱ 플롯과 갈등에 개입, 주인공에게 영향을 미침╲
        ╱─────────────────────────────────────╲
       ╱          보조 사이드 캐릭터              ╲
      ╱ 자주 등장하지 않음, 주인공에게 거의 영향 주지 않음,╲
     ╱ 가끔 변화나 갈등의 조짐이 되는 정보나 요소와 관련 있음,╲
    ╱            대개는 플롯 장치                    ╲
   ╱───────────────────────────────────────────────╲
  ╱                    카메오                         ╲
 ╱   기본적으로 있어야 하는 캐릭터지만 기능적인 캐릭터,      ╲
╱        이야기에 별다른 변화를 주지 못함                  ╲
```

중복의
오류

피해야 할 오류는 서로 중복되는 캐릭터다. 이것은 사이드
캐릭터와 관련해 가장 흔하게 발생하는 문제기도 하다. 소설에

멘토가 두 명일 수도 있다. 그러면 당신은 아마도 '한 명은 주인공에게 왕족의 의무를 가르쳐주는 멘토고, 다른 한 명은 비밀의 마법을 공부하는 데 도움을 주는 멘토라서 다르다'고 해명할 것이다. 오, 제발. 아무리 그래도 멘토가 두 명이라는 사실에는 변함이 없다. 간혹 그래야만 하는 엄청나게 확고한 이유가 존재할 때도 있지만 그렇지 않으면 한 명은 없어져야 한다. 왜? 서로 중복되는 캐릭터는 공간 낭비다. 겉핥기식으로 두 명을 등장시키는 것보다 한 명만 등장시켜 깊숙이 파고들어가서 지면을 제대로 활용하는 게 낫지 않을까? 왕실 가정교사가 마법 멘토로 부업을 하지 말라는 법이 있는가? 겉모습만 다른 두 사람이 똑같은 임무를 수행하는 것보다 한 사람이 하는 것이 항상 더 효과적이다.

여기서 확실히 짚고 넘어가야 할 것은 그렇다고 모든 주인공에게 '친구' 또는 '조력자'가 한 명만 있어야 한다는 뜻은 아니라는 점이다. 두 명 이상의 조력자는 이야기 속에서 서로 다른 기능을 수행해야 한다. 예를 들어 한 명이 필요한 정보를 때맞춰 제공하는 '정보통' 역할이라면 다른 조력자는 주인공이 시험에 맞설 수 있도록 자신감을 불어넣어주는 역할이다. 이렇게 같은 조력자라도 서로 역할이 달라야 한다.

사이드 캐릭터의 역할은?

사이드 캐릭터가 무엇인지 살펴보았고 카메오와 주요 사이드 캐릭터의 차이를 알았다. 그렇다면 플롯에서 사이드 캐릭터의 목적은 무엇일까? 그들이 하는 일은 정확히 무엇일까?

사이드 캐릭터는 문학계의 술꾼처럼 아무 데나 끼어드는 일이 무척 많다.

- 플롯 장치 역할
- 정보 공개자 역할
- 주제의 다른 표현 제공(2단계 참조)
- 장면의 톤 설정 및 세계관 구축
- 갈등을 만들고 주인공을 새로운 방향으로 밀거나 당김으로써 플롯과 속도에 원동력을 제공(8단계 참조)
- 내레이터 유형으로 등장하여 작가가 사건을 직접 설명하지 않고 보여줄 수 있도록 함(4단계 참조)

이야기 구조로 보면 사이드 캐릭터는 주인공을 받쳐주는 기둥을 제공한다. 그들은 독자의 흥미를 사로잡는 이야기가 되도록 돕는 장치이자 도구다. 그들은 세계관을 구축하고 감정과 긴장을 고조시키며 주제를 구현한다.

첫 장에서 시선을 끄는 극적인 요소인 훅hook은 작가가 독자에게 암시하는 약속인 것처럼 사이드 캐릭터도 그렇다.

그들은 문제가 곧 다가올 것을 알리는 무언의 서약이다. 당신의
독자는 작품 속에 나타나는 사이드 캐릭터의 모습을 통해 그들의
장난기를 '읽을' 수 있어야 한다. 사이드 캐릭터의 말과 행동이
애매모호하고 모순되며 무언의 어둠과 섹시한 거짓말, 치명적인
비밀을 암시하는가? 좋다. 그래야 한다.

플롯 장치로서의
사이드 캐릭터

플롯 장치란 이야기를 진전시키기 위해 사용하는 스토리텔링의
모든 부분이다. 본질적으로 사이드 캐릭터는 주인공의 역경을
심화하기 위해 존재한다. 정보를 전달하거나, 주인공의 성장을
막아 적응하고 성장하도록 강요하거나, 친구나 파트너로 거대한
탐구 과정을 함께하면서 이야기를 진행한다. 그렇지 못한다면
낭비에 불과하니 없애버려야 한다. 은색 접시에 놓인 따끈따끈한
똥처럼 아무짝에도 쓸모가 없으니까 말이다.

　사이드 캐릭터는 어떻게 플롯 장치로 사용될까? 플롯 장치의
역할은 그들이 하는 모든 일을 포괄한다. 이야기에 갈등을
일으키는 그들의 본질 자체가 이미 플롯 장치라는 뜻이고,
스토리에 영향을 미치는 모든 행동이 바로 플롯 장치로서의
행동이다.

내레이터로서의
사이드 캐릭터

반드시 주인공만 내레이터가 되는 것은 아니다. 왓슨 박사가 완벽한 예시다. 그는 주인공이 아니지만 『셜록 홈즈』 시리즈에서 내레이션을 맡는다. 마찬가지로 제이 크리스토프의 『네버나이트』에서는 내레이터가 누구인지 끝까지 밝혀지지 않는다. 작가가 인터뷰에서 주인공 미아 코베레의 멘토인 머큐리오라고 밝히긴 했지만 말이다.

실제로 작가가 하나의 이야기에서 여러 가지 시점을 활용하는 것은 드문 일이 아니고 시제도 과거, 현재, 미래형을 번갈아가며 사용할 수 있다. 예를 들어 A.G. 하워드는 『로즈블러드』에서 주인공은 일인칭 현재 시제, 연애 상대는 삼인칭 과거 시제를 사용한다. 하지만 주의할 점이 있다. 시점이 여러 개일 경우 이리저리 튀어 오르는 글을 엄청나게 능숙하게 다루지 않으면 독자를 짜증 나게 할 수 있다.

여러 캐릭터의 시점을 사용하면 한 캐릭터가 보지 못한 플롯 포인트를 더 잘 보여줄 수 있다. 하지만 이야기를 통제하기가 어려워진다. 캐릭터들이 저마다 자신의 플롯 라인plot line을 내세우려고 다투므로 이야기가 길고 거추장스러워지기 때문이다.

또 다른 방법으로 주인공이 아닌 화자를 활용하여 독자와 주인공 사이에 어느 정도 거리를 두는 것이 있다. 왓슨과 홈즈의 이야기처럼 독자는 책에서 설명이 나오기 전까지 셜록이 어떻게 사건을 풀었는지 전혀 알지 못한다. 덕분에 미스터리한 분위기와 긴장감을 유지하고 캐릭터를 묘사하는 데 도움이 되고, 독자는 도대체 홈즈의 머릿속에서 무슨 일이 일어나고 있는지 궁금해진다.

속도감을 높여주는 사이드 캐릭터

당신의 소설 속 주인공이 외로운 늑대라고 가정해보자. 그는 사람을 싫어한다. 지금 별생각 없이 고개를 끄덕이고 있는가? 그렇다면 멈추길. 이 외로운 늑대는 친구도 별로 없고 친구가 많기를 원하지도 않는다. 그러면 작가는 곤란한 상황에 부닥친다. 스릴러 영화에서 관습을 거부하고 홀로 제 갈 길을 가는 경찰이나 비밀 요원 캐릭터를 떠올려보면, 이것은 인기 있는 트롭이지만 작가에게는 명백히 위험한 장애물이 따른다.

주인공과 대화할 다른 캐릭터가 없으면 이야기의 속도를 조절하기가 힘들다. 왜일까? 우선, 대화는 속도를 조절하는 가장 효과적인 도구 중 하나다. 대화는 앞뒤로 채찍질하고 문장마다 바뀌고 캐릭터들 사이를 깡충깡충 뛰고 그 성질 자체가 핵하고 순식간에 장전되는 속사포 같다. 장황한 설명의 산문체와 정반대다. 물론 한 명의 캐릭터만 나오는 장면도 있을 수 있고, 움직임의 양을 늘리거나 문장의 길이와 단어의 의미를 갖고 노는 기법을 이용해서 속도감 비슷한 것을 만들어낼 수도 있지만, 효과가 확실한 대화만은 못하다.

그 외로운 늑대를 계속 홀로 고립시키면 당신의 손에 쇠고랑을 채우는 것과 똑같다. 캐릭터가 혼자만 있다면 부자연스러운 혼잣말 말고 대화를 만들기가 거의 불가능하다. 솔직히 혼자 있을 때 소리 내 말하는 사람이 얼마나 있는가? 별로 많지 않을 것이다. 물론 혼잣말하는 사람은 있지만 보통은 속으로 생각하지, 소리 내어 말하지 않는다. '보통은'이라고 하는 이유는 항상 예외가 있기 때문이다. 하지만 안타깝게도 당신은 예외가 되면 안 된다. 혼잣말하는 캐릭터가 자연스러워 보이는 경우는 극소수에 불과하다. 차라리 특이한 대사라면 괜찮지만 말이 길어지기 시작하면 정말로 아니다.

이때 사이드 캐릭터는 주인공과 대화를 나누거나 사람들 사이에 끼어들어 장면의 속도감을 높이기 위해 꼭 필요하다.

1단계 요약

- 이야기란 곧 변화다. 주인공뿐 아니라 사이드 캐릭터 역시 이 변화를 나타내고 구현한다.

- 모든 캐릭터는 행동과 감정, 상호작용을 통해 주제를 은유한다.

- 카메오는 가장 짧게 등장한다. 형식적인 대사를 던지거나 주인공에게 문을 열어주거나 군중 속의 얼굴 없는 존재거나 짧고 간단한 역할을 수행한다.

- 보조 사이드 캐릭터는 카메오보다는 오래 등장한다. 카메오보다 몇 번 더 많이 나오지만 여전히 엑스트라에 불과하다. 보조 사이드 캐릭터의 역할에는 정보 전달하기, 바텐더나 프런트 직원처럼 반복적인 역할 수행하기 등이 포함된다.

- 주요 사이드 캐릭터는 의미 있는 역할을 하며 주인공에게 큰 영향을 끼친다. 갈등을 일으키지만 문제 해결을 돕기도 한다. 또한 이야기의 주제와 연결되어야 한다.

- 사이드 캐릭터의 수는 전적으로 그 이야기의 특성에 달려 있다. 일반적으로는 카메오가 그 어떤 유형의 캐릭터보다 많다. 보조 사이드 캐릭터는 카메오보다는 적지만 그래도 꽤 된다. 주요 사이드 캐릭터는 고유한 역할을 하기 위해 분량이 꽤 필요하므로 숫자가 그다지 많지 않다.

- 사이드 캐릭터의 역할
  - 플롯 장치
  - 정보 공개자
  - 주제 표현
  - 톤 설정
  - 갈등 초래
  - 플롯의 원동력
  - 내레이터로서 작가가 사건을 설명하지 않고 보여줄 수 있도록 함

생각해볼 질문

● 당신이 쓰는 이야기의 장르에서 가장 좋아하는 사이드
캐릭터는 누구인가?

● 당신이 쓰는 이야기의 장르와 같은 소설에서 카메오, 보조
사이드 캐릭터, 주요 사이드 캐릭터를 각각 세 명씩 찾아보자.

Step ›› 2

작품의
거미줄 짜기

⚠ **스포일러 경고**

소설
J.K. 롤링의 『해리 포터』 시리즈
사샤 블랙의 『죽음의 향기The Scent of Death』
수잰 콜린스의 『헝거 게임』 시리즈
아이작 아시모프의 『아이, 로봇』

윌리엄 셰익스피어의 『로미오와 줄리엣』
하퍼 리의 『앵무새 죽이기』
헬렌 필딩의 『브리짓 존스의 일기』

거미줄을 짜기 전에
짤막한 설명

이 책에서 가장 유익한 부분을 하나만 꼽는다면 이 장이라고
할 수 있다. 사이드 캐릭터를 이해하기 위해 가장 집중해야
할 부분이다. 안경을 벗고 소매를 걷어 올리며 레슬링을 하듯
뛰어들어보자. 눈에 멍이 들고 거시기를 걷어차이고 불알을 꽉
잡히고 젖꼭지가 망가질 만큼.

   똑같은 자식 중에서 가장 사랑하는 녀석을 골라야 하는 건 가슴
아픈 일이다. 물론 거짓말이다. 일탈의 군주는 당연히 후계자를
뽑아야 하는 법. 내가 『히어로의 공식』에서 가장 좋아하는 장은
2단계 '작품의 거미줄 짜기'다. 이것은 작품의 모든 요소가
거미줄처럼 서로 연결되어 있다는 개념을 말한다.

> 거미줄의 모든 가닥은 서로 연결되어 있다. 가까이 보면
> 따로따로 떨어진 별개의 선들로 보이지만 뒤로 물러서면
> 전체적인 패턴을 볼 수 있다. 거미줄은 단순한 실 가닥의 모음이
> 아니라 먹이를 가둘 수 있는 그물망을 이룬다. 당신의 소설도
> 그래야 한다.
>
> 사샤 블랙,
> 『히어로의 공식』, 31쪽

   거미줄의 모든 가닥은 따로따로 짜이고 별개의 부분이지만
나머지 모든 가닥과 복잡하게 연결되어 있다. 그렇기에 거미는

오른쪽 맨 위 구석에 앉아 있어도 뭔가 거미줄에 걸려들었다는 걸
안다. 한 가닥의 진동이 마치 속삭임처럼 잔물결을 일으키며 전체
가닥으로 퍼져나가기 때문이다. 나는 털북숭이 거미가 무섭지만
이것만큼은 인정하지 않을 수 없다. 거미줄은 '게슈탈트'의
천재적인 위업이라고.

그런데 게슈탈트란 게 도대체 뭘까?

이것은 전체가 부분의 총합보다 더 크다는 심리학적 개념이다.
나는 게슈탈트에 관심이 무척 많다. 무언가를 이루는 구성 요소가
또 다른 무언가를 만들어낼 수 있다는 개념이 나를 매료한다.
정말 차원이 다른 정신적인 속임수인 것 같다.

그러고 보면 책도 그렇지 않은가? 책을 가까이에서 바라보면
단어와 문장, 주인공, 장 제목밖에 보이지 않는다. 하지만 한 걸음
물러나 이야기를 온전히 흡수하면 갑자기 그 이상이 된다. 훨씬

큰 무언가가. 책은 서로 연결되고 얽힌 거미줄이다. 주제이자 깨달음, 메시지이자 하위 텍스트, 그리고 심장이 고동치는 마법 주스이자 반짝이는 충동이다.

잠깐, 1단계에서 "사이드 캐릭터는 주인공의 심장 동맥이고 새로운 시점이자 관점, 갈등 제조기, 하위 플롯 이행자라고 할 수 있다"고 했다. 이것이 바로 그것이다. 이 말은 바로 지금 다루는 내용과 관련이 있다.

주인공을 거미줄 중앙의 엉킨 실뭉치라고 하자. 그렇다면 안정성과 구조적 짜임새를 위해 꼭 필요한 그 주변의 굵은 실 가닥은 바로 무엇일까? 한번 맞혀보시라. 분명 맞힐 수 있을 거다.

정답이다. 그 실기둥은 바로 사이드 캐릭터다. 사이드 캐릭터는 책 속의 비단결 같은 거미줄을 부드럽게 연결하는 실 가닥이다. 그것들이 없으면 거미줄은 무너진다. 당신의 이야기도 마찬가지다.

그럼 지금부터 사이드 캐릭터가 주인공과 이야기의 여러 요소와 어떻게 촘촘히 연결되어 있는지 살펴보자.

주제란 무엇인가?

캐릭터와 주제 간의
연관성

사이드 캐릭터를 말하면서 왜 주제 이야기를 꺼내느냐고? 간단히 말하자면 모든 캐릭터는 각자의 멋지고 독특한 방식으로 주제를 은유하기 때문이다.

당신이 탄탄한 사이드 캐릭터를 원한다면 특정한 시점에서 주제와 연결해야 한다. 물론 예외는 늘 있어서 어떤 사람은 글을 쓰는 도중에 우연히 주제를 발견하고 편집하며 다듬을 수 있다. 그러나 이 책을 읽는 당신이라면 사이드 캐릭터가 작품 속 하나의 실 가닥을 넘어서 거미줄 전체, 즉 주제를 나타내도록 설계해야 한다.

땅에 삼지창을 꽂는다.

조명탄을 쏜다.

잘 들어라. 주인공이 주제를 구현한다는 사실을 모르는 사람은 없다. 하지만 작가들이 쉽게 빠져버리는 함정은 사이드 캐릭터도 주제를 나타내야 한다는 것이다. 주인공과는 다르게 주제의 측면을 보여줘야 한다.

이것은 성가시고 까다로우며 불편한 진실이다. 하지만 캐릭터 하나쯤은 주제와 긴밀하게 연결되지 않아도 괜찮다. 모든 작품이 모든 법칙을 따르지는 않고 싸구려 통속소설처럼 재미있는 걸작도 있다. 그래도 괜찮다. 세상은 넓고 어떤 종류의 이야기든 색다른 페티시즘처럼 저마다 좋아할 독자가 있다.

그러나 미천한 이야기꾼으로서 겸허하게 내 견해를 밝히자면, 모든 사이드 캐릭터가 주제와 친밀하게 연결될 때 작품의 전체는 부분의 총합보다 커지는 듯하다. 주제와 거칠게 사랑을 나누는 것까지는 아니라도 가볍게 손이라도 잡아야 한다.

만약 차원이 다른 책을 쓰고 싶다면, 이것은 당신의 수준을 한 차원 올려주는 방법이 될 것이다. 모든 캐릭터가 커다란 전체의 일부가 될 때 독자에게 연결감을 준다. 이야기 그 이상의 의미가 전해지는 순간, 그리고 책의 모든 가닥이 전체적으로 매끄럽게 엮인 듯한 경험이 중요하다. 캐릭터가 제각각 떨어져 있지 않고 서로 연결되어 있으면 마지막 장을 넘기고 나서도 오랫동안 여운이 남는다.

주제란
무엇인가?

예전에는 주제를 경멸했다. 하지만 나는 내 생각조차 수시로 뒤집고 반박하는 편이라 지금은 주제를 무척 좋아해서 이야기의 주제를 알고 난 뒤에 책 읽는 것을 즐긴다. 내가 소설을 처음 썼을 당시에는 주제가 무엇인지도 모르는 상태였기에 훨씬

더 힘들었다. 지금 공황에 빠진 작가들이 연필을 부러뜨리고
원고를 쓰레기처럼 구기며 소리 없는 비명을 지르고 있을 것이다.
진정해라, 아기 요다들이여. 처음부터 꼭 주제를 알아야만 하는
건 아니니까. 당신이 글을 채찍질하고 캐릭터를 트워킹하며
아니, 수정하면서 중간에 주제를 찾는다고 해도 잔소리할 사람은
아무도 없으니까. 글을 쓰기 전에 주제를 설정하든, 퇴고하며
편집하든, 화장실에서 잔뜩 힘을 주며 쓰든 상관없다. 가장 중요한
것은 책의 끝까지 가는 것이다. 어떤 방법으로 갈 것인지는
오로지 당신이 알아서 할 일이니까.

　사실 나는 편집 과정을 특별히 좋아하진 않는다. 글쓰기에서
가장 좋아하는 과정은 초고를 토해내는 단계다. 특히 캐릭터에
관한 정보를 상당히 구체적으로 설정한 뒤에 시작하는 것을
좋아한다. 그러면 편집 단계에서 플롯이나 캐릭터를 크게 고치지
않아도 된다. 하지만 아무리 그래도 캐릭터는 우리 작가들을 엿
먹이기 일쑤다. 그러니 당신이 하고 싶은 방식으로 작업하면 된다.

　그럼 이제부터 신화 속 유니콘과도 같은 주제에 대해 살펴보자.

　작가들은 '주제'와 한방에 놓이게 되면 본능적으로 숨 막히는
긴장감을 느낀다. 괄약근이 바짝 조여들고 얼굴은 약간 멍해지며
겨드랑이에는 식은땀이 흘러 시큼한 냄새가 풍긴다.

　주제는 그만큼 크고 무서운 존재다.

　하지만 과연 그럴까?

　반란군들이여, 나는 잉크 묻은 팔을 흔들며 그대들에게 외친다.
다 괜찮다고.

　정말이다.

　주제는 크고 무서운 존재가 아니라 당신이 정말로 말하고 싶은

이야기를 전달하는 또 다른 장치, 또 다른 도구일 뿐이다. 주제는 성배도 아니고 신화 속 유니콘도 아니다. 주제는 어렵지도 않고 사기꾼도 아니다.

주제는 당신의 작품이 무엇에 관한 이야기인지를 뜻한다.

남자가 여자를 만나서 사랑에 빠진다는 것 말고. 그건 플롯이다. 작품이 다루는 진짜 내용이 바로 주제다.

만약 책이 신체라면 플롯은 눈에 보이는 미적인 부분, 즉 피부라고 할 수 있다. 이야기의 주제는 겉으로 잘 드러나지 않지만 근본적인 의미, 신체로 비유하자면 책의 심장이다. 주제는 작가가 그의 이야기를 통해 전달하고 싶어 하는 철학적, 도덕적, 심리학적 생각이다. 거만하고 고루한 교수의 장황한 은퇴 기념사처럼 들리겠지만 요점은 주제가 표면 아래에 있다는 것이다.

주제와 가장 자주 혼동되는 것이 바로 '도덕적 교훈'일 것이다. 주제는 관점, 어떤 사안에 관한 더 깊은 해설 또는 진술이라면, 교훈은 주제의 벤다이어그램이다. 예를 들어 아이작 아시모프의 『아이, 로봇』의 주제는 인간성, 우월감과 통제에 대한 욕구다. 그리고 독자와 작품 속 캐릭터가 얻는 교훈은 인간이 발명의 모든 결과를 예상할 수 있을 만큼 똑똑하지 않다는 것이다.

이렇게 생각할 수 있다. 주제는 질문하고 탐구하는 것이라면, 도덕적 교훈은 캐릭터가 그 질문에 대답하고 배우는 것이라고. 궁극적으로 주제는 보편적인 인간의 조건에 관한 탐구다. 가장 단순한 예시를 살펴보자.

- 선과 악의 대결: 『해리 포터』나 『앵무새 죽이기』

- 사랑:『브리짓 존스의 일기』나『로미오와 줄리엣』같은
로맨스와 비극
- 희생:『헝거 게임』

주제의 범위는 인간관계에서 용기, 복수, 불평등 등 매우
광범위하다. 지나친 단순화일 수도 있다. 주제는 한 단어일 수도
있지만, 보통 주제가 교훈으로 구현되므로 한 문장인 경향이 있다.
『로미오와 줄리엣』의 주제는 여러 문장이 될 수 있다. 사랑은
폭력이다, 당신은 사랑을 위해 얼마나 멀리 갈 수 있는가, 사랑과
집착의 경계 등.

이제 주제가 무엇인지 얼추 그려지기 시작했기를 바란다. 그럼
주제가 없는 책이 있을 수 있을까? 아마도 있겠지. 하지만 그런
작품은 추천하지 않는다.

왜냐고?

주제는 모든 챕터와 장면, 주인공, 사이드 캐릭터와 엮여 있기
때문이다. 소설의 모든 요소를 연결하는 게슈탈트 거미줄이다.
당신의 주인공은 주제를 표현한다면 빌런은 주제와 정반대되는
가치를 표현한다. 그리고 사이드 캐릭터는 주제의 가능성을
표현한다. 당신의 손끝에서 의도적으로 흘러나오든 우연히
책장들 사이에 쑤셔 넣든 실 가닥은 존재할 수밖에 없다. 만약
당신이 어부고 선착장 주변에 실 가닥을 던진다면 고양이가
잘못 먹고 토해낸 털 뭉치 같은 그물이라도 생길 것이다. 중간에
고리가 빠져 있거나 얽히고설키거나 그물의 목적에 적합하지
않을 수도 있지만 그물이 있기는 있을 것이다!

그러나 모든 이야기 요소를 의도적으로 엮는 것이 좋다. 매듭에

목적이 생기면 그물이 훨씬 튼튼하고 견고해진다.

주제는 어떻게
생각해낼까?

많은 작가가 주제 구상을 어려워한다. 이 문제를 간단히 해결하는
한 가지 방법은 가장 보편적인 것에서 당신의 이야기를 시작하는
것이다.

　당신의 캐릭터, 플롯, 하위 플롯, 클라이맥스를 살펴보라.
중대한 클라이맥스 장면에서 주인공이 결정하거나 선택해야 하는
것은 무엇인가? 그 선택의 어떤 측면이 인종, 성별, 성 지향성,
나이 또는 다른 인구통계학적 요소와 상관없이 모든 인간에게
보편적인가?

　책을 잠시 옆으로 제쳐두고 생각해본다. 당신은 독자들이
책을 다 읽고 무엇을 얻었으면 하는가? 책장을 덮고 오랜 시간이
지난 후에도 독자들이 무엇을 심사숙고하기를 원하는가? 아니면
스토리 훅으로 돌아간다. 당신의 이야기는 어떻게 시작하는가?
전제가 무엇인가? 전제를 살펴보고 주제를 추론해본다.

　실제로 범죄를 저지르는 것보다 더 최악인 일이겠지만, 정말로
힘들면 당신의 초고를 작가 친구에게 보여주고 주제를 골라달라고
해라. 자, 그럼 거품이 보글보글 끓는 냄비 속에서 캐릭터와 주제가
어떻게 어우러지는지 좀 더 자세히 알아보도록 하자.

주제와 어울리는 캐릭터 건설

여기에서는 의도적으로 '건설'이라는 단어를 사용했다.
소설은 건설과 비슷한 작업이기 때문이다. 플롯에 어울리는
인물관계도를 만드는 작업은 특히 그러하다.

우리가 꿈의 집을 지을 만큼 부자라고 가정해보자. 당신은
건축가와 건설업자가 마음대로 짓게 내버려둘 것인가, 아니면
원하는 집을 직접 디자인할 것인가? 분명 후자를 선택할 것이다.
그들이 제멋대로 성기 모양의 포탑처럼 지어놓으면 큰일이니까.

제발 이웃들을 생각합시다.

꿈에 그리던 집을 지을 때는 벽돌이 도로와 진입로에 사용된
석판과 일치하는지 확인하라. 모든 방에 창문이 들어갔는지,
카펫이 토사물 색깔이 아닌지도 확인하라. 힘들게 번 돈으로 공사
잔금을 치르기 전에 집 안 구석구석을 전부 확인해봐야 한다.

소설책의 경우, 당신이 건설업자고 독자들이 공사 대금을
건네주는 것이다. 당신의 공사 실력이 제대로인지 당연히
확인해야 한다. 에로소설이 아닌 이상, 챕터가 성기 모양으로
지어지면 안 되니까.

사이드 캐릭터의
주제 표현

캐릭터와 플롯은 별개가 아니다. 캐릭터는 플롯이다. 그 말은 사이드 캐릭터도 플롯이라는 뜻이다. 사이드 캐릭터는 주인공과 다른 각도에서 줄거리와 장애물, 주제를 탐색하는 메커니즘이다.

앞서 언급했듯이, 사이드 캐릭터를 차별화하는 가장 좋은 방법은 그들이 서로 다른 방식으로 주제를 표현하게 하는 것이다. 그렇다면 어떻게 해야 가능할까?

사이드 캐릭터를 하나의 주제로 연결하는 방법에는 몇 가지가 있다. 일단 주제를 긍정적이거나 부정적으로 표현할 수 있다. 아니면 캐릭터 아크에 변화를 주어 주제를 긍정했다가 부정적으로 표현할 수도 있고 그 반대도 가능하다. 그렇다면 실제로 어떤 모습일까? 만약 주제가 '사랑이 가장 중요하다'라면 네 가지 유형의 캐릭터를 만들 수 있다.

주제를 긍정적으로 표현하는 제니퍼는 가족들의 뒤치다꺼리에 넌더리가 난다. 그러다 제니퍼는 충격적인 자동차 사고를 당한다. 그와 남편, 딸은 살아남았지만 사촌은 목숨을 잃는다. 이 사건을 계기로 제니퍼는 가족의 소중함을 깨닫고 가족과 함께 보내는 시간이 가장 중요한 우선순위가 된다.

주제를 부정적으로 표현하는 클레어는 찰스를 사랑하지만 찰스는 절대 만족하는 법이 없고 클레어를 조종하려고 한다. 결국 클레어는 떠나고 찰스는 혼자가 된다.

주제를 긍정하다가 부정적으로 표현하면 다음과 같을 것이다.

줄리의 남편은 바람을 피운다. 줄리는 문제를 바로잡으려고 애쓰지만 사랑이 전부가 아니라는 사실을 깨닫고 삶에서 더 많은 것을 누리고자 한다. 그는 결혼 생활을 끝내고 싱글로 돌아가 여행을 즐기면서 행복하고 만족스러운 삶을 즐긴다. 이때 주목해야 할 점은 줄리가 주체적인 여성상을 보여주는 긍정적인 결과에 이르렀지만, 주제를 부정적으로 표현했다는 사실이다. 주제를 긍정했다면 줄리는 마지막에 가장 중요한 사랑 때문에 행복했어야 한다.

주제를 부정하다가 긍정적으로 표현할 수도 있다. 상냥한 성격의 독신주의자 제임스는 결혼을 절대로 원하지 않는다. 하지만 몸이 아파서 6주 동안 집 안에만 틀어박혀 지내는 동안 곁에 아무도 없자 외로움을 실감한다. 그 후 그는 재미있고 사랑스러우며 가족을 소중하게 생각하는 여자 로렌을 만난다. 로렌과의 관계가 깊어지면서 그는 구속당하는 느낌 없이도 사랑을 통해 행복해질 수 있다는 사실을 깨닫는다.

주제와
아크의 춤

주제를 떠올리며 당신이 첫째로 내려야 할 결정은 캐릭터가 주제를 긍정적으로 또는 부정적으로 구현하는가다. 만약 부정적으로 구현한다면 그 캐릭터는 히어로의 목표 달성을 막는가? 아니면 주인공에게 원치 않는 미래의 모습을 보여주는 기폭제인가?

　사이드 캐릭터가 주제를 긍정적으로 구현하더라도 같은 질문이 적용된다. 주인공에게 그가 원하는 모습을 보여주고 목표를 향해 나아가도록 밀어붙이는가? 아니면 그에게 교훈을 주는가? 주변 사람들의 뜻을 거스르고 자신이 진정으로 원하는 길을 깨닫도록 하는가?

　모든 이야기에는 다음처럼 주제와 서로 다른 관계를 나타내는 사이드 캐릭터가 한 명 이상 존재한다.

- 주제의 진실 혹은 주제의 메시지를 고수하는 캐릭터
- 주제의 거짓말을 고수하는 캐릭터
- 주제와 관련된 진실에서 벗어나 거짓말을 믿게 되는 캐릭터
- 주제와 관련된 거짓말을 믿다가 진실을 깨닫는 캐릭터

　물론 여러 다른 버전이 있을 수 있지만 이것은 캐릭터를 구성할 때의 기본적인 틀이다. 내가 지금 쓰고 있는 『죽음의 향기』라는 책을 예로 들어보겠다.

　주인공 말로리 모티머는 사랑하는 사람들을 모두 구하기 위해 필사적이다. 주제를 한 단어로 말하자면 '구원'이고 한 문장으로 표현하자면 대충 이렇다. '누군가를 사랑한다면 반드시 구해야 한다.' 이것이 말로리가 구현하는 주제다. 내가 다른 캐릭터들을 통해 그 주제를 어떻게 변형했는지 한번 보자.

　프랭크는 동성애자지만 스스로를 보호하기 위해 커밍아웃을 하지 못한다. 주제와 관련된 거짓말을 믿다가 진실을 깨닫는 캐릭터다.

펄 래퍼티(로맨스 상대)는 강하고 독립적이다. 스스로를 지킬 수 있으므로 누군가 자신을 구해주는 것을 원하지 않는다. 누가 구해주지 않아도 된다는 주제에 관한 거짓말을 믿는 캐릭터다.

펄의 어머니는 위탁 가정을 꾸려 아이들을 구하고 싶어 한다. 주제에 관한 진실 또는 주제 메시지를 고수하는 캐릭터다. 펄의 어머니는 아이들을 구하기 위해서라면 무슨 일이든 할 것이다.

펄의 아버지는 환경 자선 단체에서 일하며 지구를 구하려고 한다. 아이들 대신 지구를 구하려는 그는 아내와 마찬가지로 주제에 관한 진실 또는 주제 메시지를 고수하는 캐릭터다.

말로리의 어머니는 알코올중독자여서 스스로 원하지 않는 한 자신을 구할 수 없다. 말로리와 마찬가지로 주제에 관한 거짓말을 믿다가 진실을 깨닫는 캐릭터다. 자신이 누구를 사랑하고 누가 자신을 사랑하는지 상관없이 스스로 구원받을 가치가 있다고 믿지 않는다.

말로리의 아버지는 용서를 구해 자신의 영혼을 지키고 싶어 한다. 그는 말로리가 스스로의 도덕성에 의문을 제기하도록 휘젓는 막대기로 활용되는 캐릭터라서 설명하기 까다롭다. 겉으로 보기에 말로리의 아버지는 매우 부정적이지만 사실 주제의 진실이나 메시지를 고수하는 역할이다. 그는 과거와 상관없이 자신과 말로리를 구하려고 한다.

많은 주인공이 그러하듯 말로리도 주제에 관한 거짓을 믿다가 진실을 믿게 되는 캐릭터를 대표한다.

앞에 언급된 캐릭터들은 전부 주제를 약간 비틀어 표현한다. 모두 뭔가를 구하려고 한다. 자기 자신, 환경, 아이들. 또는 구원받지 않으려 적극적으로 애쓰기도 한다. 모든 캐릭터가

주제의 다른 측면을 조명하도록 의도적으로 선택되고
만들어졌다. 그들의 선택은 저마다 주제에 관한 다른 결과로
이어진다. 하지만 모두가 주제 자체와 연결되어 있다는 사실만은
의심할 여지가 없으며 주인공도 마찬가지다. 그 밖에도 경찰관,
수의사, 말로리의 선생님 등 주제를 심오하게 상징하거나 주제와
깊이 연결되기보다는 플롯 역할을 하는 보조 사이드 캐릭터가
많이 등장한다.

캐릭터에
의미를 부여하다

내가 자주 받는 중요한 질문이 있다.
　"어떻게 하면 사이드 캐릭터를 이야기와 연관시킬 수
있을까요? 어떻게 하면 캐릭터에 의미와 역할을 부여할 수
있나요?"
　만약 사이드 캐릭터가 주제와 관련이 있다면 주제에 관해
저마다 고유한 질문에 답해야 할 것이다. 주제에 관한 질문에
대답하는 것은 하나의 역할이고 캐릭터에 목적과 의미를
부여한다.『죽음의 향기』를 통해 캐릭터들이 저마다 어떤 의미가
있고, 주제 질문에 어떻게 답하는지 살펴보자.
　프랭크는 동성애자지만 스스로를 보호하기 위해 커밍아웃을
하지 못한다. 그는 주제와 관련된 거짓말을 믿다가 진실을 깨닫는
캐릭터다. 그의 캐릭터에 의미를 부여하는 주제 질문은 '그가

과연 커밍아웃 이후에 벌어질 일을 감내하고 자신의 정신 건강과 정체성을 지킬 수 있을까?'다.

펄 래퍼티는 스스로를 지킬 수 있으므로 누군가 자신을 구해주는 것을 원하지 않는다. 그는 누가 구해주지 않아도 된다는 주제에 관한 거짓말을 믿는다. 따라서 그의 주제 질문은 '과연 그는 말로리가 자신을 구하게 놔둘 것인가, 아니면 스스로 자신을 구할 것인가?'다.

펄의 어머니는 위탁 가정이 되어줌으로써 아이들을 구하고 싶어 한다. 주제에 관한 진실을 표현하는 이 캐릭터의 질문은 '그는 아이들을 구하기 위해 법을 이길 수 있을까?'다.

펄의 아버지는 환경을 지키려고 한다. 그는 아내와 마찬가지로 주제에 관한 진실을 나타낸다. 그의 캐릭터에 의미를 부여하는 질문은 '펄의 아버지는 환경을 구할 수 있을까?'다.

말로리의 어머니는 알코올중독자고 주제에 관한 거짓말을 믿다가 진실을 믿게 되는 인물이다. 그렇다면 말로리 어머니의 질문은 '그는 자신을 용서하고 치료를 받을 수 있을까?'다.

말로리의 아버지는 주제의 진실을 나타내는 캐릭터다. 따라서 그의 질문은 '그는 관계를 지킬 정도로 말로리를 사랑하는가, 아니면 예전의 모습으로 돌아갈까?'다.

이제 주인공이 남았다. 말로리의 질문은 두 가지로 프레이밍할 수 있다. '누군가를 사랑한다면 그들을 구해야 할까? 아니면 내가 사랑하는 모든 사람을 구할 수 있을까?'다.

이 질문들은 각각 하위 플롯과 이 캐릭터들이 존재하는 목적을 만든다. 그들이 답해야 할 질문이 각 캐릭터에 의미를 부여한다.

작가는 모든 하위 플롯을 한 플롯의 일부분으로 잘 엮어내야 한다. 이 작업은 하위 플롯을 서로 교차시키면 가능하다. 예를 들어 프랭크는 부모님에게 커밍아웃해야만 하고, 펄이 그런 프랭크를 밀어붙이는 것이다. 아니면 다 같이 영화를 보다가 펄의 어머니가 프랭크와 대화를 나눌 수도 있다. 프랭크와 펄이 말다툼을 하다가 말로리가 "그냥 동성애자라고 말씀드려"라고 말하는 것을 프랭크의 부모님이 우연히 들을 수도 있고. 전부 다 효과적으로 여러 사이드 캐릭터를 연결해준다.

그리고 사이드 캐릭터들을 함께 엮는 가장 효과적인 방법은 그들의 목표, 주제 질문과 관련된 갈등을 만들어주는 것이다. 이때 고려해볼 질문은 다음과 같다.

- ∨ 그들의 견해가 서로 다른가?
- ∨ 그들의 목표가 직접적으로 충돌하는가?
- ∨ 두 캐릭터의 목표 시점이 충돌하는가?

만약 프랭크의 부모님이 프랭크와 펄의 말다툼을 듣고 아들이 동성애자라는 사실을 알게 된다면 두 사람 사이에 심각한 갈등이 생길 것이다. 결과적으로 말로리도 가장 친한 친구와 여자 친구 사이에서 곤란해진다.

눈치가 빠른 사람이라면 앞에서 나열한 주제 질문들 중 말로리의 질문이 가장 포괄적이라는 사실을 알아차렸을 것이다. 그는 사랑하는 사람들을 모두 구할 수 있을까? 모든 사이드 캐릭터의 질문은 개인에게 특정하며 더 좁고 집중적인 문제의 특징을 띠지만, 말로리의 질문은 그 자체로 모든 캐릭터의 질문을 포괄한다. 사랑하는 사람들을 모두 구할 수 있는가?

물론 그렇다고 주인공의 질문이 그에게 특정한 질문이면 안 된다는 말은 아니다. 단지 주인공의 문제나 질문은 나머지 모든 캐릭터의 질문을 대체해야 한다. 주인공의 이야기가 바로 소설의 이야기다.

꼭 짚고 넘어가야 할 또 다른 중요한 사실은 대다수 사이드 캐릭터의 질문이 주인공의 질문보다 먼저 답해져야 한다는 점이다. 왜냐고? 주인공 말로리가 사이드 캐릭터들의 선택에 대한 결과를 지켜보며 영향을 받아 그 자신의 질문에 새롭게 대답해야 하기 때문이다. 물론, 에필로그에서 질문에 답하는 캐릭터가 한두 명 있을 수도 있다. 괜찮다. 하지만 대다수 사이드 캐릭터의 에피소드는 클라이맥스 이전에 마무리되어야 전체 이야기가 흘러가는 데 도움이 된다.

sachablack.co.uk/sidecharacters에서 캐릭터의 주제 질문을 고안하기에 유용한 사이드 캐릭터 체크리스트를 얻을 수 있다.

2단계 요약

● 일반적으로 주제는 사랑, 선과 악, 희생 같은 보편적인 인간의 조건을 탐구한다.

● 작품의 거미줄이란 작품의 모든 요소가 서로 연결되어 있다는 개념을 말한다. 캐릭터, 주제, 반전, 아크, 하위 플롯 등 모든 요소가 매끄럽게 이어져 있다. 거미줄의 안정성과 구조적 짜임새를 위해 꼭 필요한 실기둥이 바로 사이드 캐릭터다.

● 모든 캐릭터는 저마다 멋지고 고유한 방식으로 주제를 은유한다.

● 주제는 질문하고 탐구하는 것이라면, 도덕적 교훈은 캐릭터가 그 질문에 대답하고 배우는 것이다.

● 주제를 정할 때는 캐릭터, 플롯, 하위 플롯, 클라이맥스를 살펴보라. 중대한 클라이맥스 장면에서 주인공이 결정하거나 선택해야 하는 것은 무엇인가? 어떤 부분이 모든 인간에게 보편적인가? 독자들이 책을 다 읽고 무엇을 얻었으면 하는가? 스토리 훅으로 돌아가서 관련 있는 주제를 떠올려볼 수도 있다.

● 캐릭터가 주제를 나타내는 방법
· 주제를 긍정적으로 표현
· 주제를 부정적으로 표현
· 주제를 긍정적으로 표현했다가 부정적으로 표현하는 캐릭터 아크의 변화를 통해

- 주제를 부정적으로 표현했다가 긍정적으로 표현하는 캐릭터 아크의 변화를 통해

● **주제를 나타내는 사이드 캐릭터의 유형**

- 주제의 진실 혹은 주제의 메시지를 고수하는 캐릭터
- 주제의 거짓말을 고수하는 캐릭터
- 주제와 관련된 진실에서 벗어나 거짓말을 믿게 되는 캐릭터
- 주제와 관련된 거짓말을 믿다가 진실을 깨닫는 캐릭터

● 사이드 캐릭터에 의미를 부여하려면 하위 플롯을 통해 주인공과는 다른 방식으로 주제 질문에 답하도록 해야 한다. 주인공의 질문이 가장 크고 중요해야 한다는 사실도 잊지 마라.

생각해볼 질문

● 당신이 가장 좋아하는 이야기의 주제는 무엇인가?

● 그 책 속의 각 주요 사이드 캐릭터가 어떤 방식으로 주제를
표현하는지 알아보자.

Step ›› 3

피와 살

⚠ **스포일러 경고**

소설
J.K. 롤링의 『해리 포터』 시리즈
N.K. 제미신의 『부서진 대지』 시리즈
V.E. 슈와브의 『기억되지 않는 여자,
애디 라뤼』 『레드 런던의 여행자』
리 바두고의 『그리샤버스』 시리즈
베키 챔버스의 『작고 성난 행성으로
가는 먼 길The Long Way to a Small Angry
Planet』
사샤 블랙의 『죽음의 향기』
수잰 콜린스의 『헝거 게임』 시리즈
스테파니 메이어의 『트와일라잇』
시리즈
주노 도슨의 『미트 마켓Meat Market』
필립 풀먼의 『황금나침반』 시리즈
제이 아셰르의 『루머의 루머의 루머』

영화
〈007〉 시리즈
〈데드풀〉 시리즈
〈매트릭스〉 시리즈
〈모아나〉 시리즈
〈몬스터 주식회사〉
〈배트맨〉 시리즈
〈아이언맨〉 시리즈
〈어벤져스〉 시리즈
〈업〉
〈오션스 일레븐〉
〈온워드〉
〈우리는 파키스탄인〉
〈인사이드 아웃〉 시리즈
〈카〉
〈토이 스토리〉 시리즈

드라마
〈덱스터〉 시리즈
〈루머의 루머의 루머〉 시리즈
〈페이트: 윙스의 전설〉 시리즈

사이드 캐릭터를 제대로 확인하지 않으면 스토리를 완전히
망쳐놓는다. 스포트라이트를 훔쳐가는 교활한 녀석이라서.
주인공처럼 책의 줄거리에 얽매이지 않는다. 힘겹게 장애물을
극복하지 않아도 되고 그저 고삐 풀린 망아지처럼 자유를 누릴
수 있다. 사이드 캐릭터가 이야기 곳곳에 화려하게 등장하기
시작하면 자연스럽게 독자는 주인공에게 관심을 보이지 않는다.
하지만 눈에 거슬린다고 해서 이야기의 초석이 되어주는 사이드
캐릭터를 뺄 수도 없다. 그러니 몇 가지 원칙을 명심하며 사이드
캐릭터를 설정해야 한다.

사이드 캐릭터의
행동과 감정

사이드 캐릭터를 만들 때 절대로 하면 안 될 일은 아무런
영향력이 없는 캐릭터로 만드는 것이다. 한마디로 너무
하찮아서는 안 된다. 긍정적인 영향을 주든 부정적인 영향을 주든
상관없다. 영향을 미치는 것이 중요하다. 그렇지 않으면 존재할
이유가 없지 않은가? 영광스러운 사이드 캐릭터는 목적이 있을
뿐만 아니라 어떻게든 플롯에 끼어들어야 한다. 그렇지 않으면
쓸모가 없으므로 죽여서 다른 제물과 함께 문학의 신에게 바쳐라.
사이드 캐릭터가 등장해 머리나 엉덩이를 긁고 코를 후빌 뿐
이야기 전개에는 도움이 되지 않는다면 뭔가 잘못되었다. 사이드
캐릭터의 행동에 따라 플롯이 변화해야 한다.

그리고 사이드 캐릭터의 일관된 행동을 통해 독자에게 그 캐릭터의 본성을 표현해야 한다. 이때 독자에게 사이드 캐릭터의 행동을 자세히 묘사하는 것은 좋지만 명심해야 할 점이 있다. 내레이션이 지나치게 많아지면 이야기의 속도가 느려진다는 것이다. 물론 작가라면 세계관을 구축할 때 멋지고 황홀한 묘사가 담긴 문단을 두어 개 넣고 싶겠지만, 이러한 설명이 이야기의 속도를 늦춘다는 것을 유의해라.

전개의 속도감을 유지하고 캐릭터에 깊이를 더하면서 설명하는 방법도 있다. 캐릭터가 당신이 묘사하는 세계의 구성 요소와 상호작용하는 것이다. 오직 주인공만 세계와 상호작용할 수 있다고 오해하기 쉽지만 그렇지 않다. 당신의 사이드 캐릭터도 세계와 상호작용한다. 바로 그 점을 이용해 세계관을 설명하면서도 지루하지 않게 역동성을 유지할 수 있다.

나와 친한 작가 친구들 중 한 사람은 팔에 다음의 문구를 새겼다.

$$E+R=O$$
사건+반응=결과

도대체 무슨 뜻이냐고?

물어봐줘서 기쁘다.

잭 캔필드라는 사람은 우리가 경험하는 모든 결과는 사건과 반응을 합친 결론이라고 주장한다. 현실에는 물론이고 소설에도 맞는 말이다. 작가는 캐릭터들의 반응을 조율한다. 소용돌이에 휘말리다가 잠시 떨어져 나오고, 다시 빨려 들어가다가 머리를 내밀고 결국은 올바른 길을 찾도록. 요점은 캐릭터가 책 속에서 일어난 사건에 반응한다는 것이다.

사이드 캐릭터의 성격은 행동의 총결산이다. 행동이 사람을 만든다. 그렇기에 사이드 캐릭터의 행동과 감정을 어떻게 표현할지 신중하게 생각해야 한다. 강렬한 사이드 캐릭터를 만드는 가장 빠른 방법은 행동으로 캐릭터의 특성을 보여주는 것이다.

그러려면 캐릭터가 그렇게 행동하거나 반응하는 이유를 파악해야 한다. 캐릭터의 성격이나 배경의 한 측면을 드러내기 위해서다. 또한 캐릭터가 계속 변화하고 세계와 상호작용할 수 있도록 하기 위해서기도 하다. 이렇게 캐릭터의 행동이 이어지면 이야기에도 속도가 붙는다. 어째서 이 방법이 효과가 있을까? 당신의 캐릭터는 물론 독자가 이야기 속의 세계를 물리적으로 경험할 수 있기 때문이다. 아, 너무 섹시해. 잠깐 쉬면서 진정해야겠다.

디테일은
적당하게

단역에 불과한 캐릭터의 설명이 너무 상세하면 지나치다. 여기에는 법칙이 있다. 캐릭터의 비중이 클수록 디테일을 더 많이 추가해도 된다. 하지만 카메오나 한두 번 등장하는 캐릭터는 간단한 설명만으로 충분하다. 아예 설명이 없어도 되고.

비중 없는 캐릭터의 디테일이 지나치면 안 되는 또 다른 이유가 있다. 독자들은 주인공의 가장 친한 친구의 발가락에 털이 몇 개가 났는지 알 필요가 없다. 사이드 캐릭터는 분량이 제한되어 있다. 따라서 피부와 옷, 다리 안쪽의 치수, 체모의 수를 전부 담아내려고 애쓰는 것보다 가장 두드러지고 흥미로우며 특이한 소수의 디테일에 집중하는 것이 그들의 성격을 훨씬 더 잘 전달해줄 것이다.

설명이 장황해지면 독자는 질리기 마련이고 어차피 다 기억하지도 못한다. 캐릭터가 너무 많아 디테일이 흐려지고 서로 섞이면 독자는 더 이상 책장을 넘기지 않는다. 프레드가 누구고 짐이 누군지 헷갈려서 이야기를 도무지 이해하기가 어렵기 때문이다.

하지만 모든 사이드 캐릭터마다 하나의 디테일, 즉 독특한 특징을 선택해서 계속 활용할 필요도 있다. 그 디테일이 바로 사이드 캐릭터의 '강력한 포인트'가 된다. 아이언맨의 슈트나 셜록 홈즈의 파이프처럼 캐릭터를 매력적인 이미지로 만들어준다. 어떤 디테일을 선택하든 그 디테일은 다른 캐릭터와 확연히 대비되어야 하고 작품 전반에 일관적으로 이어져야 한다.

스토리텔링의
두 가지 효과

좋은 스토리텔링은 무엇이든 두 가지 효과를 거둔다. 캐릭터의 생김새를 묘사하면서 동시에 그의 성격을 표현하는 것이다. 셜록 홈즈의 파이프는 그가 담배를 피운다는 것을 말할 뿐만 아니라 심각한 중독자라는 사실을 보여준다. 또 다른 예가 있다.

> 아델린은 에스텔처럼 차라리 나무가 되고 싶다고 생각했다. 만약 뿌리를 내려야 한다면, 가지치기당하지 않고 야생의 탁 트인 하늘 아래서 홀로 무성하게 자라고 싶었다. 베인 채 난로에서 불타는 장작보다는 낫다.
>
> V.E. 슈와브,
> 『기억되지 않는 여자, 애디 라뤼』

이 인용문은 책의 앞부분에 등장하는데 언뜻 간단한 설명으로 보이지만 깊은 뜻이 있다. 애디는 책에서 대부분 혼자다. 그는 뿌리를 내릴 수 없다. 마침내 뿌리 내릴 누군가를 찾지만 뿌리가 자리 잡히기 전에 베인다. 뤼크가 그를 베어 불태운다. 설명이지만 의미와 은유, 앞으로의 내용에 대한 복선으로 가득 채워져 있다.

이런 식으로 설명을 하면 결말을 다 읽은 후 다시 처음으로 돌아가게 되므로 독자에게 기나긴 여운을 남긴다.

관련성은 왕이다

캐릭터화할 때 지켜야 할 원칙 중 하나는 캐릭터와 관련 없는 것은 반드시 생략하는 것이다. 왜일까? 당신에게는 흥미진진해도 독자에게는 그저 과장에 불과하기 때문이다. 독자는 작가가 아니라 캐릭터를 보려고 책을 읽는다. 그들은 캐릭터와 중요하게 관련 있는 것을 알고 싶어 한다. 한 번에 두 가지 의미를 담지 못하거나, 캐릭터와 이야기, 배경, 복선에 대한 정보를 드러내지 않는 디테일을 넣으면 소중한 글자 수와 분량만 낭비된다. 이야기를 인상 깊게 압축할 기회를 잃는 것이다. 다시 말해 그들은 맡은 역할을 수행하고 플롯에 미쳐야만 한다. 그렇지 않으면 혹일 뿐이니 확실히 잘라내라.

　앞으로 다음의 사이드 캐릭터에 관한 원칙을 명심하면서 이 책을 계속 읽어나가기를 바란다.

> ✔ 세계와 상호작용해야 한다.
> ✔ 이야기에 영향을 미쳐야 한다.
> ✔ 설명은 두 가지 효과를 거둬야 한다.
> ✔ 행동을 통해 성격을 보여주어야 한다.
> ✔ '강력한 매력 포인트'를 찾아라.

사이드 캐릭터의 '왜'

오타쿠가
아니야

모든 주인공은 친구가 필요하다. 하지만 빠지기 쉬운 함정이
있다. 필요에 따라 주인공의 친구를 만들더라도 각각의 캐릭터가
등장하는 이유가 있어야 한다는 것이다. 그 이유가 고작 주인공의
엉덩이를 닦아주거나 가방을 들어주는 것이어서는 안 된다.
사이드 캐릭터는 주인공을 위한 코믹 콘에 모인 오타쿠가 아니다.
우리는 책을 쓰는 진지한 일을 하고 있다. 오로지 주인공만을
위해 존재하는 사이드 캐릭터는 생각만 해도 오글거린다.

물론 사이드 캐릭터가 존재하는 이유는 주인공과 관계 맺기
위해서기도 하지만, 그들은 고유한 목표가 있어야 하고 주인공의
이야기를 벗어난 삶이 필요하다.

왜냐고?

그래야만 그럴듯하고 완전한 캐릭터가 만들어진다.

이러한 요소가 없는 사이드 캐릭터는 평면적이고 지루하다.
오로지 주인공의 목표나 줄거리를 전개하는 목적만으로 만들어진
꼭두각시처럼. 소름이 돋지 않는가? 그런 캐릭터는 시시하고
약하다. 고양이가 오줌 싼 골판지로 만든 것처럼.

장면에 등장하는 이유

모든 사이드 캐릭터는 존재 이유가 있어야 할 뿐만 아니라 어떤 장면에 등장하는 이유도 꼭 필요하다. 어떤 장면의 맨 구석에서 퍼덕거리는 캐릭터가 있는가? 팔을 잘라내라. 그 장면에서 없애버려라. 사이드 캐릭터는 목적을 수행해야 한다. 모든 장면에서 뭔가 하는 일이 있어야 한다. 필요 없는 캐릭터를 찾아내는 방법부터 말해주겠다. 중요한 대화가 이루어지는 장면을 다시 읽어보면 난데없이 불쑥 튀어나오는 캐릭터가 있을 것이다.

이를테면 이런 식이다.

한 무리의 사람들이 있다. 새로운 캐릭터 프레디는 이 장면의 시작 부분에서 다른 사람들과 함께 등장한다. 바네사와 사라, 제임스는 전기가 나갔을 때 바네사의 가슴을 만진 사람이 누구인지 열띤 대화를 나눈다. 프레디는 보이지 않고 이 대화에 참여하지도 않는다. 갑자기 사라져버린 듯하다. 그런데 이 장면이 끝날 무렵 바네사는 사실 아무도 자기 가슴을 만지지 않았다고 고백한다. 그리고 이 무리가 방을 빠져나가는 결말에서 갑자기 프레디가 마법처럼 다시 등장한다.

사이드 캐릭터가 어떤 장면에 등장한다면 반드시 이유가 있어야 한다. 프레디는 바네사의 고백을 가만히 듣고 있을 게 아니라 최고의 연기를 보여주며 그 장면에 등장해야 했다.

작품을 퇴고할 때는 한 장면에서 각각의 캐릭터가 무엇을 하고 말하고 전달하고 발견하는지, 어떤 방식으로 서로의 행동과 감정, 갈등에 관여하는지 살펴봐야 한다.

삶의
이유

사이드 캐릭터에게는 주인공의 핵심 플롯을 벗어난 삶이 필요하다. 그러면 완전한 삶에 대한 환상이 만들어져서 캐릭터가 좀 더 사실적으로 느껴진다.

만약 당신이나 내가 캐릭터라면, 우리의 서사적 맥락은 하나가 아닐 것이다. 물론 이 책을 읽는 사람의 메인 플롯은 아마 글쓰기리라. 잉크가 묻고 굳은살이 박인 손으로 새벽마다 휘갈겨 쓴 글로 세상에 발자취를 남기고 싶어서 지금 이 책을 읽고 있는 것일 테니까. 하지만 그것은 우리의 유일한 플롯 라인이 아니다. 우리에게는 수백 가지나 되는 다른 플롯 라인이 있다. 여행에서 운명적으로 연인을 만나지만 집으로 돌아와 무술을 배우며 강사에게 새롭게 반하는 바람에 식어버린 로맨스나, 새벽까지 양자 얽힘에 관한 논문과 책을 닥치는 대로 읽으며 발현한 물리학 페티시즘이 있을 수 있다. 삶의 목적이 우리라는 사람의 전부가 아니다. 책에서 쏟아지는 활자만이 우리의 전부가 아니다. 사이드 캐릭터도 그래야 한다.

사이드 캐릭터에게는 메인 플롯과 상관없는 고유한 삶이 필요하다. 그들의 삶에서 또 무슨 일이 일어나고 있는가? 이런 디테일이 그들에게 생명을 불어넣어 주인공을 벗어나 고유한 삶이 있는 것처럼 보이게 한다.

이게 왜 중요할까? 그렇지 않으면 사이드 캐릭터가 오로지 주인공의 목표를 방해하거나 도와주기 위해서 만들어진 것처럼 보이기 때문이다. 물론 이야기 구조의 측면에서 그게 그들의 목적이기는 하지만 오직 주인공을 위해서만 존재한다면 진부하고 지루하며 플롯도 캐릭터화도 완전히 비현실적일 것이다.

영화 〈아이언맨〉 시리즈에서 페퍼 포츠는 토니가 어벤져스 멤버의 역할을 완수할 수 있도록 스타크 인더스트리의 CEO가 된다. 이것은 그만의 삶과 직업이 필요하다는 뜻이다. 또한 그는 토니의 의견에 항상 동의하지만은 않는다. 특히 회사에 영향을 미치는 것이라면 더더욱 그렇다. 이런 모습은 그의 캐릭터를 입체적으로 만들고, 토니의 의견에 반대함으로써 이야기의 갈등을 일으킨다.

당신의 사이드 캐릭터도 페퍼처럼 주인공을 벗어나 그만의 삶이 있어야 한다.

사이드 캐릭터의 고유한 삶에 대해 언급하고 그것이 주인공과 플롯에 문제를 일으키도록 하라. 사이드 캐릭터가 무엇을 원하고 필요로 하는지 생각해보라. 그의 직업은 무엇이고 인간관계나 가족 관계는 어떤가? 직장 생활이나 가정 문제, 오디션 준비로 너무 바빠서 주인공의 임무를 도울 수 없는가? 이처럼 현실적인 문제로 사이드 캐릭터에 살을 붙이자.

그의 고유한 삶을 짧게 언급하는 것은 중요하지만 줄거리를 차지하게 놔두면 안 된다. 언급하고 암시하고 제안하는 것만으로 충분하다.

페퍼는 주인공이 아니므로 정장을 입고 사업 제안서나 보고서 같은 서류판만 들고 있어도 모든 장면을 장악한다. CEO의 일거수일투족에 대해 말하지 않는다. 그가 하는 일은 대부분 화면에 나오지 않는 곳에서 이루어진다. 캐릭터에게 그만의 삶이 있다고 느껴지려면 언급과 암시만으로 충분하다. 나머지는 독자가 유추해서 채울 것이다.

주인공의
이유

지금까지 사이드 캐릭터에게 주인공과 관계없이 고유한 삶이 있어야 한다고 구구절절 설명했다. 동시에 사이드 캐릭터는 주인공의 '목표'와 연결되어야 하고 이를 지지해야 한다.

페퍼는 고유한 삶이 있고 스크린 밖에서 CEO의 임무를 수행하지만, 결국 그 임무는 주인공이나 그의 여정과 밀접하게 관련돼 있다. 페퍼는 토니가 주인공의 메인 플롯을 수행할 수 있도록 토니가 하던 역할을 대신 맡는다. 『해리 포터』 시리즈의 헤르미온느는 호기심이 왕성하고 인정 욕구가 강해서 언제나 최고의 점수를 받고 싶어 한다. 이것은 그의 고유한 욕망이지만, 이러한 성향 덕분에 그는 해리와 동료들이 빌런을 물리치는 데 핵심적인 정보를 찾는 역할을 수행한다. 〈매트릭스〉의 모피어스는 '그'를 반드시 찾으려 했고, 그래서 주인공 네오(그)를 만난다. 〈업〉의 보이스카우트 대원 러셀은 봉사 활동 배지를 받기 위해 노인들을 돕다가 주인공 칼 프레드릭슨을 만난다. 『헝거 게임』의 피타는 게임에서 그저 살아남기 위해 싸우다 캣니스를 돕는다. 이처럼 사이드 캐릭터는 저마다 고유한 목적과 욕망을 가진 동시에 주인공과 복잡하게 연결되어야 한다.

완벽한 결함

완벽한
캐릭터

원숭이보다 그저 털이 적을 뿐인 인간이 스스로 완벽하다고
생각해봤자 사실과는 거리가 멀다. 독자가 당신의 소설에 푹
빠져들기 위해서는 공감대를 형성해야 한다. 그래서 캐릭터,
특히 히어로가 완벽하면 문제가 된다. 완벽한 사람은 거울이다.
거울을 보고 자신이 쓸모없는 인간이라는 걸 확인하고 싶은
사람이 있을까? 아무도 없을 것이다. 우리는 자신이 완벽하지
않다는 걸 안다. 나는 보통 사람들보다 약간 통통하고(컵케이크와
초콜릿아, 고맙다) 커피를 마시지 않으면 짜증이 심하다는
사실을 잘 안다. 고맙지만 남들이 굳이 되새겨주지 않아도 된다.
어떤 사람은 인간이 불완전하다는 사실을 완전히 부정하면서
살아간다. 흠잡을 데 없이 완벽한 캐릭터가 사람들의 짜증을
돋우는 이유기도 하다. 완벽한 캐릭터는 짜증 나고 지루하며
비현실적이다.

하지만 지금까지 언급된 것보다 더 큰 죄가 하나 있다.
캐릭터가 완벽하면 어떻게 갈등을 만들 수 있을까? 완벽한
캐릭터는 논쟁하거나 싸울 일이 없다.

목을 가다듬는다.

소리를 지른다.

"진짜 진짜 지루해!"

당신의 캐릭터를 불의에 참지 않고 언제나 약자의 편에 서는 로빈 후드 같은 인생을 살아가도록 만들지 마라. 그는 어딘가 나사 빠진 의견을 내야 한다. 말과 행동 역시 조금은 재수가 없어서 다른 이들이 지적하고 논쟁을 벌여야 한다. 히어로와 빌런, 조연 할 것 없이 모든 캐릭터에 약점이나 잘못을 설정해라. 엉망진창으로 일을 망치고 실수하도록 내버려두어라. 그런 모습이 훨씬 더 매력적이다.

몇몇 사이드 캐릭터들의 결점을 살펴보자. 영화 〈업〉에 나오는 러셀은 다른 사람을 도와주기는 하지만 약간 짜증스러운 모습도 변함없이 보여준다. 헤르미온느는 밝고 영리하며 큰 도움이 되지만 자만심이 하늘을 찌를 정도기도 해서 다른 캐릭터를 열받게 하기도 한다. 이 캐릭터들은 모두 완벽하지 않아서 더욱 매력 있다. 당신의 사이드 캐릭터도 완벽하면 안 된다.

캐릭터의 약점을 선택할 때 이야기에 최대 효과를 주는 두 가지 옵션이 있다.

- 다른 사람을 짜증 나게 하고 갈등을 만드는 특징
- 거꾸로 장애물을 제거하는 데 유용한 특징

나쁜 사람에게
끌리는 이유

완벽함과 마찬가지로, '캐릭터는 반드시 호감이 가야 한다'는 잘못된 고정관념도 사라져야 한다. 딱 한 번만, 힘주어 말하겠다.

캐릭터는 꼭 호감이 갈 필요가 없으며 흥미로워야 한다.

흥미로운 캐릭터는 호감 가는 캐릭터보다 강력하다. 예를 들어, 셜록 홈즈는 역사상 가장 사랑받는 캐릭터 중 한 명이다. 그는 도시 곳곳에 벌어지는 사건을 앞장서서 해결하기 때문에 도덕적인 측면에서 히어로에 해당한다. 자신의 분야에서만큼은 천재적이라 옆에서 지켜보는 것이 즐겁다. 그러나 마냥 친절하고 완벽한 캐릭터였다면 그렇게 흥미롭지는 않았을 것이다. 그는 솔직히 말해서 약간 재수 없다. 퉁명스럽고 그다지 사교성도 뛰어나지 않으며 마약 중독자기도 하다. 오히려 그의 결점은 매우 흥미롭고 매력적이며 지적인 면을 부각한다.

당신의 사이드 캐릭터도 그렇게 만들어야 한다.

결함은 인간적인 매력을 더한다. 비범하고 대단해 보이는 캐릭터의 인간적인 모습을 보여주어라. 캐릭터의 결함은 그 어떤 호감 가는 특징보다도 독자가 그 캐릭터에 더욱 공감하도록 한다.

비호감 캐릭터를
매력적으로 만들기

비호감 캐릭터를 어떻게 하면 호감이 가게 할 수 있느냐는
질문을 자주 받는다. 물론 비호감 캐릭터가 주인공이라면 더
쉽다. 400쪽에 달하는 공간을 마음껏 이용해 독자가 그에게
공감하도록 만들 수 있으니까. 하지만 사이드 캐릭터의 경우에는
주어진 분량이 훨씬 적다. 어떻게 하면 비호감 캐릭터를
매력적으로 만들 수 있을까?

　방법이 몇 가지 있는데 하나씩 살펴보도록 하자.

긍정적 특성
　부정적인 특성이 필요한 만큼 당연히 긍정적인 특성도
필요하다. 헤르미온느는 주변 사람에게 도움을 준다. 러셀 역시
마찬가지다. 하지만 모피어스는 단호하고 믿음이 확고하다.
긍정적인 특성과 부정적인 특성이 적당히 섞여 균형 잡힌
캐릭터를 만들어준다. 이 캐릭터들은 저마다 결점이 있지만
그래도 좋은 점이 있기에 독자에게 매력적이다.

　주요 사이드 캐릭터라면 그의 과거나 뒷이야기를 보여줄
수 있다. 다시 말해서 그의 상처가 드러날 것이다. 그 상처는
현실감을 더해준다. 사람은 누구나 결점이 있고 상실이나 슬픔,
충성심, 질투 같은 감정을 기본적으로 이해할 수 있기 때문이다.
누구나 겪어봤기에 그 캐릭터가 아무리 모자라고 재수 없더라도
독자는 내적으로 친밀감을 느낄 수 있다.

도덕의 선

데드풀처럼 항상 나쁜 짓을 일삼지만 제 나름대로 그럴듯한 이유가 있는 캐릭터가 있다. 도덕적으로 옳고 그름을 따지기가 애매해진다. 누군가 다른 사람을 돕기 위해서 나쁜 결정을 내린다면 인간으로서 우리는 그 결정을 이해할 수 있다. 그 실수를 차마 받아들일 수는 없어도 이해는 할 수 있다. 누구나 다른 사람을 도우려다가 실제로 일을 더 망쳐버리는 실수를 한 적이 있을 것이다. 정말 답답한 일이다. 하지만 그 행동의 동기는 정말로 순수하다는 사실은 변함이 없다.

TV 드라마 〈덱스터〉의 주인공은 경찰청에서 일하지만 사람들을 죽이는 사이코패스다. 그에게는 엄격한 규칙이 있다. 바로 법의 심판을 피해간 이들만 죽인다는 것. 사람을 죽이지만 그럴듯한 이유가 있는 것이다. 이처럼 도덕적인 딜레마를 이용해서 캐릭터의 호감도를 높일 수 있다.

능력

캐릭터의 뛰어난 능력은 그의 매력을 높여준다. 특히 그 능력을 좋은 일이나 다른 캐릭터를 돕는 데 사용하면 더더욱 그렇다. 『식스 오브 크로우스』에서 이네지는 카즈 브레커를 위해 일한다. 그는 인기척을 숨기는 능력으로 사람들의 목에 칼을 겨누기도 하지만, 카즈를 구한다. 헤르미온느의 뛰어난 마법과 지식 역시 동료들이 몇 번이고 위기를 피해가도록 도와준다. 이처럼 독자는 캐릭터가 뛰어난 능력으로 다른 사람을 몇 번 도우면 그를 사랑하게 된다.

의무와 친절

캐릭터가 약자를 배려하는 모습을 보여주면 그의 인간미를 드러낼 수 있다. 여기에 더 강력한 한 방을 추가하고 싶으면 사이드 캐릭터가 사랑이 넘치는 인품 때문이 아니라 의무감으로 누군가를 보살피는 모습을 보여주어라. 캐릭터가 원해서 하는 일은 아니지만 다른 사람을 의무적으로나마 돌보는 모습은 그에게 도덕성이 있다는 것을 보여준다. 구원의 여지가 있다는 것을.

〈토이 스토리〉의 버즈 라이트이어는 자신이 장난감이라는 현실을 제대로 인식하지 못하고 있지만, 헌신적인 우주 특공대원의 모습에 우리는 그의 순진한 모습이 짜증 나도 용서하게 된다.

변화

비호감 사이드 캐릭터에게 설탕과 향신료를 뿌리는 또 다른 방법은 변화의 가능성을 보여주는 것이다. 아무리 자기도취에 빠진 얼간이라도 모든 인간에게는 유난히 약한 부분이 있다. 성장과 변화 가능성을 보여주면 아무리 거만하고 재수 없는 캐릭터라도 용서받을 수 있을지 모른다. 변화의 여지가 없는 비호감 캐릭터는 절대 용서받지 못한다.

하지만 캐릭터가 실제로 변하든 변하지 않든 그것은 중요하지 않다. 중요한 것은 변화의 가능성이다. 자신의 결함을 완벽히 극복하지 못하더라도 단순히 예전보다 나은 결정을 하거나 누군가를 구하기 위해 희생을 선택할 수 있다. 자존심을 제쳐두는 헤르미온느나, 우주 특공대를 더 이상 믿지 않게 된 버즈 라이트이어처럼 말이다.

오리진 스토리

배 아파 자식을 낳아본 적 있는 사람이라면(자식 같은 책이라는
비유가 아니라 실제로) 출산이 여성의 질에 대학살과도 같은
일이라는 사실을 알 것이다. 하지만 그래서 질은 강력한 게 아닐까?
완전히 새로운 인간을 세상에 데려다 놓으니까. 두근거리는 심장이
달린, 책과 우주 로켓과 마마이트를 비롯해 온갖 멋진 것들을
만들어내는 두뇌가 있는, 살아 숨 쉬는 사람 말이다.

　소설 속 캐릭터를 만드는 법을 설명하는 책에서 왜 아기가
나오는 입구에 대한 얘길 하고 있느냐고? 지금까지 수많은
엄마를 만나보았지만 출산 이야기가 저마다 달랐다. 모든
출산 이야기는 독특하다. 아기를 낳은 적 있는 이 세상 모든
엄마에게는 멋진 이야기가 있다. 사이드 캐릭터의 오리진
스토리도 그래야 한다.

　계속하기 전에, 모든 사이드 캐릭터에게 오리진 스토리가
필요하지는 않다는 점을 확실히 하고 싶다.

　사이드 캐릭터가 일인칭 주인공 시점의 캐릭터, 즉 화자로
나온다면 오리진 스토리나 백스토리를 넣는 것이 좋다. 사이드
캐릭터가 주인공의 가장 친한 친구인가? 멘토일 수도 있다.
그렇다면 분량이 많을 테니 오리진 스토리를 포함할 여유가 있을
것이다.

　선을 적당히 지키기란 쉽지 않은 문제다. 캐릭터가 주인공과
이야기에 영향력이 어느 정도 있는지부터 먼저 파악해야 한다.

오리진
스토리란?

오리진 스토리는 캐릭터가 어떻게 지금의 모습이 되었는지를
설명해준다. 엄마와 아빠가 사랑했더니 9개월 후에 〈배트맨〉의
로빈이 태어났더라, 하는 이야기가 아니다.

　디즈니 애니메이션 〈카〉의 닥 허드슨을 예로 들어보자. 그는
한때 최고의 레이싱 카였지만 사고로 세상에 잊혔다. 그의 오리진
스토리를 요약하자면 그렇다. 그는 옛 신문 기사와 우승컵을 볼
때마다 상처를 떠올리고, 그의 과거는 주인공 맥퀸과 얽히는
계기가 된다. 맥퀸의 코치가 되는 것이다.

　사이드 캐릭터에게 오리진 스토리가 중요한 이유는 과거의
어떤 근본적인 부분이 지금의 그를 만들었는지 알려주기
때문이다. 따라서 그 캐릭터에게 가장 핵심적인 상처나 결점을
설정해주어야 한다.

　그가 사랑하는 사람을 잃는 것을 두려워하는가? 그렇다면
과거에 누구를 잃었는가? 사랑하는 사람을 잃지는 않았지만 자기
잘못으로 거의 잃을 뻔한 경험이 있을 수도 있다.

무엇을
넣어야 할까?

사이드 캐릭터는 주인공만큼 자세히 살펴볼 시간이 없다.
그러므로 캐릭터나 주인공, 현재 플롯에 가장 큰 영향을 주는
과거의 요소만 넣어야 한다. 오리진 스토리에 엄청나게 많은
요소가 있더라도 당신의 메모장에 남겨두어라. 중요한 것은 현재
이야기와 캐릭터들 사이에 영향을 미치는 요소뿐이다. 사이드
캐릭터가 어릴 때 개에게 물린 기억 때문에 개를 무서워한다고
해도 소설이 개가 없는 우주에서 펼쳐진다면 아무런 관련도
없다. 하지만 외계 좀비들로 가득한 우주선에 광견병 걸린 개가
들어왔는데, 좀비를 물리칠 무기가 있는 방으로 가기 위해 그
개를 지나쳐야만 하는 상황이라면 이야기가 달라진다. 한마디로
맥락이 중요하다.

오리진 스토리의
목적

오리진 스토리의 가장 중요한 목적을 몇 가지 소개할 것이다.
전부 또는 일부라도 해당하지 않으면 그 캐릭터에게는 오리진
스토리가 필요하지 않다.

변화의 필요성을 보여준다

이것은 사이드 캐릭터가 이야기에 중요한 존재라서 변화의
여정을 거친다는 뜻이다. 즉 주요 사이드 캐릭터라는 뜻이다.
사이드 캐릭터가 변해야만 한다는 것을 말로 하지 않아도 된다.
잘못된 말이나 행동을 하는 모습을 묘사해 변화의 필요성을
보여줄 수 있다. 이렇게 하면 과거에서 현재로의 변화와 여정을
강조하는 데 도움이 된다.

현재 시점에서 캐릭터가 드러내는 특성을 설명한다

오리진 스토리는 지금 그 캐릭터가 그렇게 행동하는 이유를
설명한다. 엄청나게 거만하고 재수 없는 모습이라면 그의 오리진
스토리는 인기 있는 친구들에게 괴롭힘을 당한 과거일 것이다.
독자는 그가 과거를 극복하고 보상받고자 하는 심리로 정반대의
모습을 보이게 되었다는 사실을 알 수 있다. 따라서 '괴롭힘을
당했던 사람이 이제는 남들을 괴롭히는 쪽이 되었다'라는 설명을
하지 않아도 독자가 캐릭터의 행동 이유를 유추하며 읽을 수
있다.

결과를 만든다

오리진 스토리를 넣으려면 과거의 일이 현재의 이야기에
다른 결과를 만들었다는 것을 확실하게 보여주어야 한다. 만약
캐릭터의 오리진 스토리나 과거가 전혀 흥미롭지 않다면 넣지
마라. 그런 경우 캐릭터가 변할 필요가 없고 변화의 여정도 없을
테니 오리진 스토리는 빼는 게 좋다.

오리진 스토리와
관련된 실수

오리진 스토리와 관련해 다음과 같은 실수를 저지르기 쉽다.

- 사이드 캐릭터의 오리진 스토리에 지나치게 많은 분량을 할애하는 것
- 캐릭터의 현재가 아닌 과거에 대한 오리진 스토리를 만드는 것
- 오리진 스토리를 너무 빨리 등장시키는 것

그럼 하나씩 차례로 살펴보도록 하자.

당신의 소설에서 가장 중요한 오리진 스토리는 바로 주인공의 오리진 스토리다. 그의 이야기가 가장 많은 분량을 차지한다는 것을 의미한다. 다른 사이드 캐릭터의 경우 짧은 회상이나 대화, 주인공의 기억만으로도 과거와 현재를 연결하기에 충분하다.

또한 작가가 흔히 저지르는 실수는 오리진 스토리는 무조건 과거에 관한 이야기라고 생각하는 일이다. 오리진 스토리는 캐릭터가 그 캐릭터의 현재를 설명하는 이유니 당연히 과거여야 하지 않을까?

틀렸다.

물론 오리진 스토리는 지금의 캐릭터가 어떻게 만들어졌는지 설명하지만, 독자는 이야기의 현재 시점에 머무르므로 아무 관련 없는 과거에 대한 이야기를 하면 안 된다는 것을 명심하자. 이야기의 현재 시점과 어떤 관련이 있는지를 고려해야 한다.

과거의 상처가 현재 캐릭터에게 어떤 영향을 미치는가? 무엇을 하지 못하게 만드는가? 아니면 그의 판단에 영향을 미치는가? 바로 이런 질문들을 고려해야 한다.

제이 아셰르의 『루머의 루머의 루머』는 현재 플롯에 영향을 미치는 오리진 스토리를 만드는 방법을 알려주는 훌륭한 보기다. 여기에서는 원작 소설에 충실한 넷플릭스 방영 드라마의 첫 번째 시즌만 예로 들겠다. 주인공의 여자 친구 해나가 열세 개의 카세트테이프를 남기고 자살한다. 각각의 테이프는 다른 사이드 캐릭터의 오리진 스토리라고 할 수 있다. 테이프는 사이드 캐릭터가 어떻게 그에게 상처를 주어 자살에 이르게 했는지 설명한다. 중요한 것은 각각의 테이프가 과거를 살펴보지만, 주인공 클레이 젠슨이 해나에게 무슨 일이 일어난 것인지 알아내려는 현재의 줄거리와 밀접한 관련이 있다는 사실이다. 클레이는 오리진 스토리인 테이프를 이용해 해나가 언급하는 각각의 인물을 조사한다. 현대 청소년 소설을 즐기지 않는 사람이라도 소설책과 드라마 첫 번째 시즌을 꼭 보기를 추천한다. 작가가 오리진 스토리를 얼마나 멋지게 활용했는지 알 수 있다.

또 다른 실수는 연대순으로 볼 때 가장 가깝다는 이유로 사이드 캐릭터의(또는 주인공의) 오리진 스토리를 소설의 시작 부분에 넣는 것이다. 이것은 가장 흔하게 나타나는 실수이기도 하다. 이렇게 하면 캐릭터의 현재 행동을 설명할 수는 있을지 모르지만 독자에게는 필요 없는 일이다.

좀 더 자세히 설명하겠다.

빵 부스러기

오리진 스토리는 빵 부스러기를 의도적으로 조금씩 떨어뜨리는 식으로 넌지시 암시하면서 점점 커져야 한다. 왜냐고? 이렇게 하면 훨씬 커다란 보상으로 이어지기 때문이다. 아래는 오리진 스토리를 구성하는 한 방법이다. 참고로 유일한 방법이 아니라 여러 가지 방법 중에 한 가지를 제안하는 것뿐이다.

오리진 스토리의 결과부터 시작한다. 오리진 스토리가 초래한 행동이나 판단은 무엇인가? 그 부분을 먼저 보여준다. 예를 들어, 사이드 캐릭터가 보트를 무서워한다고 하자. 호수에서 친구들과 즐거운 시간을 보내던 중 주인공이 같이 제트스키를 타자고 하지만 그는 내켜 하지 않는다. 그리고 결국에는 주인공에게 화를 내고 집으로 가버린다.

그러고 나서 주인공이 사이드 캐릭터를 그렇게 행동하게 만든 '그 사건'을 언급한다. 이때 독자가 화를 내며 가버린 캐릭터와 그 사건을 연결 지어 이름표를 붙이거나 식별할 수 있을 정도로 적당히 충분한 디테일을 제공하자. '호수 사건'이라는 이름을 붙일 수 있을 것이다. 이 이름표는 사건에 의미와 중요성을 부여하고 독자와 다른 캐릭터들이 참고할 점으로 삼게 한다. 나중에 다시 등장해도 알아볼 수 있는 데다 모든 불가사의한 사건은 언젠가 밝혀지게 되어 있으므로 복선의 역할도 한다.

만약 이것이 주인공의 오리진 스토리라면 위의 두 시나리오를 두세 번 반복할 수 있다. 하지만 사이드 캐릭터의 오리진 스토리는 대부분 이런 식으로 암시되다가 주인공이 사건에 대해 직접적으로 이야기하는 경우가 많다. 과거 회상이나 대화, 짧은 언급을 통해 호수 사건을 설명해야 한다.

마지막으로는 사이드 캐릭터가 상처를 극복하고 나중에 보트를 탈 수 있게 되는 모습을 보여주어야 한다.

오리진 스토리 만들기

오리진 스토리를 어떻게 만들어야 할지 잘 모르겠다면 다음의 질문에서 아이디어를 얻을 수 있다.

- ✔ 캐릭터의 과거에서 가장 중요한 사건은 무엇이었는가?
- ✔ 아프거나 매우 행복했던 기억이 있는가?
- ✔ 누가 혹은 무엇이 캐릭터에 영향을 미쳤는가?
- ✔ 캐릭터의 배경 또는 가정환경은 어떠한가?
- ✔ 캐릭터의 어린 시절을 한 가지 감정으로 요약한다면?

백스토리

과거 회상은 다양한 이유로 사용된다. 가장 기본적인 과거 회상은 캐릭터의 백스토리를 드러내는 도구로 활용되는데, 되새김을 통하여 독자나 캐릭터 본인에게 무언가를 드러낸다. 다시 말해서 과거는 현재의 감각을 만드는 데 도움이 된다. 거꾸로 과거 회상은 시간, 질서, 연대순에 대한 감각을 가지고 노는 데 사용할 수도 있다.

마지막으로 과거 회상은 약속이기도 하다. 영화 〈데드풀〉의 시작 부분처럼 한 이야기가 재앙으로 시작하고 시계가 몇 주 뒤로 감겨 그 재앙이 발생하기까지의 사건을 역으로 보여준다고 해보자. 지금은 아무리 모든 것이 순조롭게 진행되고 있는 것처럼 보여도 결국 처음에 나온 재앙이 주인공에게 닥친다는 것을 약속한다.

회상의 장단점

과거 회상은 여러 가지 이점이 있지만 문제도 많다. 단점부터 살펴보자.

- 당연히 과거 회상은 이미 벌어진 일이기 때문에 스포일러가 된다. 따라서 어떤 위험한 일이 일어나든 독자는 히어로가 살아남는다는 사실을 안다. 적어도 현재로서는.
- 현재의 액션과 플롯에서 과거로 바뀌기 때문에 이야기의 진행 속도가 느려지고 흐름에 방해가 된다.
- 오래전에 발생한 사건이기에 직접성이 떨어지고 독자와의 연결 고리도 느슨해진다.

단점은 이 정도면 됐다. 장점은 뭐가 있을까?

- 과거 사건은 지금의 우리를 만든다. 독자에게 과거의 주요 사건을 보여주면 캐릭터의 행동을 정당화하고 그 이유를 암시할 수 있다.
- 사건이 발생하기까지의 과정과, 캐릭터가 옛 같은 상황에 놓인 이유를 설명한다.

과거 회상의 목적

과거 회상은 결국 목적을 수행하는 것이 핵심이다. 목적은 다음과 같다.

- 주인공에게 동기를 부여하거나 영감을 주거나 의욕을 꺾어

이야기를 진행한다.

- 주인공에게 유용하거나 악영향을 주는 정보를 전달한다.
- 주인공이나 사이드 캐릭터에 깊이를 더한다.
- 독자와의 정서적 유대감을 깊게 한다.

　과거의 한 사건을 무지갯빛으로 화려하게 칠할지 혹은 시체와 함께 현관 아래에 묻을지 어떻게 알 수 있을까? 위에서 말한 목적이나 그 밖의 아주 명확한 목적에 도움이 되지 않는다면 버려야 한다. 다음은 과거 회상을 구성할 때 유용한 몇 가지 질문이다.

　✔ 이 사이드 캐릭터를 기억에 남게 하는 과거의 특징은 무엇인가?
　✔ 사이드 캐릭터에게 가장 큰 영향을 미치거나 그를 변화시킨 과거의 사건은 무엇인가?
　✔ 그 사건의 결정적인 순간은 무엇인가?
　✔ 현재의 플롯 및 액션과 어떻게 관련이 있는가?
　✔ 사이드 캐릭터의 과거 사건 중 주제와 연결되는 것은 무엇인가?
　✔ 그 사건으로 인해 캐릭터의 관점이 어떻게 변하고 왜곡되었는가?

과거 회상의
구조

주의할 사항 한 가지는 과거 회상은 일찍이 아니라 늦게 등장해야 좋다는 것이다. 물론 프롤로그는 과거 회상인 경우가 많지만 프롤로그에는 그만의 역할이 있다. 이야기가 과거 회상으로 시작되면 앞으로 300쪽 동안 주인공의 현재 상태에 머물러야 하는 독자가 방향을 잃는다. 처음부터 독자에게 과거를 보여주고 한두 장면 이후에 현재로 돌아오게 할 것이 아니라, 먼저 주인공과 사이드 캐릭터들에 대해 어느 정도 알게 한 후에 과거를 보여주는 것이 훨씬 낫다.

과거 회상으로 이야기를 시작하면 절대 안 되는 것일까? 물론 아니다. 항상 예외는 있는 법이니까. 하지만 어떤 캐릭터든 먼저 현재의 이야기를 구축해놓은 다음에 독자들을 과거로 던지는 것이 더 효과적이다.

둘째, 내 책 『산문의 구조The Anatomy of Prose』를 읽었다면 작품의 고정값, 즉 닻을 내려주는 장면 앵커링scene anchoring의 중요성을 잘 알 것이다. 장면 앵커링은 어떠한 소재를 활용하여 특정한 장면을 떠올리게 하는 기법이라 과거 회상에서는 정말로 필수적이다. 캐릭터와 세계관에 어느 정도 익숙해지면 독자를 완전히 새로운 시점과 장소로 던져야 한다. 따라서 새로운 세상을 구체적으로 설명하고 묘사하며 정의하는 디테일을 투하해야 한다. 정확히 말하자면 시간, 장소, 시점이다.

보너스로 과거 회상을 구조화하는 요령을 하나 더 알려주자면 트리거trigger를 사용하는 것이다. 사이드 캐릭터가 열쇠를 줍는다고 하자. 주인공은 그 열쇠를 보고 과거의 사고를 떠올린다. 과거로 이동하게 하는 트리거가 열쇠며, 현재로 돌아와 독자에게 회상 장면이 끝났다는 신호를 보낼 때도 같은 트리거를 사용할 수 있다.

과거 회상과
사이드 캐릭터

주요 사이드 캐릭터를 위한 과거 회상은 어떤 장점이 있을까? 주인공이나 일인칭시점의 캐릭터인 경우에만 온전한 과거 회상 장면을 넣을 수 있는 것은 사실이다. 하지만 앞에서 살펴보았듯이 과거 회상은 캐릭터의 현재 행동뿐만 아니라 상처와 결함이 어떻게 생겼는지 밝혀주는 유용한 도구다. 그래서 사이드 캐릭터에도 유용하다. 과거 회상은 보통 한 장면의 전체를 이룰 정도로 길다. 물론 과거의 일을 간단히 언급하거나 방금 제시한 보기처럼 몇 문단으로 구성할 수도 있지만, 과거 회상의 가장 순수한 형태는 전체 장면에 가깝다. 그렇다면 과거 회상은 주인공에게만 가능하다는 규칙을 깨뜨리고 앙큼하게 이용해보자.

주인공이 누이동생이 죽던 날을 떠올린다고 해보자. 현재 주인공의 가장 친한 친구가 과거에도 가장 친했다면 친구에게 과거 회상 장면을 설정하면 어떨까? 그날 밤 그가 주인공을 어떻게 도왔고 무슨 역할을 했는지 보여주는 것이다. 이렇게 하면 주인공의 트라우마를 보여주는 가장 중요한 목적을 수행할 수 있을 뿐만 아니라 그 사이드 캐릭터에 대해서도 보여줄 수 있다.

하지만 화자로 선택받을 만큼 운이 좋지 않은 캐릭터라면 80년에 걸친 그의 과거를 플롯에 무작정 투하할 순 없다. 깊이가 필요하다. 납작한 팬케이크 같은 캐릭터를 피하려면 그의 백스토리에 뭔가를 더해야 한다. 그 방법을 몇 가지 소개하겠다.

- 트리거를 사용하여 과거 회상에 관한 짧은 문단을 삽입한다. 추억 속 농담이 등장하거나 예전 기억을 불러일으키는 사진 같은 물건을 본다.
- 주인공이 사이드 캐릭터에 관해 짧지만 플롯과 반드시 관련 있는 기억을 언급한다.
- 대화에서 기억을 언급한다.

지금 내가 쓰는 『죽음의 향기』의 초고에서 짤막한 부분을 소개한다.

프랭크는 머리를 한 번 흔든다. 젤을 발라서 딱딱해진 머리카락은 조금도 흔들리지 않는다. 그는 쉐보레 자동차의 지붕에 누워 시가를 한 모금 깊이 들이마신다. 싸구려 시가를 입에 물고 연기를 내뿜자, 한창 기르는 중이라 우스꽝스러운 콧수염이 경련을 일으킨다. 나는 눈알을 굴리고 싶은 걸 참는다. 프랭크는 맹세코 돈 코를레오네를 따라하는 게 아니라고 우기지만 누가 봐도 그는 1940년대 마피아를 따라하는 걸로 보인다. 우리가 같이 그의 아버지의 영화 감상실에 몰래 들어가

〈대부〉를 본 날부터 그랬으니까. 솔직히 우린 그 영화에 별 관심이 없었다. 그때 우린 열세 살이었고 열여덟 살부터 볼 수 있는 영화라서 보고 싶었을 뿐. 프랭크는 아버지가 사무실 서류함에 숨겨둔 위스키를 훔쳐 왔고 내가 모은 돈으로 전자레인지용 팝콘을 샀다. 좀비 같던 프랭크의 얼굴이 아직도 기억난다. 영화를 보는 내내 그의 눈이 고환처럼 둥그레졌다. 다음 날 녀석은 양복 조끼를 입었지, 아마? 생각해보니 그날 이후로 조끼를 입지 않았던 날이 하루도 없었던 것 같다.

이건 일종의 과거 회상이지만 완전한 장면은 아니다. 그날 밤에 있었던 일이 처음부터 끝까지 나오지 않는다. 그날 밤 사건은 현재 플롯을 진행시키지는 않지만 프랭크의 캐릭터에 깊이를 더하며 독자에게 무언가를 말한다.

주인공이 옛 기억을 돌아보는 짧은 문단이지만 사이드 캐릭터를 입체감 있게 묘사한다. 플롯과 별다른 관계가 없고 사이드 캐릭터가 이끄는 장면은 처음부터 끝까지 나오지 않아도 필요한 풍미를 충분히 추가할 수 있다. 물론 이 기술은 캐릭터의 범위를 넓히고 세계관을 구축하는 것 외에도 무수히 많은 목적으로 사용된다.

sachablack.co.uk/sidecharacters/에서 과거 회상에 유용한 사이드 캐릭터 체크리스트를 확인할 수 있다.

나야, 나!

생각만 해도 긴장되겠지만 모르는 사람들로 가득 찬 방으로
들어가는 상상을 해보자. 으레 그렇듯이 우리는 자기소개를 하고,
방 안을 훑어보며 그곳의 위계질서를 재빨리 파악한다. 화려한
옷차림이나 바지의 유난히 불룩한 부분을 보고 눈을 치켜뜰지도
모른다. 그다음에 여기저기 다니면서 사람들과 이야기를 나눈다.

당신의 캐릭터도 마찬가지다. 작가는 독자가 캐릭터를 처음
만날 때 캐릭터를 대신 소개해야 한다. 독자는 속으로 캐릭터를
판단하고 눈썹을 치켜올리며 어떻게 생겼는지 깐깐히 알고
싶어 한다. 작가가 캐릭터를 소개하지 않으면 독자는 마음대로
만들어낸다. 평범한 백인 소녀를 구시대의 나이 많은 귀족이나
부라리는 녹색 눈과 돼지 코의 모습으로 생각하는 등 시각적인
이미지에 대해 제멋대로 생각할 것이다.

작가야 당연히 그 캐릭터에 대해 구석구석 전부 다 알고
있겠지만 독자가 처음 책을 집어 들 때는 아무것도 모르는
상태다. 그러나 캐릭터를 소개할 때는 외관을 분명하게 설정하는
것만 중요한 게 아니다. 우선순위가 무엇인지 파악해야 한다.

캐릭터의 생김새는 아주 노골적으로 표현하지는 않더라도
독자에게 그의 성격을 말해줄 수 있어야 한다. 독자가 캐릭터의
외모에서 어떤 특징은 반드시 알아야 할지 생각해보라. 독자에게
캐릭터 내면의 핵심을 드러내는 특징이 있는가? 만약 그렇다면
그 부분을 가장 먼저 설명해야 한다.

재수 없는 눈빛을 묘사하려면 어떤 연관성이 있어야 한다.
나중에 그 눈빛이 누군가에게 들통나는가? 그가 속마음을
숨기지 못하는가? 누군가 그의 재수 없는 눈빛을 보고 사랑에
빠지는가? 캐릭터를 처음 소개할 때는 그 캐릭터의 가장 고유한
성격이나 특성에 초점을 맞추어야 한다. 외모는 캐릭터의 삶과
성격, 이미지에 대한 통찰을 제공한다. 무용수처럼 호리호리하고
탄탄한 몸매를 가지고 있다면 실제로 무용수일 수도 있다.
무용수 같은 몸매인데 무용수가 아니라면 캐릭터는 더욱
미스터리해진다. 신체적 특징 한 가지로도 매우 많은 이야기를
담을 수 있다. '왜'라는 질문이 만들어진다. 만약 캐릭터의
손톱에 흙이 꼈다면 직업이 정원사일 수도 있고, 토막 난 시체를
파묻느라 그랬을 수도 있다.

외모의 디테일과
목소리에 대하여

켈은 매우 특이한 코트를 입었다. 보통의 평범한 코트는 한
겹이고 만약 두 겹이어도 특이할 텐데 그의 코트는 불가능해
보이는 여러 겹으로 되어 있었다.

V.E. 슈와브,
『레드 런던의 그림자』

슈와브는 이렇게 시작한 뒤 다음 문단에서 코트에 대한 설명을

이어간다. 코트는 퀠의 성격에서 핵심적인 부분이고 그는 항상
그 코트를 입고 있다. 그래서 당연히 코트는 그를 묘사할 때
우선순위가 된다. 다른 외양에 관해서는 나중에야 더 자세히 알
수 있다.

당신은 독자가 무엇에 집중하기를 원하는가? 독자가 캐릭터의
어떤 점에 대해 알기를 원하는가? 당신이 묘사하기로 선택한
옷이나 신체적 특징만 중요한 게 아니다. 어떤 목소리를 묘사해서
캐릭터의 성격을 어떻게 형성할지도 중요하다.

그 전에 잠시 능동적 설명에 대해 알아보겠다.

능동적 설명과 하위 텍스트

능동적 설명active description은 두 가지 유형의 설명을 가리킨다.
첫 번째는 작가의 목소리가 아닌 캐릭터의 목소리로 설명할 때
발생한다. 두 번째는 한번은 대상의 신체적 특징을 말한 뒤에
하위 텍스트를 통해 재차 설명해 이중 효과를 거두는 것이다.
이것은 대체로 첫 번째 유형의 결과다. 곧 예시를 소개하겠다.
그러나 먼저 하위 텍스트의 의미부터 명확히 살펴보자.

텍스트가 독자가 보는 물리적인 단어라면 하위 텍스트는
그것을 제외한 나머지 모든 것을 말한다. 작가가 말하지 않았지만
독자가 유추할 수 있는 모든 것이다. 하위 텍스트는 행간의
의미다. 작가가 어떤 장면에서 명백하게 말하지 않았지만 독자가

취하는 메시지다.

　배우자가 겉으로는 "괜찮아"라고 말하지만 전혀 괜찮아 보이지 않을 때가 있다. 이것은… 하위 텍스트의 완벽한 예다.

　능동적 설명을 효과적으로 사용하면 하위 텍스트도 사용할 수 있다. 앞에서 말한 슈와브의 작품을 예로 들어보자. 그는 이렇게 말할 수도 있었다.

- 보기 1: 켈은 이상한 코트를 입었다.

　하지만 이 문장이 독자에게 무엇을 말해줄 수 있을까? 켈이라는 캐릭터가 특이한 코트를 가지고 있다는 사실을 제외하면 아무것도 알려주지 않는다. 나쁘지 않다. 하지만 독자가 캐릭터에 대해 깊이 알 수는 없다. 캐릭터의 정신세계로 뛰어들어 목소리를 듣지 못한다. 다행히 슈와브는 그렇게 하지 않았다. 그가 능동적 설명과 하위 텍스트로 어떻게 한 가지 이상의 효과를 거두는지 한번 보자.

　"켈은 매우 특이한 코트를 입었다." 슈와브는 신중하게 이 코트를 묘사하는 데 적절한 "특이한peculiar"이라는 단어를 사용한다. 이것은 "이상한weird or odd"보다 더 강력하고 독특한 단어이며 켈이 이 코트를 자랑스럽게 여긴다는 점을 말해준다. "특이한"이라는 단어는 큰 영향을 미친다는 사실을 알고서 사용하는 것이기 때문이다. "보통의 평범한 코트는 한 겹이고" 에서 "보통의 평범한"이라는 표현의 선택은 독자에게 화자의 목소리가 지적이라는 것을 말해주며 "특이한"이라는 표현과 대조를 이루어 켈과 그의 코트가 기묘하다는 사실을 더욱더 강조한다. "만약 두 겹이어도 특이할 텐데 그의 코트는 불가능해 보이는 여러 겹으로 되어 있었다." 여기서 불가능하다는 단어의 사용은 앞으로 마법이 등장하리라는 것을 독자에게 약속한다. 앞으로 마법과 환상의 요소가 나오리라는 것을 알 수 있다. 절대로 불가능한 무언가가 지금 이렇게 존재하고 있으니 그것은 마법임이 틀림없다. 이것이 하위 텍스트다. 슈와브는 코트가 마법 같다고 말하지 않고 현실적으로 불가능한 코트라고 말할 뿐이다. 나머지는 우리의 상상력이 알아서 한다.

목소리 소개

캐릭터를 소개할 때 고려해야 할 또 다른 요소는 우리가 그를 처음 만날 때 그의 목소리 역시 처음으로 듣게 된다는 사실이다. 따라서 캐릭터의 목소리에 '목소리다움'을 최대한 강조해주는 것이 중요하다. 슈와브가 앞의 인용문에서 어떻게 했는지 보자. 그는 구두점과 억양을 사용해 목소리를 강조했다. 방금 가차 없이 도륙 내 분석해본 보기 1의 억양은 그냥 평범하게 말하듯 평면적이라서 화자나 캐릭터, 작가 등의 목소리가 들리지 않는다.

하지만 원래 슈와브의 버전에서는 구두점과 반복, "보통의 평범한", "특이할 텐데" 같은 추가적인 서술적 삽입으로 화자의 목소리에 특징을 더했다. 또한 반복적인 표현으로 리듬감을 더해 목소리를 강조했다. 서술의 추가와 반복이 꼭 필요한 건 아니지만 목소리가 강조되면 스타일이 명확해진다. 특히 시작 부분에서 그러면 독자가 화자의 이미지를 떠올리는 데 도움이 된다.

자, 그럼 목소리가 제거된 문장을 살펴보자.

- 보기 2: 켈은 매우 특이한 코트를 입었다. 그 코트는 한 겹도 두 겹도 아닌 여러 겹이었다.

화자의 목소리가 완전히 사라졌다. 보기 1보다는 목소리가 좀 더 있지만 거의 들리지 않는다. 슈와브의 화자는 우리가 무언가에 열중할 때 그런 것처럼 추가적인 서술과 자연스러운 반복을 통해 가장 목소리가 두드러진다. 이 경우에서 열중하는 대상은 바로 코트다. 결과적으로 독자를 끌어들이는 효과가 있다. 우리는 무의식중에 화자를 알아가고 이해하기 시작하면서 그가 약간 친숙해진다. 대부분 화자는 주인공이지만, 사이드 캐릭터가 화자로 등장하거나 그의 시점으로 보여줄 때도 마찬가지다.

귀 대신 고환, 눈 대신 젖꼭지는 안 돼

다시 신체적인 부분에 대한 설명으로 돌아가겠다. 사이드 캐릭터는 주인공만큼 분량이 많지 않으며 그래서도 안 된다. 짧은 시간 안에 주인공만큼이나 사이드 캐릭터에 깊이를 더하려면 더 큰 노력이 필요하다는 뜻이기도 하다.

캐릭터를 '확' 두드러지게 만드는 방법 중 한 가지는 시각적으로 '튀게' 하는 것이다. 하지만 그렇다고 귀 대신 고환을, 눈 대신 젖꼭지를 걸라는 뜻이 아니다. 단순히 튀게 하려고 사회의 한 계층에 낙인을 찍어서도 안 되고 지나치게 '형식적인' 캐릭터로 만들어서도 안 된다. 캐릭터를 신선한 관점에서 바라보라는 뜻이다.

켈은 상당히 특이한 코트를 통해 독자에게 처음으로 소개된다. 이 코트는 생김새와 모양이 자유자재로 바뀌고 켈이 영구적으로 입는 옷이다. 예상 밖이고 특이해서 그를 돋보이게 한다. 아주 작은 디테일이지만 특이해서 기억에 남는다. 게다가 그의 피부색이나 성적 취향, 신체적 능력과도 아무런 상관이 없다.

틀에서 벗어나 생각하라. 몇 가지 아이디어를 제안한다.

- ✔ 당신의 사이드 캐릭터는 특별한 무기를 가지고 있는가?
- ✔ 화장법이 특이한가?
- ✔ 패션 감각이 독특한가?
- ✔ 특이한 냄새가 나는가?
- ✔ 항상 가지고 다니는 특별한 물건이 있는가?
- ✔ 담배를 피우는가?
- ✔ 이상한 신발을 신고 다니는가?
- ✔ 어떤 도구 세트를 가지고 다니는가?
- ✔ 머리를 염색했는가?
- ✔ 유머 감각이 특이한가?

사이드 캐릭터의 목소리가 외모와 맞지 않는다면 그 부분을 언급해야 한다. 사이드 캐릭터의 목에 스크류 드라이버 모양의 반점이 있다면 그 부분에 집중할 수도 있다.

낙인을 찍지 않고 캐릭터의 특징을 독특하게 창조하는 방법은 수없이 많다. 틀에서 벗어난 신선한 관점으로 바라보면 된다.

또 나야, 나!

캐릭터는 여러 번 '소개'되어야 한다. 여기에서 소개라는 단어를 강조한 이유는 캐릭터의 이름이나 설명을 반복하라는 뜻이 아니기 때문이다. 그렇다면 왜 캐릭터를 한 번 이상 소개할 필요가 있을까?

첫째, 작가는 자신의 이야기와 이야기 속 세계를 어떤 편집자나 독자, 열성 팬보다 잘 알 것이다. 모두 당신의 머릿속에서 나온 것이니 당연하다. 그 누구도 당신의 작품 속 세계를 더 잘 알 수는 없다.

둘째, 독자는 캐릭터에 관한 정보를 금방 잊어버리기 때문이다. 인간은 망각의 동물이라 캐릭터의 이름을 제대로 기억하지 못하거나 금발이 아닌 갈색 머리라고 착각한다. 평소 책을 많이 읽는 독자로서 솔직히 말하자면 대단히 눈에 띄는 캐릭터가 아닌 한 머릿속에서 한데 뒤섞여버린다. 어떤 캐릭터에게 테디베어 페티시즘이 있고 주인공 애인의 성기에 변태스러운 문신이 있다는 것을 다 까먹는다. 아니, 성기 문신은 절대 까먹을 수 없을 것 같기도 하고. 어쨌든 무슨 이야기인지 알 것이다.

깊이를 더하는
설명

캐릭터는 한 번 이상 설명되어야 하지만, 그의 한 가지 특징을
정확히 똑같은 설명으로 반복해 소개하라는 말이 아니다.
캐릭터의 눈이 파랗다는 사실을 네 번이나 소개한다면
반복적이고 지루할 뿐 설명이 전혀 깊어지지 않는다. 눈동자
색깔을 반복해서 설명할 수도 있지만 매번 다른 의미나 측면이
강조되어야 한다.

　마찬가지로 피해야 할 또 다른 실수는 캐릭터의 신체적인
특징에 대한 설명과 묘사로 문단을 채우는 것이다. 캐릭터의
주요 특징을 하나, 둘 또는 최대 세 개까지 선택해서 그 부분에만
집중하며 두 배로 밀어붙여라. 그리고 이야기가 진행되면서 다른
측면을 다루어 캐릭터에 깊이를 더해주자.

　캐릭터를 소개할 때 특징을 묘사하고 의미에 층을 더하며
서로 다른 특징을 연결하는 새로운 방법을 찾아야 한다. 이것이
작가에게 주어진 도전 과제다. 캐릭터의 성격을 더 깊이 파고들고
더 많은 것을 드러내는, 효과적이고 영리한 설명과 묘사를 찾아라.

사이드 캐릭터 앵커링하기

여러 다양한 캐릭터가 나올 때 비중이 적은 캐릭터를 좀 더 현실적이고 인상 깊게 만드는 방법이 있다. 그들을 한 장소에 정박시키는 것anchoring이다. 당신의 캐릭터는 검을 찾기 위해 코끼리만 한 벼룩이 들끓는 산과 광견병 걸린 양의 해골로 가득한 늪지를 지나는 대서사적인 모험을 떠나야 한다고? 걱정하지 마라. 캐릭터를 장소가 아닌 다른 요소에 정박시킬 수도 있으니까. 앵커링은 당신이 원하면 사용할 수 있는 기법 중 하나일 뿐이다.

앞에서도 말했지만 정해진 규칙은 없다.

만약 당신의 캐릭터가 모험을 떠난다면 그를 여정에 앵커링할 수 있다. 마차나 매일 밤 피우는 모닥불 같은 것에 말이다. 캐릭터를 '무엇'에 묶느냐보다 앵커링이라는 행위 자체가 중요하다.

물론 캐릭터를 다른 장소에 등장시켜야 할 필요도 있다. 한 장소에만 묶어두라는 말이 아니다. 의도적으로 캐릭터를 무언가에 앵커링하고 그 장면을 반복적으로 보여주면 친숙해진다. 이야기에 자주 등장하지 않는 사이드 캐릭터에게는 특히나 중요하다.

만약 캐릭터가 여기서 나타났다가 저기서 나타났다가 한다면 독자의 마음속에 연상되기 어렵다.

소품을 활용하는 앵커링

『부서진 대지』 시리즈 제1권에 나오는 돌 먹는 호아는 항상 돌이
든 가방을 들고 다닌다. 이 가방을 들고 있지 않을 때가 없다.
그만큼 그에게는 중요한 물건이다. 돌이 든 가방은 이야기가
진행될수록 그와의 연관성이 커지는데, 나중에 우리는 돌이
그의 식량이라는 사실을 알게 된다. 앞에서 언급한 셜록 홈즈의
파이프와 아이언맨의 슈트, 토르의 망치도 앵커링 아이템이다. 그
밖에도 해그리드의 우산 지팡이, 〈우리는 파키스탄인〉에 나오는
사지트가 항상 입고 다니는 녹색 보머 재킷이 있다. 그런가 하면
필립 풀먼의 『황금나침반』에서 라이라의 세계에 사는 모든
사람은 '데몬'이라는 소동물을 한 마리씩 가진다. 이 데몬도 전부
캐릭터지만 인간의 옆에 존재하므로 캐릭터를 앵커링하는 역할을
한다. 영화 〈오션스 일레븐〉에서 브래드 피트가 연기한 러스티는
항상 무언가를 먹고 있다. 그를 앵커링하는 것은 음식이다.

감정을 활용하는 앵커링

이것은 정확히 집어내기가 좀 더 어렵다. 캐릭터의 기본적인
감정 상태를 확립하면 그가 평소와 다르게 행동하는 모습을

통해 깊이를 더할 수 있다. 예를 들어 『해리 포터』의 스네이프는 항상 비꼬고 분개해 있고 화를 낸다. 하지만 해리를 구하려고 나서며 애정 어리고 희생적인 모습을 보여준다. 평소에 비하면 충격적으로 다른 만큼 캐릭터가 훨씬 입체적으로 보인다.

디즈니 픽사 영화 〈인사이드 아웃〉은 기본 감정을 선택하는 방법을 잘 보여준다. 모든 사이드 캐릭터가 전부 하나의 감정이다. 이 영화의 주 배경은 10대 초반 소녀의 머릿속이고 그 아이가 느끼는 모든 감정은 캐릭터고, 각 캐릭터는 그 감정의 다양한 장점을 구현한다. 예를 들어 '버럭'은 살짝 짜증이 난 정도일 때도 있지만 진짜 화가 나면 머리에서 불이 뿜어져 나온다! 이렇게 넓고 깊은 감정이 캐릭터들에 깊이를 더해주고, 모든 감정의 표현이 특이하다고 가정하면 안 된다는 좋은 교훈을 선사한다.

위치를 활용하는 앵커링

사이드 캐릭터 앵커링의 가장 흔한 형태는 위치를 사용하는 것이다. 위치를 주제와 연결할 수도 있다. 예를 들어, 내 소설책 『죽음의 향기』에 나오는 사이드 캐릭터 프랭크는 동성애자지만 차마 커밍아웃을 하지 못하고 있다. 나는 묘지, 병원, 동물 보호소 등 '구원'과 연관 있는 장면을 여럿 등장시킴으로써 위치적 상징을 활용했다. 상징은 미묘할수록 더 좋다.

주노 도슨이 쓴 『미트 마켓』의 주인공은 자나다. 이야기가 진행되는 동안 자나는 대학에 계속 다닐지, 아니면 모델 일을 계속할지 선택해야 한다. 그의 가장 친한 친구 사바는 주로 대학에 다니는 모습으로 등장한다. 자나가 마주한 문제를 한편에서 상징하는 인물이다.

장소가 앵커링에 유용한 또 다른 이유도 있다. 장소에는 목적이 있기 때문이다. 예를 들어 도서관에 있을 때가 많다는 사실은 캐릭터에 대해 무언가를 말해준다. 공부를 열심히 한다거나 항상 배움을 게을리하지 않는다거나 사악한 계획을 위해 연구 중일 수도 있다. 소설의 요소들이 이중의 효과를 거두게 하면 편리하다. 사실감과 깊이를 더해주는 세 번째 효과가 있기 때문이다. 인간이 어떤 장소에 있는 데는 이유가 있기 마련이다. 당신의 사이드 캐릭터가 어떤 이유로 어딘가에 있다면 현실감이 팍팍 올라간다. 게다가 캐릭터에 점점 깊이를 더하는 습관도 만들어준다. 『해리 포터』 시리즈의 헤르미온느 그레인저가 좋은 예다. 헤르미온느는 항상 도서관에 있거나 책을 들고 있는 모습이다. 공부하는 장소나 항상 손에 든 물건의 형태로 '지식'이 그 캐릭터를 앵커링한다.

베스트 프렌드 아니면
그냥 친구

많은 캐릭터 여정이 있지만 그중에서 사이드 캐릭터와 관련한
두 가지에 집중해서 살펴보도록 하겠다. 바로 히어로의 여정과
히로인의 여정이다. 이 개념은 플롯에 깊숙이 자리하는데 이 책은
플롯에 관한 책이 아니다. 캐릭터의 여정과 그것이 스토리 구조에
끼치는 영향에 대해 자세히 알고 싶다면 참고 자료에 그 주제를
다루는 책들을 정리했으니 참고하기를 바란다. 사이드 캐릭터에
영향을 주는 것은 관계에 대한 히어로와 히로인의 관점이다.
여기서 짚고 넘어가야 할 점은 히어로와 히로인은 그 어떤 성별도
될 수 있다는 것이다. 예를 들어, 해리 포터가 히로인의 여정을
떠날 수도 있다.

히어로의 여정과 히로인의 여정은 무엇일까?

히어로의 여정은 목표 달성이고, 히로인의 여정은 정체성과
자기 가치의 연결을 찾는 것이다. 이 장에서는 두 여정과 사이드
캐릭터와의 상호작용을 중점적으로 살펴보자.

관계에 대한
히어로의 시선

히어로의 여정에서 히어로는 기꺼이 자신을 스스로 고립시키고 이야기의 끝에서 어떤 형태로든 '혼자'가 된다. 잭 리처, 제임스 본드, 원더 우먼을 생각해보라. 물론, 이 이야기들에는 사이드 캐릭터도 있고 〈007〉 시리즈의 M처럼 시리즈에서 반복적으로 나오는 캐릭터도 있지만, 히어로는 혼자서 훌륭하게 싸우며 영광 역시 히어로의 몫이다. 그 과정에서 다른 캐릭터들이 그와 접촉하지만 그들 사이에는 약간의 미묘한 거리가 있다. 결과적으로 사이드 캐릭터들이 이야기에 중요하기는 하지만 히어로는 맡은 임무를 수행하기 위해 결국 자발적으로 고립될 것이다. 그리고 그러한 상황이 히어로에게는 딱히 불만스럽지도 않다.

관계에 대한
히로인의 시선

히로인은 히어로와 완전히 다르다. 관계는 히로인과 그의 성공에 중요한 열쇠다. 그의 이야기는 가족, 연결, 우정에 초점이 향한다. 그는 악당을 함께 물리치기 위해 네트워크를 구축하고 키우며 시간을 보낸다. 홀로 고립되면 이야기의 속도가 느려지고 흔들린다. 『해리 포터』 시리즈의 후반부를 생각해보라. 해리가 혼자 남으면서부터 이야기가 점점 느리고 길어지다 결국 볼드모트를 물리치기 위해 모든 친구들과 가족들을 한데 모은다.

핵심 단어는 '함께'다. 해리는 볼드모트와의 마지막 싸움에 혼자 나가지 않는다. 모든 위즐리 가족, 전교생 절반, 모든 교수와 함께다. 히로인에게 공동체는 전부다. 그는 사람들과 연결되어 있고 그 연결감이 악당을 물리치는 능력에 연료를 제공한다. 다른 사람을 돕고 그들에게 도움을 받으며 단단한 네트워크가 만들어진다. 결말에서 히로인은 언제나 누군가와 함께한다. 바로 이것이 악당을 물리치는 힘이다.

히로인의 여정을 보여주는 작품은 『해리 포터』 말고도 많다. 디즈니 픽사 영화 〈모아나〉, 〈카〉 〈토이 스토리〉 〈몬스터 주식회사〉 〈온워드〉, 수잰 콜린스의 『헝거 게임』, 스테파니 메이어의 『트와일라잇』, 〈어벤져스〉, 넷플릭스 드라마 〈페이트: 윙스의 전설〉, 베키 챔버스의 『작고 성난 행성으로 가는 먼 길』, 〈오션스 일레븐〉이 있다. 사실 많은 하이스트 장르나 청소년 문학, 로맨스 소설이 여기에 속한다.

히어로와 히로인의 여정에서 사이드 캐릭터의 역할

사이드 캐릭터는 히어로의 여정보다 히로인의 여정에서 더욱 핵심적인 역할을 한다. 궁극적으로 히어로는 이야기의 클라이맥스를 홀로 맞이하지만, 히로인은 끝까지 사이드 캐릭터와 함께한다. 다시 말해 사이드 캐릭터가 히로인의 여정에서 악당을 물리치는 데 중요한 역할을 하리라는 것을 의미한다. 히로인은 사이드 캐릭터에 대한 의존성이 크고, 그들과의 관계는 플롯에서 중요한 역할을 하거나 주제로 작용한다.

히로인 여정의 핵심은 사이드 캐릭터지만, 미치광이 빌런에게 최후의 일격을 가하는 것은 히로인이 되어야 한다. 히로인은 비록 사랑하는 사람들의 도움을 받지만 최후에는 그가 빌런을 쓰러뜨려야 한다.

반면 히어로의 여정에서는 사이드 캐릭터가 여정 자체와 그렇게 밀접하게 연결되지는 않는다. 이 여정을 춤으로 생각해보라. 히로인의 여정은 왈츠다. 사이드 캐릭터는 히로인의 여정과 끝까지 호흡을 맞추며 동참한다. 하지만 히어로의 이야기는 길거리 댄스에 가깝다. 서로 함께 리듬을 타고 도움을 주기도 하지만 결국은 홀로 춤추는 것이다.

관계의
50가지 그림자

당신이 쓸 이야기가 히어로의 여정이든 히로인의 여정이든 주인공과 사이드 캐릭터 간의 관계는 중요하다. 캐릭터들이 어떻게 서로 연결되어 있는가? 대다수의 작가는 이 질문을 고려하지 않고 주인공을 모든 사이드 캐릭터와 똑같이 연결 짓는다. 하지만 생각해보자. 현실적으로는 절대 그렇지 않다. 당신이 인정하든 말든, 사람은 자신이 처한 상황과 주변에 있는 사람들에 따라 자신을 유난히 표출하거나 숨기는 본성이 있다. 아마도 가족과 친구들이 가장 편안할 것이다. 하지만 가족이라도 부모와 있을 때나 매우 보수적인 할머니나 젊게 사는 숙모와 있을 때가 똑같지는 않을 것이다. 친구 집단은 또 어떤가? 당신은 친구들과 있을 때는 테킬라를 한잔하고 테이블에 올라가 신나게 날뛰며 가슴과 엉덩이를 흔들어댈지도 모른다.

나만 그런가?

난감하군.

하지만 온 가족이 모여 식사하는 자리에서는 술 취해서 반나체로 테이블에 올라가 춤출 수는 없을 것이다.

당신도 나도 세상 사람 모두 때에 따라 적당히 조절하면서 산다.

그렇다면 주인공과 사이드 캐릭터 간의 관계는 얼마나 다양한지 살펴보자. 히어로에 속하는 제임스 본드는 사이드 캐릭터마다 다르게 상호작용한다. M과는 위계질서가 확실하고 Q에게는 첩보 활동에 필요한 새로운 장비를 제공받는다. 본드 걸들과는 어떤 관계인지 워낙 유명하니 말 안 해도 알 것이다. 이 사이드 캐릭터들은 본드가 빌런과 싸울 때 함께 있지 않지만 모두 그가 싸움에서 이기도록 돕는다.

히로인에 속하는 해리 포터에게는 친구들이 있다. 론과는 브로맨스를 보여주고 헤르미온느와는 서로 신뢰하고 존중하며 네빌과는 전우애를 다진다. 덤블도어는 해리에게 멀리서 그를

지켜보는 멘토가 되어준다. 친척인 피튜니아와 버넌, 더들리와는
긴장감 넘치고 위협적인 모습을 보여준다. 해리의 가족은
끊임없이 그를 가로막는 장벽이지만 나머지 캐릭터들은 모두
그의 여정을 돕고 격려한다.

차이는
갈등을 만든다

이 차이점에 관해 설명하는 이유는 사이드 캐릭터에 활용해
큰 효과를 거둘 수 있기 때문이다. 우선 주인공이 사이드
캐릭터와 다양한 관계를 맺으면 주인공이 가진 색다른 모습을
보여주며 입체감을 더할 수 있다. 그리고 긴장감도 만들어준다.
만약 주인공이 여러 캐릭터와 교류하는데, 그중에서도 더욱
친밀하거나 이상적인 관계가 있다면 질투심으로 사건이 벌어질
수 있다.

　더 구체적으로 예를 들어본다면 주인공이 친구 A에게 마음을
터놓고 자신의 고민을 솔직히 상담하지만, B와는 주로 농담과
우스갯소리로 시간을 보낼 수 있다. 그런가 하면 C에게는
동경심을 품고 있어서 좋은 인상을 남기려고 애쓸 수도 있다. 이
세 가지 관계는 서로 다른 유대감과 상호작용을 만들어낼 것이다.

　주인공과 사이드 캐릭터 간의 관계를 설정할 때 다음을
고려하면 좋다.

- 친구들 사이의 농담
- 그 관계를 설명하는 기본적인 감정이나 느낌(안전, 안정, 유머, 욕망, 신뢰, 존경)
- 관계의 특징(자주 사용하는 단어나 표현, 메시지를 보내는 특이한 방법, 특별한 장소, 헤어지기 전에 항상 키스를 세 번 하는 것)
- 별명
- 인사법
- 함께하는 취미 활동
- 두 사람만 아는 비밀(그 비밀을 아는 사람과 모르는 사람들 간에 긴장감을 조성하기에 특히 유용하다)
- 목소리, 어조, 말투
- 공유하는 가치관

3단계 요약

- 캐릭터의 특성은 행동으로 보여주어라.

- 캐릭터의 특징은 모두 나열하지 말고 '강력한 포인트'만 설명해라.

- 사이드 캐릭터는 본질적으로 주인공을 돕기 위해 만들어지지만, 독자에게는 사실적이고 온전하게 느껴져야 한다. 따라서 주인공과 상관없이 그가 존재하는 이유가 필요하다.

- 사이드 캐릭터가 장면에 등장할 때는 이유가 있어야 한다. 다시 말해서 세 가지 질문이 필요하다.
  - 그는 왜 주인공을 도와주는가?
  - 주인공의 목적과 상관없는 그의 인생 목표는 무엇인가?
  - 이 장면에 그가 왜 등장하는가?

- 캐릭터는 꼭 호감이 갈 필요가 없으며 흥미로워야 한다.

- 주요 사이드 캐릭터는 오리진 스토리가 필요하다. 오리진 스토리는 지금의 모습이 된 이유를 설명하고 그에게 변화가 필요하다는 것을 보여주며 새로운 결과를 만들 수 있다.

- 오리진 스토리를 만들 때 저지르기 쉬운 실수
  - 사이드 캐릭터의 오리진 스토리에 너무 많은 지면을 할애하는 것
  - 오리진 스토리가 캐릭터의 현재가 아니라 과거에 관한 것일 때
  - 오리진 스토리로 책을 시작하거나 너무 일찍 등장시키는 것

148

- 오리진 스토리에 관한 아이디어를 찾는 질문
- 캐릭터의 과거에서 가장 중요한 사건은 무엇이었는가?
- 아프거나 매우 행복했던 기억이 있는가?
- 누가 혹은 무엇이 캐릭터에 영향을 미쳤는가?
- 캐릭터의 배경이나 가정환경은 어떠한가?
- 캐릭터의 어린 시절을 한 가지 감정으로 요약한다면?

- 사이드 캐릭터의 과거 회상
- 트리거를 사용하여 과거 회상에 관한 짧은 문단을 넣는다.
- 주인공이 사이드 캐릭터에 관한 짧은 기억을 언급한다. 반드시 플롯과 관련이 있어야 한다.
- 대화를 통해 기억을 언급한다.

- 새로운 사이드 캐릭터를 소개할 때는 반드시 여러 번 소개한다. 매번 다르면서도 인상적인 특징을 강조해야 한다. 밝고 파란 눈동자만 반복하지 마라.

- 소품, 위치 및 감정을 사용하여 사이드 캐릭터를 독자의 마음속에 앵커링하라.

- 히어로와 히로인은 관계에 대한 관점이 다르다. 히어로는 이야기의 클라이맥스를 홀로 맞이하기에 관계가 그다지 중요하지 않지만, 히로인은 결말까지 주변 사람들과 함께하며 도움을 받는다. 따라서 사이드 캐릭터는 히어로의 여정보다 히로인의 여정에서 캐릭터 아크를 완성하는 데 더욱 필수적이다.

- 주인공과 사이드 캐릭터들 간의 관계를 다양하게 만들어라. 모든 캐릭터의 관계가 똑같아서는 안 된다.

생각해볼 질문

● 당신이 쓰는 이야기의 장르에서 가장 눈에 띄는 캐릭터는
누구고 그 이유는 무엇인가?

● 사이드 캐릭터의 오리진 스토리를 최대한 많이 떠올려본다.
패턴이 있는가? 유난히 인상적인 점이 있는가? 그 이유는
무엇인가?

Step ⇥ 4

천사의 목소리

많은 작가에게 목소리는 글쓰기의 가장 미묘하고 불가사의한 측면이다. 그것은 모든 작가가 완벽하게 통달하고자 꿈꾸는 무형의 기술이다. 독특하고 기억에 남는 목소리를 가진 작가라고 평가받는 것 말이다. 당신은 어떨지 모르겠지만 나는 가차 없이 목소리를 끌어내릴 준비가 되어 있다.

목소리의 개념은 혼란을 줄 때가 많다. '작가의 목소리'와 '캐릭터 목소리'가 있는데 이 둘은 서로 1600킬로미터쯤 동떨어져 있다. 목소리는 전혀 어렵거나 복잡하지 않다. 일부러 가식적으로 굴거나 트위드 양복과 시가를 즐기는 사람을 따라 할 필요도 없다. 목소리는 그냥 목소리다. 문제는 대부분의 작가가 '목소리'나 '작가의 목소리'라는 단어를 사용할 때 대부분 '캐릭터 목소리'를 의미한다는 것이다. 이 두 가지를 모두 살펴보자.

작가의 목소리는 언제든지 바뀔 수 있지만, 가장 기본적인 의미로는 작가의 '스타일'을 뜻한다. 솔직히 우리는 어느 날은 자신감이 넘쳐서 분홍색 반짝이 G스트링과 깃털 목도리를 착용하다가도, 다른 날은 일곱 사이즈나 큰 헐렁한 옷으로 수줍음을 감추기도 한다.

내가 작법서에서는 가볍게 방방 뛰고 거친 모습을 보여주지만 소설책을 쓸 때는 청소년과 희망이라는 주제와, 분위기 메이커 같은 캐릭터에 더 집중한다. 물론 이야기 내내 농담을 계속 늘어놓기는 하지만 말이다. 작가의 목소리는 책의 장르나 그가 원하는 분위기, 이야기를 진행하고자 하는 속도에 따라 달라질 수 있다.

노라 로버츠나 스티븐 킹을 보라. 둘 다 필명으로 평소 알려진 것과는 다른 장르의 책도 썼다. 다른 독자층을 위해 다른

스타일로 썼기 때문이다. 이것은 작가의 목소리 또는 '소리'가
책마다 달라질 수 있음을 의미한다. 작가가 장르를 바꾸면
목소리도 당연히 변해야 한다. 에로틱한 목소리로 아이들을 보는
소설을 쓰면 안 된다.

　작가의 목소리는 간단히 말하자면 작가의 기교와 문체의 모든
측면을 합친 것이다. 예를 들어 작가의 목소리에는 다음과 같은
요소가 포함된다.

- 작가가 선택한 동사와 형용사
- 구두법과 문법 패턴(어떤 작가는 옥스퍼드 쉼표 형식을
  사용하고 다른 작가는 아닐 수도 있다)
- 부사의 사용 여부
- 문장의 길이
- 대화와 묘사의 균형
- 대화의 억양 여부
- 묘사의 양
- 묘사 스타일(은유가 많은가, 아니면 좀 더 깔끔한 스타일의
  설명을 사용하는가?)
- 등장인물의 규모
- 시점

캐릭터
목소리란?

캐릭터 목소리는 변하지 않는다. 캐릭터 목소리란 그가 어떤 사람인지를 말한다. 평소 터무니없이 어렵고 거창한 말을 즐겨 쓰는 천체물리학자는 그간의 성장이나 변화와 상관없이 결말에서도 터무니없이 어렵고 거창한 말을 자주 사용할 것이다. 모든 캐릭터는 지면상의 목소리가 있는데, 이것이 그가 어떤 사람인지 정의한다. 따라서 목소리가 바뀌면 캐릭터가 바뀐다. 예전과 다른 사람처럼 들린다. 만약 어려운 말을 자주 쓰던 천체물리학자가 갑자기 건들건들하게 속어와 은어를 사용한다면 완전히 다른 캐릭터처럼 느껴질 것이다.

하지만 사이드 캐릭터의 경우에는 문제가 있다. 주인공은 300~400쪽에 걸쳐 목소리를 정의하고 탐구할 시간이 충분하다. 그가 어떤 사람인지 어떻게 변화하는지 다듬고 묘사할 수 있는 분량이 충분하다. 그러나 사이드 캐릭터는 그렇지 않다. 따라서 그들의 목소리는 처음부터 예리하게 잘 다듬어져 있어야 한다. 사이드 캐릭터가 처음부터 자신이 어떤 사람인지 분명하게 알아야 주인공이 이야기 속에서 그가 누구인지 탐구할 수 있다.

그런데 작가가 이상적인 히어로를 만드는 일에만 초점을 맞춘다고 해보자. 주인공의 고유한 목소리를 만드는 데는 엄청나게 공을 들이고, 주인공을 돋보이게 해줄 사이드 캐릭터 몇 명의 목소리는 대충 만든다. 하지만 대화의 맥락을 설정하는 단어나 구, 문장인 대화 태그dialogue tag나 서사 정체성narrative identifier을 제거했을 때 모든 사이드 캐릭터가 똑같아서 구분할 수 없다는 문제가 생긴다. 동료 인디 작가 J. 손과 제프 엘킨스는 모든 캐릭터의 목소리가 똑같은 현상을 설명하는 '모노마우스monomouth'라는 용어를 고안했다. 두 사람은 주로 대화에 관해 이야기했다. 하지만 그 단어는 여기에서도 같은 목적을 수행한다. 사이드 캐릭터의 목소리는 문학적 도구로 정밀히 조각되기는커녕 거의 지나가는 생각 정도로만 취급받는 경우가 많다.

예를 들어보자. 『해리 포터』 시리즈의 주요 사이드 캐릭터로 등장하는 헤르미온느 그레인저의 목소리는 매우 영리하게 들린다. 헤르미온느는 항상 다양한 마법 주문과 지식을 공유한다. 또한 이래라저래라 참견이 심하고 잘난 체하는 것처럼 들리기도 하는데 모두가 헤르미온느의 성격을 매우 정확하게 표현한 것이다. 그렇다면 그를 『셜록 홈즈』의 왓슨 박사와 비교해보자. 둘 다 똑똑한 캐릭터지만, 왓슨 박사가 헤르미온느보다 훨씬 더 인내심이 크고 세심하다.

바로 이 차이를 만드는 방법에 대해 살펴보려고 한다. 앞으로 주요 사이드 캐릭터의 목소리를 연마하는 데 초점을 맞출 것이다. 얼음 속의 보석을 파내듯이 예리하고 끈질기게 주요 사이드 캐릭터만의 목소리를 연마해보자.

캐릭터 목소리
연습

내가 특히 좋아하는 연습은 캐릭터가 스스로 자신의 백스토리를 말하게 하는 것이다. 캐릭터가 당신에게 직접 오리진 스토리나 소설의 배경에 이르게 된 사연을 들려준다고 상상해보라. 어쩌면 캐릭터에게 과거의 강렬한 사건에 관해 물어볼 수도 있을 것이다. 보통 이렇게 하면 한 사람의 영혼을 가장 깊숙이 들여다볼 수 있다.

그 캐릭터는 어떤 식으로 이야기를 할까? 당황해서 빙빙 돌며 이야기할까? 말솜씨가 별로 없어서 묘사나 디테일을 별로 사용하지 않을까? 아니면 악센트가 있거나 특정한 표현을 사용할까? 어떤 식으로 이야기가 흘러갈지 나도 알 수 없다. 무언가가 드러날 수도 아무것도 드러나지 않을 수도 있지만, 이렇게 캐릭터가 직접 백스토리를 들려주게 하면 캐릭터의 목소리뿐 아니라 백스토리를 만드는 데도 도움이 된다.

(4-1)

사이드 캐릭터 렌즈

『히어로의 공식』에서, 나는 '주인공 렌즈'라는 개념을 큰 소리로
외쳤다. 그 책에서는 주인공 캐릭터를 구축하는 것과 관련이
있었지만, 그 개념에서 한두 가지 요소를 빼내 사이드 캐릭터
작업에 활용할 수 있다. 그런데 주인공 렌즈란 게 뭐냐고?
물어봐줘서 고맙다.

주인공
렌즈

히어로가 보고 느끼고 생각하고 행동하는 모든 것이 작은
문학의 렌즈로 독자를 에워싼다. 히어로가 경험하지 않는 한
책에서는 아무 일도 일어나지 않는다. 모든 건 히어로를 통해
탄생하며 비로소 책 바깥으로 나온다. 히어로는 독자가 책을
들여다보는 렌즈이며, 독자는 이 렌즈를 원하고 탐낸다.

사샤 블랙,
『히어로의 공식』, 210쪽

주인공 렌즈는 네 가지 부분으로 이루어진다.

● 행동

캐릭터의 모든 행동, 신체의 움직임 또는 보디랭귀지를
포함한다.

● 생각

여기에는 일반적으로 이탤릭체로 표시된 마음속 독백과
일인칭시점의 캐릭터 내레이션이 모두 포함된다.

● 대사

문자 그대로 소리 내어서 하는 말이 전부 포함된다.

● 감정

드러난 감정, 말로 표현한 감정, 본능적인 반응, 감각이 다
포함된다.

이 네 가지는 각각의 캐릭터마다 고유하며 이것들을 통해
캐릭터의 성격이 드러나야 한다. 주인공이든, 주인공은 아니지만
자신의 시점으로 내레이션을 하는 캐릭터든, 내레이션을 하지
않는 일반적인 사이드 캐릭터든 모두 마찬가지다.

흠흠, 목을 가다듬는다.

위스키로 목을 풀어준다.

이야기를 내레이션하는 캐릭터는 전부 렌즈가 있다.

이 사실은 중요하다. '렌즈'는 주인공만을 위한 것이 아니다.
그리고 내레이션을 하지 않는 캐릭터도 렌즈를 가지고 있다. 다만
서술적인 렌즈가 아닐 뿐이다.

앞으로 혼동하지 않기 위해 주인공과 내레이션을 하는
캐릭터의 렌즈를 '주인공 렌즈'라고 하고, 내레이션을 하지 않는
다른 캐릭터의 렌즈를 '캐릭터 렌즈'라고 부르기로 하자.

캐릭터
렌즈

캐릭터 렌즈도 주인공 렌즈처럼 네 가지 요소로 이루어지지만
두 가지 단계로 나뉜다. 그 이유는 일인칭시점이 아닌 캐릭터는
주인공과 달리 독자에게 속마음을 보여줄 수 없기 때문이다. 두
단계는 행동과 대사, 느낌과 생각으로 나뉜다.

이 내용은 다음 장에서 더 자세하고 구체적으로 다루고 지금은
이 부분을 살펴보자. 렌즈는 실제로 어떻게 생겼을까? 서로 다른
캐릭터, 즉 주인공과 시점이 없는 사이드 캐릭터를 살펴보자.
기찻길은 위험하다. 옛적부터 엄마들은 절대 기찻길에서 놀면 안
된다고 신신당부했다. 자, 그럼 캐릭터들을 기찻길로 보내볼까.
크하하하! 기찻길 근처의 숲속처럼 외진 곳에 악마가 있다는
설정까지 보태 더 위험하게 만들어보자. 자, 시작해볼까.

철로는 숲의 한가운데를 가로지르며 수평선을 향해 뻗은 끝없는
곡선이었다. 철로 아래에서는 마치 여섯 살짜리의 악몽에
나올 법한 나무 이빨이 줄줄이 튀어나왔다. 나무 사이에서
바람이 늑대처럼 울부짖었고 나는 재킷을 더 꽉 잡아당기고

주머니 깊숙한 곳의 핸드폰을 꽉 잡았다. 아직 신호가 잡히길 기도하면서.

자, 캐릭터 렌즈의 각 요소가 어떻게 나타나는지 문장을 한 줄씩 자세히 살펴보자.

"철로는 숲의 한가운데를 가로지르며 수평선을 향해 뻗은 끝없는 곡선이었다." 이것은 장면 설정이다. 성격을 암시하는 부분은 "끝없는"이라는 표현이다. 철로와 숲을 걸어가며 망설이는 심리가 드러난다. 이것을 하위 텍스트라고 하자! 철로 아래에서는 마치 여섯 살짜리의 악몽에 나올 법한 나무 이빨이 줄줄이 튀어나온다. 캐릭터화가 처음으로 나타나는 부분이다. 이 캐릭터는 철로의 나무, 색깔, 모양을 악몽으로 묘사하고 있다. 바로 이전 문장에서 암시된 첫 하위 텍스트를 강화한다. 또한 독자에게 이 캐릭터가 용감하기보다는 겁이 많다는 인상을 준다. "나무 사이에서 바람이 늑대처럼 울부짖었고"는 캐릭터가 느끼는 감각을 설명하고, 다시 한번 괴물을 언급하는 것은 캐릭터가 풍경을 감상하기보다는 괴물에 대한 공포에 사로잡혀 있다는 것을 보여준다. "나는 재킷을 더 꽉 잡아당기고 주머니 깊숙한 곳의 핸드폰을 꽉 잡았다"는 행동은 두려움에 떨면서도 마음을 침착히 다스리려는 캐릭터의 감정 상태를 드러낸다. "아직 신호가 잡히길 기도하면서"도 역시나 캐릭터의 감정 상태를 보여주는 행동이다.

잭슨은 깡충깡충 뛰며 숲에서 나와 철로로 올라갔다. 침목에 미끄러지듯 올라선 그의 눈이 반짝거렸다.

"철로에서 내려와, 잭슨. 기차가 오면 어쩌려고?" 내가 말했다.

"진정해. 이거 정말 재미있어." 어둑어둑한 가운데 철로 사이를 점프하는 그의 얼굴이 환하게 빛났다.

이번에도 캐릭터와 주인공 렌즈를 이용해 글을 자세히 살펴보자.

"잭슨은 깡충깡충 뛰며 숲에서 나와"는 주인공의 내레이션이지만, 깡충깡충 뛰는 잭슨의 행동은 겁에 잔뜩 질린 화자의 모습과 커다란 대조를 이룬다. "철로로 올라갔다. 침목에 미끄러지듯 올라선 그의 눈이 반짝거렸다"에서 잭슨이 전혀 겁먹지 않고 오히려 신이 났음을 보여준다. 특히 반짝이는 눈은 두려움이 아닌 짓궂음을 나타낸다. "철로에서 내려와, 잭슨. 기차가 오면 어쩌려고?"는 주인공의 첫 대사다. 이전 문단과 똑같은 감정이 드러나지만, 이번에는 잭슨 때문에 느끼는 두려움이다. "진정해. 이거 정말 재미있어"는 잭슨의 대사다. 주인공과는 전혀 다른 어조와 단어 선택을 통해 지금 그는 들떠 있고, 주인공이 과민 반응한다고 생각한다는 것을 알 수 있다. 그가 독자에게 직접 말하지 않았지만 우리는 대사와 행동을 통해 캐릭터 렌즈의 두 가지 측면을 유추할 수 있다. 주인공의 내레이션은 두 캐릭터를 모두 드러내는 이중적인 역할을 한다.

캐릭터 렌즈에 대해 좀 더 자세히 들어가보자.

비POV 캐릭터 렌즈

내레이션이 없는 사이드 캐릭터는 작가를 힘들게 한다. 작가가
제발 목소리를 내달라고 애원할 때마다 까만 쫄쫄이 옷을
입고 채찍으로 후려친다. 이 친구는 POV 캐릭터나 주인공,
즉 일인칭시점을 가진 캐릭터보다 분량도 적고 독자와 직접
접촉하는 일도 적다. 작가는 그의 캐릭터 렌즈에 직접 접근할 수
없다. 마치 손이 뒤로 묶이거나 수갑이 채워져서 몸을 움직일
수 없는 것과 같다. 더 변태적인 표현이 나오기 전에 다음으로
넘어가자.

비POV 캐릭터, 다시 말해 일인칭시점이 없는 캐릭터가 완전한
'주인공' 렌즈가 없다고 해서 일부러 목소리를 만들어내지
않아도 된다는 뜻은 아니다. 비POV 캐릭터에도 얼마든지 훌륭한
목소리를 만들어줄 수 있다.

비POV 캐릭터에게 캐릭터 렌즈가 없으면 다른 건 뭐가
있을까?

캐릭터 렌즈의 일부 요소가 있다. 앞에서 말했듯이 캐릭터
렌즈의 두 가지 측면은 직접성을 기준으로 나뉜다.

단계 1은 행동과 대사다. 사이드 캐릭터가 스스로 제어하는
부분이기에 독자에게 바로 가닿아 직접성이 크다. 단계 2는
느낌과 생각이다. 이는 내레이션과 해석을 통해 나타나는 경우가
훨씬 더 많으므로 독자에게도 직접성이 덜하다.

이야기를 따라 읽다가 기억상실증에 걸리지 않도록 사이드

캐릭터의 외적인 부분을 이용하면 캐릭터화에 도움이 된다. 또한 화자에 의해 묘사되지만 하위 텍스트, 특이점, 습관도 사용할 수 있다.

단계 1:
행동과 대사

우리는 POV 캐릭터 렌즈를 통해 이야기를 접하지만, 어떤 캐릭터라도 렌즈의 두 가지 측면은 스스로 통제할 수 있다. 화자가 누구든 사이드 캐릭터는 자기 행동과 대사를 보여주는 일을 직접 담당한다. 행동과 대사는 독자와의 연결감을 높이는 이야기 요소기도 하다. 다시 말하자면 행동과 대사가 비POV 캐릭터의 목소리와 성격을 만드는 주요 도구라는 뜻이다.

대사는 4-3에서 다룰 것이다. 자, 그럼 행동을 살펴보자.

"행동이 말보다 소리가 더 크다"라는 말은 진부하지만 캐릭터에도 적용된다. 나는 마치 텁수룩한 수염에 케이크 부스러기가 잔뜩 묻고 퀴퀴한 냄새까지 풍기는 고루한 교수 같아서 옛날 속담을 싫어한다. 그러나 저 속담은 뻔해도 맞는 말이므로 마음에 안 들어도 참기로 하자. 사이드 캐릭터의 성격과 목소리를 보여주는 가장 좋은 방법은 그의 행동을 통해서 보여주는 것이다.

행동은 성격 특징과 감정이라는 두 가지 핵심 측면을 통해 만들어진다. 캐릭터화를 위한 사실적인 행동을 만들려면 캐릭터의 성격을 설명하지 말고 보여주어야 한다.

샐리는 그런 사람이었다. 그는 항상 불필요한 위험을 감수했다.

독자에게 샐리에 대해 말해주지만 너무 지루하다. 히틀러도
칭기즈칸도 아닌 사람을 독자에게 이렇게 축약해 소개하면 전혀
흥미롭지 못하다. 행동을 통해서 보여주면 어떨까? 샐리는 밤에
몰래 주인공을 비롯한 친구들을 끌고 뒤편에서 고급 클럽에 간다.
샐리가 클럽 주인에게 말을 걸며 술을 잔뜩 마시고 마약도 할 수
있다. 좀 더 수위를 높인다면 샐리의 행동이 주인공에게도 영향을
미치게 할 수 있다. 주인공은 바로 다음 날 중요한 오디션이
있어서 집에 가고 싶은 마음뿐이지만 차마 친구를 혼자 두고 갈
수는 없다. 그 와중에 샐리가 싸움에 휘말리고 주인공은 샐리를
구하기 위해 뛰어들었다가 얻어맞는다. 결국 눈이 퍼렇게 멍들고
만다.

넷플릭스 최신 드라마 〈퀸스 갬빗〉에 나오는 사이드 캐릭터인
졸린은 행동을 통해 성격을 보여주는 좋은 예다. 졸린은
위험을 무릅쓰면서 주인공 베스를 돕는다. 후반부에서 졸린은
베스가 소련의 체스 대회에 참가할 수 있도록 큰돈을 주는
위험을 감수한다. 베스가 엉망진창으로 술을 마시고 약을 하며
전반적으로 신뢰할 수 없는 모습을 보여주는데도 그를 믿고 돈을
빌려준다. 만약 베스가 대회에서 우승하면 돈을 갚을 수 있지만
우승하지 못하면 졸린은 돈을 날린다. 이 드라마의 제작진은
졸린이 베스의 조력자고 큰 위험까지 감수하는 설정을 베스가
말로 하게 하지 않고 졸린의 행동을 통해 보여준다. 이전에도

졸린은 베스가 체스 시합에서 평정을 유지할 수 있도록 불법으로 신경안정제를 밀수하는 모습을 보여주었다.

사이드 캐릭터가 성격 특징에 따라 어떤 행동을 할지 잘 모르겠다면 다른 방법이 있다. 그 순간 캐릭터가 어떤 감정을 느낄지 상상해보는 것이다. 화난 사람은 어떤 행동을 할까? 주먹을 불끈 쥘까? 상간자의 아이크림에 고춧가루를 뿌릴까? 불알을 차버리거나 하품할 때 입에 손가락을 찔러 넣을지도 모른다. 질투에 휩싸이면 어떻게 행동할까? 그 여자의 드레스에 다람쥐 피를 묻힐까? 누군가의 일을 망치려고 할까? 슬플 때는 소리 지르고 물건을 던질까? 아니면 울면서 주변을 전부 차단하고 혼자 있으려 할까?

감정은 행동을 이끈다. 사이드 캐릭터가 어떤 행동을 보여야 할지 막막하다면 한번 생각해보자.

✔ 지금 이 순간 캐릭터가 어떤 감정을 느낄까?
✔ 예상되는 감정 반응은 무엇인가?
✔ 어떻게 하면 그 예상을 뒤집을 수 있을까?
✔ 현재의 감정에 근거해 캐릭터가 보일 수 있는 다섯 가지 행동은 무엇인가?

단계 2:
느낌과 생각

캐릭터의 감정과 생각은 그의 시점을 통해서만 정확히 드러나지만 예외가 두 가지 있다.

- 전지적 작가 시점과 같이 화자가 캐릭터의 모든 내면을 독자에게 설명한다. 독자와 주인공이 비POV 캐릭터가 무엇을 느끼고 생각하는지 추측할 수는 있지만, '추측'일 뿐이다.
- 사이드 캐릭터가 대사로 감정과 생각을 직접 말한다.

내레이터가 누구인지는 독자에게 영향을 끼친다. 독자가 다른 캐릭터의 감정과 생각을 관찰할 때 화자의 해석에 영향을 받기 때문이다. 이것은 좋기도 하고 나쁘기도 하다. 독자는 이야기 곳곳에 등장하는 당신의 주인공을 해석하느라 사이드 캐릭터의 생각과 감정을 미처 잘못 해석할 수 있다. 이 말은 잘못된 해석을 사용하여 긴장과 갈등을 만들 수 있다는 뜻이다.

그뿐만 아니라 주인공이 다른 캐릭터의 행동을 해석하는 모습을 통해 두 캐릭터에 대해 많은 것을 알 수 있다. 당신의 주인공은 방어적인가? 사소한 문제에도 민감하게 반응하는가? 좋다. 그러면 독자는 주인공이 예민하다는 것과 사이드 캐릭터가 주인공이 생각하는 것처럼 나쁜 사람이 아니라는 것을 파악할 수 있다.

하위
텍스트

하위 텍스트는 작가가 독자에게 대놓고 보여주지 않는 캐릭터와
이야기의 측면을 드러낼 때 매우 유용하다. 하위 텍스트를 이용해
대사, 표정, 몸짓 그리고 화자의 해석으로 독자들이 비POV
캐릭터가 무슨 생각을 하고 어떤 감정을 느끼는지 추측할 수
있다.

　　하위 텍스트를 만드는 가장 좋은 방법은 캐릭터가 무엇에
초점을 맞추는지 보여주는 것이다. 서술하는 캐릭터와 서술되는
사이드 캐릭터에 모두 해당한다. 당신의 사이드 캐릭터가 벽의
장식을 구경하거나 대화에 참여하기보다는 방의 출구를 유심히
보고 있다면, 그 캐릭터가 그 공간을 떠나고 싶어 한다는 것이
하위 텍스트다. 직접 서술하지 않아도 알 수 있다.

습관과
기벽

비POV 사이드 캐릭터에 깊이를 더하는 또 다른 도구는 습관과
기벽을 설정하는 것이다.

　　습관은 반복적인 패턴으로 행해지는 일상적인 움직임을 말한다.

자동적이며, 보통의 독자들은 '특이하다'고 느끼지 않을 법한
것들이다. 대화할 때 안경을 자꾸만 위로 올리거나 아침마다
라디오를 듣건 하는 것 말이다. … 반면 기벽은 '특이하다'라는
말이 절로 나오는 행동을 말한다. 습관과 달리 의도적이며,
보통의 독자들과 다른 캐릭터들의 주목을 잡아끌 것이다. 예를
들어, 영화 〈우리는 파키스탄인〉에는 무슨 일이 있어도 재킷을
벗지 않으려 하는 소년 사지드가 등장한다. 사지드는 맑으나
눈이 오나 비가 오나 심지어 잠잘 때도 재킷을 입고 있다.

사샤 블랙,
『히어로의 공식』, 215쪽

  기벽은 짧고도 강력한 캐릭터화에 더욱 효과적이다. 기벽은
흔하지 않기에 예상 밖이다. 자연스럽게 그쪽에 관심이 쏠린다.
사이드 캐릭터를 다른 캐릭터와 확연히 구분되도록 한다는
뜻이다. 물론 기벽을 활용할 때도 위험이 따르기는 한다. 아무
생각 없이 되는대로 던지면 독자의 호응을 얻을 수 없다. 따라서
다음의 두 가지 측면을 활용하여 기벽을 사실적으로 만들어야
한다.
  첫째, 기벽이 이야기 속에서 어떤 기능을 수행하도록한다.
기벽을 사이드 캐릭터의 결점이나 강점과 연결하는 것이다. 『식스
오브 크로우스』의 카즈 브레커는 항상 장갑을 끼는 기벽을 통하여
상처가 시각적으로 표현된다. 그런가 하면 TV 시트콤 〈프렌즈〉의
모니카는 강박적으로 청소를 하는데, 그동안 문제를 고심하거나
해결한다.
  둘째, 기벽을 말로 설명하기보다는 보여준다. 소설의 '중요한'

요소는 뭐든지 독자에게 말로 설명하기보다 보여주어야 한다. 앞서 살펴본 '행동'과 마찬가지로, 사이드 캐릭터의 기벽을 말로만 설명하지 말고 장면에서 캐릭터가 그 기벽의 상호작용을 보여주어야 한다.

『식스 오브 크로우스』를 예시로 다시 살펴보자. 카즈의 장갑에 대해 여러 사이드 캐릭터가 언급하고, 그가 장갑을 어쩔 수 없이 벗어야만 하는 상황에 놓였을 때 느끼는 감정을 통해 독자는 그 장갑의 중요성을 깨닫는다.

일반적인 잡담

대사는 캐릭터들 사이의 의사소통이지, 작가와 독자의
의사소통이 아니다. 이 둘을 혼동하지 말라.

가브리엘라 페레이라,
『셀프 MFA: 집중해서 쓰기, 목적을 갖고 읽기, 커뮤니티를 구축하기DIY MFA:
Write with Focus, Read with Purpose, Build your Community』

이 문장을 처음 읽었던 순간이 생생하게 기억난다. 시야가
기우뚱하고 시간이 느려지고 흐릿한 역설로 가득 차더니 뇌가
산산조각이 나고 세상이 뒤흔들리는 듯한 느낌을 받았다.
그때까지 나는 대사가 작가인 나하고는 아무 상관도 없다는
것을 한 번도 생각해본 적이 없었기 때문이다. 대사는 당연히 내
머리에서 나오지만, 내가 하는 말처럼 들려서는 안 되며, 내가
하는 말이 되어서는 안 된다.

이 사실이 왜 중요할까? 당신의 사이드 캐릭터는 자신만의
독특한 목소리가 필요할 뿐만 아니라 캐릭터끼리 서로 대화를
나눌 수 있기 때문이다.

독자는 캐릭터가 서로에 대해 말하는 것을 엿들을 수 있다.
그러면서 말하고 있는 캐릭터는 물론이고 그가 말하는 대상에
대해서도 알게 된다. 예를 들어 캐릭터가 친구를 헐뜯는 장면은
독자에게 그가 여왕벌 노릇을 하려는 건방진 성격이라는 것을

말해준다.

대사는 그 이상이다. 이야기의 속도감을 높이고 장면에 깊이를 더하며 캐릭터의 목소리로서 그 캐릭터에 대해 알려준다.

허튼소리

친구들과의 수다는 즐겁다. 다 같이 모여 와인을 마시며 별의별 말을 다 하면서 시끌벅적하게 보내는 시간은 생각만 해도 즐겁지 않은가? 온갖 소재의 대화가 오가며 가끔은 사실보다 과장해서 말하기도 한다. 소설 속 캐릭터도 그러면 어떨까?

아니, 절대 안 된다.

소설의 모든 단어와 문장, 문단은 최대한의 효과를 내야만 한다. 대사는 속도가 빨라서 이야기의 빠른 진행에 도움을 주며, 그만큼 날카로워야 한다. 이웃집 고양이의 여자 친구가 사람 손톱을 가지고 있다는 영양가 없는 일화로 대사를 채운다면 이야기는 지지부진해질 게 뻔하다.

불필요한 대사는 없애야 한다. 지나치게 형식적이거나 쓸데없는 소리는 집어치우고 중요한 내용을 곧장 내뱉어야 독자의 시선을 끌어들일 수 있다.

물론 설명이 필요할 때도 있다. 하지만 당신이 페이지에 흘리는 대사에는 다음과 같은 목적이 있어야 한다는 걸 잊어서는 안 된다.

- 긴장감을 고조하는가?
- 정보를 전달하는가?
- 거짓말을 퍼뜨리는가?
- 갈등을 부추기는가?

대사에 목적이 없으면 대화가 지루해질 뿐더러 캐릭터에 깊이를 더하는 효과 또한 떨어진다. 목적 없는 대화는 금요일 밤에 친한 친구들과 있을 때만 재미있다는 걸 명심해라.

대사

앞서 언급한 '모노마우스'라는 말은 캐릭터들의 목소리가 전부 똑같은 사람처럼 들린다는 뜻이다. 캐릭터들의 목소리가 전부 똑같은 사람처럼 들린다는 뜻이다. 이것은 한번 시도해보기에 좋은 기법이기도 하다.

당신의 원고에서 대사가 몰려 있는 부분을 하나 골라보자. 설명이나 미사여구 같은 것은 제쳐놓고 대사만 남긴다. 그것만 보고 누구의 대사인지 알 수 있는가? 아마 알 수 있을 것이다. 자신이 쓴 글이라 속속들이 알고 있을 테니까. 하지만 그 원고를 다른 사람에게 읽어보라고 해보자. 과연 누구의 대사인지 다들 구분할 수 있을까?

만약 가능하다면 축하한다. 오늘 하루는 잘난 척해도 괜찮다. 당신의 캐릭터들이 저마다 고유한 목소리를 가졌다는 뜻이니까.

하지만 숙련되지 않은 대다수 작가의 캐릭터들은 모노마우스인 경우가 많다. 나도 첫 번째 소설에서 똑같은 문제가 있었다. 흔히 봉착할 수 있는 문제인 만큼 염두에 두고 단련하길 바란다.

대사는 우리의 사이드 캐릭터에게 훨씬 더 중요하다. 사이드 캐릭터에게는 분량이 많지 않기 때문이다.

나는 '대사 박사'라고 불리는 제프 엘킨스에게 사이드 캐릭터의 대화 장면을 쓸 때 무엇이 중요한지 물어보았다. 그의 대답은 다음과 같다.

> 캐릭터의 목소리를 쓸 때 우리는 먼저 어떤 종류의 사이드 캐릭터인지 생각해봐야 한다. 주인공의 지속적인 조력자인가, 특정 장면에만 출연하는 일회성 캐릭터인가?
> 일회성 사이드 캐릭터는 주인공의 목소리에 대한 어떤 부분을 인식할 수 있게 해주므로 흥미롭다. 따라서 일회성 캐릭터의 목소리는 주인공과 극단적으로 대조되도록 만들어야 한다. 독자는 일회성 캐릭터를 단 한 장면에서만 만나므로 목소리를 극단적으로 만들어도 독자가 그 캐릭터와 거리감을 느끼지 않는다.
> 만약 당신의 주인공이 어둡고 암울한 성격이라면 일회용 캐릭터는 좀 더 활발하고 낙관적으로 만들어라. 주인공이 적극적이고 낙관적이라면 사이드 캐릭터는 소극적이고 암울한 성격으로 설정하라. 주인공이 그와 정반대되는 캐릭터와 대화를 나누는 상황은 주인공의 목소리를 돋보이게 하고 독자를 이야기 속으로 더 깊이 끌어당긴다. 예를 들어, 프레드릭 배크만의 『오베라는 남자』는 심술궂고 참을성이 없는 늙은 주인공이

긍정적이고 젊은 판매원과 언쟁을 벌이는 장면으로 시작한다. 주인공을 정반대되는 일회성 사이드 캐릭터와 짝지음으로써 독자들은 즉각 오베의 목소리에 대한 감을 잡는다.

하지만 계속 등장하는 사이드 캐릭터는 다르다. 그의 목소리는 주인공의 목소리와 다르게 만드는 것만으로는 충분하지 않다. 독자가 계속 그와 만나기 때문이다. 독자는 주인공만큼이나(또는 더 많이) 사이드 캐릭터와 공감할 수 있어야 한다. 계속 등장하는 사이드 캐릭터를 쓸 때는 주인공의 목소리와 대조되거나 그를 보완하도록 전략적으로 목소리를 만들어야 한다. 사이드 캐릭터는 자연스럽게 주인공을 격려하고 도전장을 내밀어 변화와 성장으로 이끄는 역할을 하게 된다.

계속 등장하는 사이드 캐릭터가 주인공을 보완하려면 주인공과 임무나 욕구를 공유해야 한다. 이 공통성이 사이드 캐릭터의 목소리에서 나타나야 한다. 예를 들어, 『해리 포터』 시리즈에서 해리와 헤르미온느, 론은 모두 자신의 존재를 증명해야만 하는, 소외된 약자의 감정을 공유한다. 이 세 인물은 한 팀을 이룬다. 운명을 함께 추구하면서 함께 세상과 맞서기 때문이다.

만약 해리가 혼자서 제멋대로 행동했다면 뚱하고 화가 많으며 고립된 사람이 되었을 것이다. 이렇게 볼 때 론과 헤르미온느는 해리에게 도전할 만한 과제를 주는 완벽한 사이드 캐릭터다. 헤르미온느는 해리에게 '절대로 항복하지 않는' 진취적인 태도를 보태고, 론은 가족을 향한 애정과 팀워크를 보탠다. 이 두 인물을 합친 모습은 작가가 주인공에게 원하는 모습이다. 그렇기에 이 세 인물은 이야기 속 완벽한 히어로다.

사이드 캐릭터의 목소리를 만들 때는 주인공이 어떤 사람으로 성장하기를 원하는지 먼저 결정한 뒤 지금 주인공에게 부족한 점을 사이드 캐릭터의 목소리를 통해 제공하라. 그러면 중요한 장면에서 주인공이 눈앞의 장벽을 뛰어넘고 승리를 거둘 수 있도록 사이드 캐릭터가 자연스레 돕게 된다.

모든 사이드 캐릭터는 고유해야 한다. 저마다 고유한 특징을 지닌 사이드 캐릭터는 두드러지고, 서로 구분되고, 주인공과 협력하거나 대립하며 이야기의 재미를 좌우하기 때문이다. 그렇다면 사이드 캐릭터의 대사를 어떻게 차별화할 수 있을까? 몇 가지 방법을 살펴보자.

문장에서 드러나는 성격

성격은 문장에 반영되어야 한다. 이를 가장 쉽게 보여주는 방법은 캐릭터들을 분명하게 비교하는 것이다. 그 캐릭터만을 위한 단어를 수집해보자. 예를 들어 학구적인 캐릭터가 있다고 했을 때 그 캐릭터의 목소리를 어떻게 만들어야 할까? 어떻게 들리는 목소리일까? 일단 그를 '노잼 교수'라고 부르자.

노잼 교수의 단어 가방에는 다음과 같은 단어가 들어 있을 것이다.

- 더군다나, 마찬가지로, 추가적으로, 서둘러 덧붙이자면,

적절한, 필요 요건에 따라 달라지는, 설상가상으로

내가 노잼 교수 캐릭터를 쓴다면 어조와 말의 구조, 내레이션에 관해 아래처럼 메모할 것이다.

- 노잼 교수는 대사에서 긴 문장을 사용하며, 항상 구구절절 설명하고, 간단한 단어만으로 충분한데도 어려운 단어를 사용한다.

이를 기준으로 노잼 교수의 대사를 쓴다면 어떨까? 길다 보니 쉼표를 정말 많이 사용할 것이다. 워낙 말이 장황해서 다른 캐릭터들이 중간에 끊고 대신 말할 때도 있으며, 긴 단어를 많이 사용하므로 전반적으로 건조한 느낌이 든다. 또한 그는 뭔가를 설명할 때 찬성과 반대의 관점을 모두 버무려서 굉장히 난해한 방식으로 말하기 때문에 동료들에게 별 도움이 되지 못한다. 노잼 교수의 대사는 아마 이런 식일 것이다.

저는 그 문제에 대해 더 이상 논의하기를 거부합니다. 당신이 자신의 난잡한 행실에 대해 드러내고 싶은지 여부는 나와 아무런 관계가 없으며 저녁 식사 자리에서의 대화 주제로 적절하지 않습니다.

이번에는 미카엘라라는 다른 캐릭터가 있다고 해보자. 그는 말수가 적고 무뚝뚝하고 항상 본질을 정확하게 지적하며 장황하게 말하는 법이 없다. 가능한 한 적은 단어로 이루어진 짧은 문장을 사용한다. 그의 대사는 문장이 짧고 쉼표가 거의 필요하지 않으므로 마침표가 많고 대사가 뚝뚝 끊길 것이다. 미카엘라의 목소리는 성격과 마찬가지로 차갑고 인정사정없게 들릴 것이다!

아마 그는 노잼 교수와 똑같은 말을 이렇게 할 것이다.

네가 누구랑 잤는지 관심 없어.

성격은 곧 목소리다. 성격이 이야기의 모든 수준에서 캐릭터에게 영향을 미쳐야 한다는 걸 기억하고 캐릭터에게 줄 대사를 구상하라.

캐릭터의 성격 특성을 선택하는 데는 이유가 있을 것이다. 그 특성이 문장의 길이와 단어 선택에도 영향을 미쳐야 한다. 예를 들어, 화난 군인 캐릭터는 의성어 혹은 과격한 단어나 묘사를 사용할 가능성이 크다. 그는 나무를 수채화로 흐르듯이 묘사하거나 나뭇잎이 물감 방울처럼 땅으로 떨어진다고 묘사하기보다는, 차렷 자세로 서 있는 초췌하고 피곤한 군인 같다고 말할 것이다. 사이드 캐릭터의 어조와 목소리를 만드는 데 유용한 다음의 항목들을 고려해보자.

✔ 캐릭터가 어떤 단어를 자주 사용하는가?

✔ 속어를 사용하는가?

✔ 장소와 직업과 관련된 배경은 어떠한가?

✔ 긴 문장(쉼표를 많이 사용해야 할 것이다)을 사용하는가 아니면 짧은 문장(마침표가 많이 들어갈 것이다)을 사용하는가?

180

✓ 캐릭터의 어조를 어떻게 설명할 수 있을까?

✓ 캐릭터의 목소리를 어떤 글자와 연관시킬 수 있는가?

4단계 요약

● 작가가 장르를 바꾸면 목소리도 변해야 한다. 작가의 목소리는 다음과 같이 기교와 문체의 모든 측면을 합친 것이다.

- 작가가 선택한 동사와 형용사
- 구두법과 문법 패턴
- 부사의 사용 여부
- 문장의 길이
- 대화와 묘사의 균형
- 대화의 억양 여부
- 서술적 묘사의 양
- 묘사 스타일
- 등장인물의 규모
- 시점

● 캐릭터 목소리는 변하지 않는다. 캐릭터 목소리란 그가 어떤 사람인지를 말한다.

● 캐릭터 렌즈도 주인공 렌즈처럼 네 가지 요소로 이루어지지만 두 가지 단계로 나뉜다. 비POV 캐릭터들은 주인공과 달리 독자에게 속마음을 보여줄 수 없기 때문이다. 두 단계는 다음과 같다.

- 단계 1: 행동과 대사
- 단계 2: 느낌과 생각

- 행동과 대사는 비POV 캐릭터의 목소리와 성격을 만드는 주요 도구다.

- 행동이 말보다 소리가 더 크다. 사실적으로 캐릭터화하기 위해서는 캐릭터의 성격을 설명하지 말고 보여주어야 한다.

- 감정은 행동을 이끈다. 사이드 캐릭터가 어떤 행동을 보여야 할지 막막하다면 한번 생각해보자.
  - 지금 이 순간 캐릭터가 어떤 감정을 느낄까?
  - 예상되는 감정 반응은 무엇인가?
  - 어떻게 하면 그 예상을 뒤집을 수 있을까?
  - 현재의 감정에 근거해 캐릭터가 보일 수 있는 다섯 가지 행동은 무엇인가?

- 캐릭터의 감정과 생각은 그의 시점을 통해서만 정확히 드러나지만 예외가 두 가지 있다.
  - 전지적 작가 시점과 같이 화자가 캐릭터의 모든 내면을 독자에게 설명한다.
  - 사이드 캐릭터가 대사로 감정과 생각을 직접 말한다.

- 하위 텍스트는 작가가 독자에게 대놓고 보여주지 않는 캐릭터와 이야기의 측면을 드러낼 때 매우 유용하다.

- 습관은 반복적인 패턴으로 행해지는 일상적인 움직임이나 행동이나 행실을 말한다.

- 기벽은 캐릭터만의 고유하고 특이한 부분이다. 의도적인 행동이며 캐릭터의 특징을 보여줄 때 훨씬 더 유용하다.

- 사이드 캐릭터의 대사에는 반드시 목적이 있어야 한다.

- 소설에 모노마우스가 없는지 꼭 확인하라.

- 보조 사이드 캐릭터의 목소리와 어조, 스타일은 주인공과 대조되어야 한다. 그래야만 두 캐릭터가 모두 빛날 수 있다.

- "계속 등장하는 사이드 캐릭터를 쓰는 비결은 주인공의 목소리와 대조되거나 그를 보완하도록 전략적으로 목소리를 만드는 것이다. 사이드 캐릭터는 자연스럽게 주인공을 격려하고 도전장을 내밀어 변화와 성장으로 이끌어야 한다."

- 사이드 캐릭터의 목소리와 대사를 선택할 때는 캐릭터의 배경을 생각하라. 배경이 단어 선택과 어조, 악센트 등에 어떤 영향을 끼치는가?

- 사이드 캐릭터만의 단어를 수집하라.

- 다음은 사이드 캐릭터의 어조와 목소리를 만드는 데 유용한 질문이다.
  - 캐릭터가 어떤 단어를 자주 사용하는가?
  - 속어를 사용하는가?
  - 장소와 직업과 관련된 배경은 어떠한가?
  - 긴 문장을 사용하는가 아니면 짧은 문장을 사용하는가?
  - 캐릭터의 어조를 어떻게 설명할 수 있을까?
  - 캐릭터의 목소리를 어떤 글자와 연관시킬 수 있는가?

생각해볼 질문

- 사이드 캐릭터를 위한 단어를 수집하라.

- 당신이 가장 좋아하는 작품에서 사이드 캐릭터의 어떤
요소가 그의 목소리를 보여주는지 살펴본다.

Step ›› 5

사이드 캐릭터의 역할은 무엇인가?

⚠ **스포일러 경고**

소설

A.A. 밀른의 『곰돌이 푸』
J.K. 롤링의 『해리 포터』 시리즈
J.R.R. 톨킨의 『반지의 제왕』 시리즈
T.J. 클룬의 『벼랑 위의 집』
닐 게이먼의 『신들의 전쟁』
러디어드 키플링의 『정글북』
리 바두고의 『그리샤버스』 시리즈
릭 라이어든의 『퍼시 잭슨과 번개 도둑』 시리즈
브램 스토커의 『드라큘라』
사샤 블랙의 『에덴 이스트The Eden East』 시리즈
샤를 페로의 『신데렐라』
수잰 콜린스의 『헝거 게임』 시리즈
아서 코난 도일의 『셜록 홈즈』 시리즈
제이 크리스토프와 에이미 코프먼의 『일루미네Illuminae』
조지 R.R. 마틴의 『얼음과 불의 노래』 시리즈
존 스타인벡의 『생쥐와 인간』
찰스 디킨스의 『올리버 트위스트』
캣 하워드의 『불친절한 마법사An Unkindness of Magicians』
토머스 불핀치의 『아서왕 이야기』

영화

〈겨울왕국〉 시리즈
〈나는 전설이다〉
〈데블스 애드버킷〉
〈델마와 루이스〉
〈라비린스〉
〈라이온 킹〉
〈매트릭스〉 시리즈
〈배트맨〉 시리즈
〈블랙 팬서〉 시리즈
〈슈렉〉 시리즈
〈스타워즈〉 시리즈
〈엑소시스트〉 시리즈
〈월 스트리트〉
〈위험한 정사〉
〈유주얼 서스펙트〉 시리즈
〈인디아나 존스〉 시리즈
〈캐스트 어웨이〉
〈퀸카로 살아남는 법〉
〈토이 스토리〉 시리즈
〈트레이닝 데이〉
〈파이트 클럽〉
〈해리가 샐리를 만났을 때〉

드라마

〈덱스터〉 시리즈
〈뱀파이어 해결사〉 시리즈
〈원스 어폰 어 타임〉 시리즈

원형이란
무엇인가?

원형은 문학적 장치다. 캐릭터가 특정한 때에 특정한 기능을 수행하여 이야기를 앞으로 진행하기 위해 착용하는 가면이라 할 수 있다.

작가가 가장 흔히 저지르는 실수는 캐릭터에게 어떤 원형의 모자를 씌우면 그 캐릭터가 끝까지 그 상태로 머물러야 한다고 착각하는 것이다. 하지만 그렇지 않다. 캐릭터의 일관성에 도움을 줘서 캐릭터의 고유한 특성을 한층 깊게 보여줄 수 있지만, 원형은 언제든 바뀔 수도 되찾을 수도 있다. 시리즈 소설에서는 더더욱 그렇다. 캐릭터가 하나의 원형에서 벗어나 다른 원형으로 성장하는 것도 충분히 가능한 일이다.

> 만약 캐릭터가 단 하나의 캐릭터 원형만을 갖고 있다면, 다시 말해 그 캐릭터가 처음부터 끝까지 주인공의 멘토 역할만을 한다면, 그야말로 평면적이고 지루한 캐릭터가 될 것이다. 캐릭터는 반드시 복합적인 면모를 지녀야 한다. 인간이 그러하기 때문이다. 주인공인 히어로를 비롯하여 다른 캐릭터들이 하나의 목적만 수행하게 하는 건 소설의 잠재력을 말려 죽이는 것과 같다.
>
> 사샤 블랙,
> 『히어로의 공식』, 74쪽

베스트 프렌드

누구나 때로는 곁에서 잘못된 행동을 솔직하게 지적해주거나,
헤어진 애인의 얼굴이 나온 포스터를 함께 찢어줄 사람이
필요하다.

영화 〈나는 전설이다〉에서 유일한 생존자로 남아 혼자였던
윌 스미스에게도 강아지라는 베스트 프렌드가 있었다. 〈캐스트
어웨이〉에서 러닝타임의 95%를 홀로 보낸 톰 행크스에게도
배구공 윌슨이 있었다. 이렇듯 주인공에게 절친한 친구가 없는
건 드문 일이다. 아주 친한 친구까지는 아니라도 가까운 사람이
분명히 있을 것이다. 이야기에 주인공 단 한 명만 등장하지 않는
데는 이유가 있다.

등장인물이 적게 나오는 이야기도 얼마든지 만들 수 있지만
대개 속도감이 느려지는 문제가 생긴다. 가장 큰 이유는 주변에
아무도 없으면 주인공과 대화할 사람이 없기 때문이다. 다시 말해
모든 장면에서 속도를 높이는 대사가 없어지는 것이다. 칼부림도
없고 죽을 위험도 딱히 없겠지만, 이야기에서 가장 중요한 갈등이
없다는 게 문제가 된다.

제임스 본드처럼 외로운 늑대 캐릭터도 고전적인 의미의
진정한 '친구'가 없을 뿐이지 본드 걸들과 뜨거운 염문을 뿌리고
다니며 주변에 사람들도 무척 많다. 캐릭터 한 명만 가지고
이야기를 만드는 것은 거의 불가능하다는 이야기다. 왜냐고? 다른
여러 캐릭터가 히어로를 변화로 이끌어주기 때문이다.

사실 인간은 외부의 힘이 없으면 변하지 않는다. 안전하고 익숙한 현실에 행복하게 안주하는 것을 선호하기 때문이다. 그러나 캐릭터가 변화하지 않는다면 독자에게는 너무 지루한 일이다.

친한 친구들은 우리를 안전지대에서 나오게 하고 '변화가 꼭 필요한' 영역으로 밀어 넣는다. 이야기에서도 마찬가지다.

일반적으로 사이드킥sidekick은 '조력자'를 의미한다. 조력자는 히어로의 긍정적인 지지자라는 뜻이다. 그렇다고 무조건 주인공에게 알랑거리고 아첨만 한다는 뜻은 아니다. 조력자는 히어로의 여정을 이해하고 목표를 이룰 수 있도록 도와준다. 그 과정에서 히어로의 엉덩이를 걷어차는 일도 마다하지 않는다.

베스트 프렌드 겸 사이드킥은 이야기에서 가장 많이 사용되는 기능이자 원형이다. 주인공에게는 항상 오른팔이 있는데 바로 이들이 그 역할을 한다.

사이드킥이
하는 일과 예

그 어떤 히어로도 위험한 모험을 동행자 없이 홀로 떠날 수 없다. 사이드킥은 히어로가 아직 캐릭터 아크를 완성하지 못했을 때 모범을 보여주며 무언가 깨닫거나 행동하게 한다. 혹은 악행을 일삼아 히어로가 그를 막으려고 나서게 한다. 사이드킥의 중요한 임무는 주인공이 캐릭터 아크의 결말에 이르도록 돕는 것이다.

사이드킥이 하는 일은 크게 다음과 같이 정리해볼 수 있다.

동기부여

문제를 해결하거나, 주먹으로 엉덩이를 때리며 자극하거나 더 뛰어난 능력을 발휘해 히어로에게 동기를 부여한다. 왓슨 박사를 생각해보라. 그는 언제나 홈즈의 사건 해결을 돕는다.

갈등

다른 의견을 주장하거나, 정보를 전달하거나, 죄책감을 심심어줘 히어로와 갈등을 일으킨다. 〈토이 스토리〉의 버즈 라이트이어는 우디와 의견이 대립하지만 오히려 더욱 친절한 모습으로 우디에게 죄책감을 안긴다.

양심

대사와 행동, 가치관을 드러내 히어로가 얼마나 바보같이 구는지 그의 양심을 일깨운다. 영화 〈퀸카로 살아남는 법〉에서 케이디가 스스로 잘못을 뉘우치게 하는 제니스를 떠올려보라.

동행

『반지의 제왕』의 샘와이즈와 프로도를 생각해보자. 프로도는 샘와이즈가 없었다면 과연 어둠의 땅 모르도르에 갈 수 있었을까? 긴 여행을 혼자 하기는 정신적으로든 신체적으로든 어렵다.

이처럼 사이드킥은 어떤 방식으로든 주제를 은유하고 주인공이 목표를 달성하도록 역할을 한다. 하지만 주인공과 마찬가지로 사이드킥 역시 고유한 삶과 목표가 있어야 한다는 사실을 기억하라. 사이드킥, 다시 말해 조력자는 주요 사이드 캐릭터인 경우가 많다. 따라서 적절한 분량과 간단한 캐릭터 아크, 오리진 스토리, 백스토리가 필요하다.

〈배트맨〉의 로빈, 『셜록 홈즈』의 왓슨 등 사이드킥의 예는 무궁무진하다. 욕심쟁이 해리 포터는 론, 헤르미온느, 해그리드, 네빌, 루나 등 친구들이 엄청나게 많다. 『반지의 제왕』에서 프로도의 베스트 프렌드는 샘와이즈고, 『왕좌의 게임』의 존 스노우에게는 늑대개 고스트가 있다. 영화 〈델마와 루이스〉에는 말 그대로 델마와 루이스가 있고 A.A. 밀른의 『곰돌이 푸』에는 푸와 피글렛. 러디어드 키플링의 『정글북』에는 모글리와 바루가 있다. 내가 읽어본 가장 가슴 아픈 우정 이야기는 존 스타인벡의 『생쥐와 인간』에 나오는 조지와 레니의 관계였다.

사이드킥을 만들 때 저지르는 실수

작가가 흔히 저지르는 중대한 실수는 사이드킥이 히어로와 무조건 똑같은 가치관을 공유해야 한다고 생각하는 것이다. 둘 다 의리를 중요하게 여긴다든가 하는 것처럼 말이다. 꼭 그래야 할 필요가 없지만 혹 캐릭터들이 같은 가치를 공유하기를 원한다면, 같은 가치라도 캐릭터들 간에 서로 다른 방식으로 구현하도록 만들어야 한다.

　갈등과 긴장감을 조성하고 속도를 유지하기 위해서는 히어로와 사이드킥이 서로 크게 다르거나 극단적인 관점을 보이도록 설정하는 것이 가장 좋다. 구체적으로 어떻게 해야 할까? 히어로와 사이드킥은 자라온 환경이 다르고 취미와 패션 감각, 트라우마, 상식이나 가치관 역시 다를 것이다. 예를 들어 두 캐릭터가 다른 친구의 비밀에 대해 알게 되었다고 해보자.

- 히어로는 그 친구에게 비밀을 알게 되었다고 솔직히 말해야 한다고 생각한다.
- 사이드킥은 그 친구가 상처받을 수도 있으니 모른 척해야 한다고 생각한다.

　이처럼 사이드킥과 주인공의 관점이 대조되면 두 사람의 성격 특성이 모두 두드러진다. 그리고 조력자는 처음부터 조력자일 필요는 없다. 처음에는 빌런처럼 보이다가 조력자로 변할 수도 있지 않은가? 예상치 못한 캐릭터일수록 흥미로운 법이다. 처음에는 빌런이나 적대자였다가 개과천선하거나, 서로에게 이로운 공동의 목표를 위해 히어로의 신뢰와 존중을 얻고 친구가 되는 조력자 캐릭터도 충분히 있다.

　인기 TV 드라마 〈원스 어폰 어 타임〉의 이블 퀸 레지나는 빌런에서 친구가 되는 예로 구원의 아크에 해당한다. 처음에는 히어로를 무너뜨리려고 하지만, 자기 잘못을 깨닫고 스노우 화이트와 세이비어의 신뢰를 얻어 히어로 중 한 명이 된다.

안내자

종종 성공한 CEO나 거물 정치인 등의 인터뷰를 보다 보면
코치나 멘토의 도움으로 성장한 덕분에 지금의 자리에 오를
수 있었다고 말하는 경우가 많다. 뻔한 이야기처럼 들릴 수도
있겠지만, 코치나 컨설턴트, 멘토는 확실히 레벨 업을 도와준다.

당신은 어떨지 모르겠지만, 나는 이런 사이드 캐릭터 하면 꼭
간달프나 덤블도어가 생각난다. 쭈글쭈글한 자두 같은 주름과
수염이 가득한 얼굴에 울퉁불퉁한 나무 지팡이를 휘두르는
모습이 스승의 전형적인 모습으로 떠오른다. 물론 꼭 그런 것만은
아니다. 세상의 모든 소설이 모르도르나 호그와트를 배경으로
하진 않으니까. 안내자는 어떤 종류의 소설에나 나올 수 있다.
그래서 '기능'이라고 칭하는 것이다.

그런데 왜 안내자가 필요할까?

우리의 훌륭한 주인공들이 시작 부분에서는 바보 같은 짓을
많이 하기 때문이다. 그런데 바로 이게 핵심이다. 주인공이 옳은
선택을 내릴 수 없는 결함 많은 캐릭터라는 것. 주인공은 바보
같은 짓을 꽤 많이 한다. 솔직히 말해서 정말 어리석다.

주인공이 필요한 힘을 사용하는 법을 배우려면 장애물을
연구하고 물리쳐야만 한다. 안내자가 '붉은 광선 검은 악하고
다른 검은 선하다'고 가르쳐주면 그 과정이 좀 더 빨라진다.
하지만, 꼭 짚고 넘어갈 사실이 있다. 안내자는 히어로가 바보
같은 짓을 하는 걸 '막으려고' 존재하는 것처럼 보일 수 있지만, 꼭

그렇지 않다는 것이다.

히어로는 깨달음을 얻기 위해 실수해야만 한다. 멘토는 주인공에게 뭔가를 하지 말라고 말하기 위해 존재한다. 반항적인 주인공은 하지 말라는 바로 그 일을 행동으로 옮기고 결국 깨달음을 얻는다. 욕심부리지 말고 그만 먹으라는 엄마의 말에도 맛있는 쿠키를 뿌리치지 못해 기어코 더 먹었다가 〈엑소시스트〉처럼 분수 같은 토사물을 토해내는 것과 똑같다. 당신은 교훈을 얻고 엄마는 "내가 뭐랬어"라고 말할 수 있어서 의기양양해진다. 당신은 쿠키를 56개나 연달아 먹으면 안 된다는 것을 배운다. 이때 처음부터 엄마 말을 들었더라면 훨씬 지루한 이야기가 되었을 것이다. 히어로는 쿠키를 먹어야 하고 엄마는 먹지 말라고 해야 한다.

안내자가
하는 일

안내자는 히어로에게 새로운 기술을 가르쳐준다. 『드라큘라』에서 반 헬싱이 하커에게 마늘과 빛으로 흡혈귀를 퇴치하는 방법을 가르쳐주는 것과 같다. 그리고 요다처럼 포스로 히어로를 가르치거나, 간달프처럼 모르도르로 직접 이끌어줄 수도 있다. 오딘이 토르에게 하듯이 주인공의 오만함에 일격을 가해 현실을 깨닫게 해주기도 한다.

그런가 하면 멘토는 롤 모델이나 양심이 되어줄 수도 있다. TV

드라마 〈덱스터〉에서 덱스터의 아버지가 그렇다. 마지막으로 멘토가 〈스타워즈〉 시리즈의 퀴곤 진과 오비완 케노비처럼 희생양이 될 때도 많다.

멘토가 자신을 희생할 때는 보통 히어로가 한 단계 성장할 준비가 되었을 때다. 이것은 멘토가 더 이상 필요하지 않다는 사실을 상징한다. 예를 들어 간달프는 발록과 싸운다. 물론 간달프가 다시 살아난다는 점에서 희생의 예로 적절하지 못할 수도 있지만 말이다. 좀 더 적절한 보기는 『해리 포터』의 마지막에 시리우스 블랙, 덤블도어, 루핀, 스네이프까지 등장인물 중 거의 절반이 희생하는 것이다. 방금 언급한 오비완 케노비도 끝에서 루크의 탈출을 돕고 죽음을 맞이한다.

안내자의 유형과 예시

안내자는 주요 사이드 캐릭터일 가능성이 크지만 베스트 프렌드보다 중요하지는 않다. 안내자는 주인공을 가르치거나 보호하다가 중간에 사라져야 하기 때문이다. 안내자 역시 주인공과 상관없는 그만의 삶이 있어야 캐릭터에 깊이가 생기기에 그의 백스토리를 구구절절 설명하고 싶을 수도 있다. 그러나 안내자는 히어로가 필요로 하는 '중요한 순간'에 등장해 제 역할을 할 뿐이고 그의 배경은 수수께끼로 남거나 중요하게 다뤄지지 않는다.

긍정적인 안내자와 부정적인 안내자가 있다. 긍정적인 안내자는 표준적인 멘토다. 한마디로 『해리 포터』의 덤블도어와 『반지의 제왕』의 간달프 같은 캐릭터다. 그 외에도 알프레드 페니워스는 배트맨의 안내자다. 〈뱀파이어 해결사〉의 자일스, 『헝거 게임』의 헤이미치, 『신데렐라』의 요정 대모, 『왕좌의 게임』의 티리온 라니스터, 『아서왕 이야기』의 멀린도 모두 안내자다. 항상 히어로를 위하고 도와주기 위해 존재한다.

하지만 부정적인 안내자는 히어로의 이익을 위해서가 아니라 히어로를 방탕과 혼돈 속으로 끌어들이기 위해 존재한다. 이쪽이 더 내 취향이긴 하다. 이 안내자는 음흉한 계략에 빠삭하고 히어로를 히어로의 길로 격려하는 대신 악과 어둠, 도덕적으로 용납될 수 없는 행동으로 조종한다. 조지 R.R. 마틴의 『얼음과 불의 노래』의 리틀 핑거(피터 베일리시 경), 〈데블스 애드버킷〉의 존 밀턴, 〈트레이닝 데이〉의 알론조, 〈월 스트리트〉의 고든 게코가 이 유형에 해당한다.

그리고 〈파이트 클럽〉의 타일러 더든이 부정적인 안내자의 완벽한 예다. 불면증과 우울증에 시달리고 있던 내레이터는 출장을 마치고 돌아오는 비행기에서 타일러와 우연히 만난다. 그 후 술집에서 만난 타일러는 생뚱맞게도 내레이터에게 자신을 때려달라고 설득하고 내레이터는 결국 그를 때린다. 내레이터는 몸싸움을 하며 약간의 카타르시스를 경험한다. 그때부터 내리막길이 시작되고 고층 빌딩을 폭파하기에 이른다.

빌런이지만 주인공인 경우가 아니라면 진정한 히어로는 악의 길을 끝까지 가지 않는다는 사실에 주목하자. 나쁜 짓을 할 수도 있지만 선을 넘는 일만은 피할 것이다.

장애물

당신이 직장에서 중요한 프로젝트를 맡았다고 가정해보자.
프로젝트를 잘 끝내면 승진할 수 있다. 물론 큰일이다. 여기에
다른 책임자가 병이 나는 바람에 필요한 제품이 3주나 지연될
예정이고, 결재 라인이 세 단계나 늘어났다. 너무 비극적인
상황으로만 들리지 않기를 바라며 하나 묻겠다. 현실에서
당신은 '레벨 업' 기회를 얻게 될 때마다 수많은 장벽과 문제에
직면하는가? 그렇다면 당신의 히어로에게도 그런 일이 일어나야
한다. 그것이 장애물 기능의 핵심이니까.

장애물이
하는 일

장애물은 당신의 주인공이 다음 단계로 나아갈 만한 가치가
있는지 아닌지를 시험하기 위해서 존재한다. 여기서 '가치 있다'는
말은 자기 자신과 그동안 믿어온 거짓에 대해 충분히 성찰하고
깨달았다는 의미다. 물론 깨달음을 얻는 과정이 하향 곡선을 그릴
수도 있다.

장애물의
구조와 예

부정적인 아크를 계획하지 않는 한, 장애물 기능을 수행하는
캐릭터가 빌런일 가능성은 적다. 보통 이 사이드 캐릭터는
히어로의 가치와 도덕성 또는 올바른 일을 할 수 있는 능력을
시험하는 친구일 것이다. 주인공의 마법 능력이나 싸움 기술을
시험하는 멘토일 수도 있고, 빌런이 주인공을 시험하기 위해 보낸
부하일 수도 있다.

   장애물 캐릭터의 예로는 〈매트릭스〉의 오라클, 『해리 포터』의
플러피, 〈라비린스〉의 다리를 지키는 여우테리어 기사 디디무스,
『반지의 제왕』의 사루만, 〈캡틴 아메리카〉의 윈터 솔져, 〈몬스터
주식회사〉의 로즈가 있다.

   최근에 내가 빠진 장애물 캐릭터는 마블 영화 〈블랙 팬서〉의
음바쿠다. 음바쿠는 자바리 부족의 지도자인데, 주인공이자
히어로인 트찰라가 와칸다를 통치하는 것에 반대한다. 트찰라가
왕좌에 오르기 직전, 음바쿠가 도전장을 내민다. 두 사람이 겨룬
싸움에서 트찰라가 승리하고 왕좌에 오를 자격을 얻는다. 그
뒤로 음바쿠는 트찰라를 존중하게 된다. 에릭 킬몽거가 트찰라를
위협하자, 음바쿠는 트찰라의 편에 서서 그를 구하고 군대를
이끌고 참전한다. 장애물 또는 안타고니스트가 조력자로 변하는
예시기도 하다.

   안타고니스트가 아군으로 전향하는 것은 문학에서 일반적으로
사용되는 기법이다. 스네이프도 반대자가 조력자로 변하는

경우다. 그는 동시에 다른 여러 기능을 하므로 사이드 캐릭터가 여러 원형을 담당할 수 있음을 보여주기도 한다.

장애물은 산과 같다. 장애물은 이야기 내내 계속 나타나되 난도가 점점 올라가야 한다. 첫 번째로 등장하는 장애물은 가장 쉽게 물리칠 수 있어야 한다. 히어로는 아직 아무것도 모르는 풋내기이므로 엄청나게 센 빌런의 오른팔을 물리칠 수는 없을 것이다. 사랑 행위와 비교한다면 초기의 장애물은 전희라고 할 수 있다. 히어로의 약점을 간지럽히고 애무해야 한다. 아직은 때리고 쇠고랑을 채울 때가 아니다. 수위 높은 장애물은 뜨거운 클라이맥스를 위해 남겨두자.

장애물을 만들 때 저지르는 실수

주인공이 맞닥뜨리는 장애물은 재미와 분량을 위해 급조된 경우가 많다. 그러나 장애물은 주인공과 이야기의 주제를 연결할 절호의 기회다. 히어로가 극복해야 할 문제를 일반적으로 제시하지 말고, 장애물 기능 캐릭터가 주제나 주인공의 약점과 관련 있는 문제를 들고 오게 하라. 그러면 시험은 본질적으로 훨씬 더 강력해진다. 히어로가 앞으로 나아가기 위해서는 반드시 결점을 극복하려고 노력해야 하기 때문이다. 예를 들어 작품의 주제가 '구원'이라면 주인공은 둘 중 하나만 구해야 하거나 공동체 전체를 살릴 방법을 찾아야 할 수도 있다.

헤르메스

헤르메스가
하는 일

그리스 신의 이름에서 따온 헤르메스 기능은 메시지를 전달하는
행위를 말한다. 하지만 이 메시지는 그저 그런 내용이어서는 안
된다. 주인공의 행동에 변화를 일으킬 만큼 강력한 메시지여야
한다. 플롯 전환점이나 히어로에 대한 행동 촉구, 파격적인 줄거리
반전과 연결된 경우가 많다.

헤르메스의
유형과 예시

이 사이드 캐릭터의 기능은 그 '비중'이 매우 다양할 수 있다.
주요 및 보조 사이드 캐릭터에만 국한되지 않고 카메오도 될 수
있다. 하지만 주의할 점이 있다. 만약 헤르메스 기능을 수행하는
캐릭터가 주요 사이드 캐릭터에 속한다면 고유한 삶, 캐릭터 아크,
목표와 같이 주요 사이드 캐릭터가 가진 특징을 전부 설정해야

한다.

헤르메스가 전하는 메시지는 대개 세 가지 범주로 나뉜다.

- 좋은 소식: 『헝거 게임』의 모킹제이
- 나쁜 소식: 『왕좌의 게임』의 모티프
- 예언: 릭 라이어던의 『퍼시 잭슨과 번개 도둑』에서는 세 명의 신과 인간 사이에서 태어난 자식이 열여섯 살이 되면 올림퍼스를 구하거나 파괴할 결정을 내릴 것이라는 예언이 나온다.

플롯의 측면에서 헤르메스 기능은 이야기를 전개하고 시험과 장애물에 관한 정보를 제공하는 데 사용할 수 있다. 만약 파괴적인 정보라면 주인공이 맞이하는 어두운 순간, 즉 '어두운 밤'으로 그를 밀어 넣을 수도 있다.

〈매트릭스〉의 오라클은 안내자이자 장애물이고 헤르메스다. 『해리 포터』의 트릴로니 교수, 『헝거 게임』의 에피, 내 책 『키퍼스Keepers』의 헤르미아(이름 자체를 헤르미스에서 가져왔다), 『왕좌의 게임』의 브랜 스타크 역시 이 유형에 속한다.

헤르메스를 만들 때 저지르는 실수

헤르메스 기능을 설정할 때 저지르는 실수는 인간을 통해서만

구현되어야 한다는 생각이다. 예를 들어, 신데렐라가 받는
초대장은『해리 포터』의 트릴로니 교수와 그의 예언들과
마찬가지로 헤르메스 캐릭터다.『해리 포터』의 부엉이
헤드위그(시리즈에 나오는 모든 부엉이)도 해리에게 호그와트로
초대하는 그 편지를 전달했다는 점에서 문자 그대로 전령,
헤르메스 캐릭터다.

교활한 여우

어떤 친구와는 만나고 나면 스스로 검열하고 평가하며 기분이
나빠지곤 한다. 당신이 새로 산 옷이나 바꾼 머리를 보여주면
그 친구는 일부러 말을 잠시 멈추고 망설이는 척한다. 어쩌면
좀 더 노골적으로 반대 의사를 표현할 수도 있다. "와, 진짜 잘
어울려!"가 아니라 "뭐, 괜찮네"라는 말로. 그 무심함에는 깊은
악의가 있어서 당신의 자신감을 죽인다. 굳이 따져 묻지는 않지만
당신은 결국 그 옷을 입지 않기로 결심한다.

이것이 바로 교활한 여우가 하는 일이다. 히어로를 가끔
고꾸라지게 할 필요가 있다면 교활한 여우에게 맡겨라.

교활한 여우가
하는 일

교활한 여우는 줄거리에, 독자와 히어로의 마음에 의심을
불어넣는다. 왜 그래야 하냐고? 의심은 긴장감을 높이기
때문이다. 두 가지 선택의 기로에 놓인 히어로에게 누군가
다가와서 양쪽 길에 대해 똑같이 나쁜 말을 한다면, 히어로는
혼란스러워하며 자연스럽게 긴장감이 고조된다. 실수할 위험이
훨씬 커지기 때문이다. 일반적으로 인간은 의문이 들면 답을

얻어야만 한다. 다시 말해 현재의 상황은 모호하며 답이 없는
상태라는 것이다. 그렇게 되면 독자는 다음 장의 내용이 궁금해
미칠 지경이 된다.

교활한 여우는 왼쪽과 오른쪽 중 어디로 갈지 친절하게
안내하는 역할이 아니다. 이 기능은 연애 상대를 의심하게 해
로맨스 장르에서 흔히 볼 수 있다. 더불어 교활한 여우는 모든
장르에서 다양한 캐릭터 유형으로 가장 유연하게 구현되는
원형이기도 하다.

교활한 여우의
유형과 예시

교활한 여우 기능은 헤르메스처럼 그 어떤 사이드 캐릭터도 될 수
있다. 주요 사이드 캐릭터와 보조 사이드 캐릭터가 모두 가능하다.
어떤 수준의 사이드 캐릭터든 이 모든 기능을 가지고 캐릭터에
적절한 깊이와 균형감을 더해야 한다.

교활한 여우는 보통 줄거리 초반에 등장한다. 히어로가 잘못된
정보에 가장 취약한 시기라서 그렇다. 약점을 극복하고 성장하기
전이라서 아직 순진하고 잘 속는다. 히어로가 '어두운 밤'을 지나
빌런을 물리치는 데 필요한 마지막 퍼즐 조각을 찾은 시점에서는
아직도 교활한 여우에게 휘둘리는 일이 드물 것이다. 교활한
여우의 예로 나중에 왕자라는 정체가 드러나는 『그리샤버스』
시리즈의 니콜라이 란트소프, 심바가 아버지의 죽음이 제

탓이라고 믿게 만드는 〈라이온 킹〉의 스카, 〈인디아나 존스〉의 엘사 슈나이더 박사, 디즈니 영화 〈겨울왕국〉의 한스 왕자가 있다.

교활한 여우는 긍정적인 것과 부정적인 것 두 가지 형태로 나타날 수 있다. 긍정적인 교활한 여우는 처음에는 의심을 불어넣는 것처럼 보이지만 결국 끝에서는 조력자, 반영웅, 연인 또는 다른 '좋은' 캐릭터로 밝혀진다. 보통 로맨스 장르에서 주인공의 연애 상대가 교활한 여우인 경우가 많다. 주인공은 연인의 행동이 의도적이든 아니든 변덕스럽다고 생각해서 그의 마음에 심리적 혹은 도덕적 장벽이 만들어질 것이다.

부정적인 교활한 여우는 긍정적인 교활한 여우처럼 일찍부터 의심을 던진다. 하지만 그 외에 다른 공통점은 없다. 이 녀석은 숨은 동기와 어두운 면이 있고 심지어는 히어로를 공격할 계획일지도 모른다. 예를 들어, 〈위험한 정사〉에서 글렌 클로즈가 연기하는 알렉스 포레스트는 부정적인 교활한 여우다. 완벽한 연인에서 가학적인 살인자로 변한다. 〈유주얼 서스펙트〉의 카이저 소제 역시 영화 내내 몸이 불편한 모습으로 나오다가 끝에 가서야 그가 진짜 범인이라는 사실이 밝혀진다.

교활한 여우를 만들 때 저지르는 실수

교활한 여우 기능을 설정할 때 조심해야 할 점은 단 하나, 그의 본성을 처음부터 드러내지 말라는 것이다. 그리고 주인공이

나서서 플롯을 방해하는 여우 캐릭터를 지적하고 그의 계략을 밝혀내 해결해야만 한다. 지적하고 그의 계략을 밝혀내 해결해야만 한다.

진실이 끝끝내 밝혀지지 않으면 실타래가 계속 남아 독자는 나쁜 짓을 한 사람이 아무런 벌도 받지 않았다고 생각할 것이다. 긍정적인 교활한 여우라도 실타래가 풀려야만 연인의 사랑이 이루어질 수 있다. 로맨스 독자들이 '행복하게 오래오래 살았습니다'가 아니면 얼마나 분노하는지 잘 알 것이다. 반드시 실타래를 풀어야 한다.

조커

궁정의 어릿광대를 떠올려보라. 우스꽝스러운 고깔모자와 옷을 입고, 얼굴은 하얗게 분칠하고, 머리는 초록색으로 염색하고, 입이 칼로 찢긴 듯이 항상 웃고 있는 광대 말이다. 조커 기능은 분위기를 가볍게 한다. 무리마다 분위기 메이커를 담당하는 친구가 꼭 한 명씩 있기 마련이다. 코미디언 뺨칠 정도로 재미있고 익살스러운 사람 말이다. 짓궂고 유쾌한 모습으로 이야기에 재미를 더한다. 그렇다고 꼭 사람으로 구현될 필요가 없다. 물건이나 사건, 재미있는 농담 한 구절이 될 수도 있다.

조커가
하는 일

그러나 조커는 훌륭한 대사를 던지는 것 이상의 일을 한다. 그가 던지는 농담은 '정신 차리라며' 상대방을 쿡쿡 찌른다. 영화 〈해리가 샐리를 만났을 때〉를 생각해보자. 샐리는 여자가 오르가슴을 느끼는 척하지 않는다고 생각하는 해리에게 한 방 먹인다. 내가 지금까지 영화에서 본 가장 탁월한 한 방이다. 조커 캐릭터는 농담을 즐기지만 그의 익살스러운 재치는 위선이나 기만, 거짓에 주의를 환기하기도 한다.

조커의
유형과 예시

조커는 주요 사이드 캐릭터일 수도 있고 매우 중요한 역할을
할 수도 있지만 대부분 바뀌지 않는다. 캐릭터 아크가 없는
평면적인 캐릭터라는 뜻이다. 물론 그린치처럼 조커면서
주인공인 캐릭터는 예외다. 〈슈렉〉의 당나귀 동키도 캐릭터
아크가 있는 조커다. 하지만 '조커'의 캐릭터 아크는 평면적인
경우가 대부분이다. 긍정적이든 부정적이든 주제를 일괄적으로
구현한다. 조커가 사이드 캐릭터일 때 변화나 성장의 캐릭터
아크를 만들면 그가 구현하는 주제가 뒤집히므로 좋지 않다.
그러나 항상 말하지만 규칙은 깨뜨릴 수 있다.

  플롯의 측면에서 조커는 다른 캐릭터를 위한 촉매제 역할을
한다. 주인공이나 다른 캐릭터의 세계에서 잘못된 점에 미묘하게
관심과 압박이 쏠리도록 하는 것이다.

  조커의 다른 예로는 〈라이온 킹〉의 티몬과 품바, 신화와 마블
영화의 로키가 있다. 『해리 포터』의 집 요정 도비, 모자 쓴 고양이,
그린치, 『반지의 제왕』의 메리와 피핀, 『신들의 전쟁』의 오딘과
로키, 『올리버 트위스트』의 아트풀 도저, 〈겨울왕국〉의 올라프,
〈슈렉〉의 당나귀가 있다.

세계

놀랄 수 있지만 소설 속 세계도 사이드 캐릭터로 활용할 수 있다. 예상 밖이지만 재미있는 캐릭터 선택이 될 것이다. 대개는 사람으로 구현되지 않으니까 말이다. 판타지나 공상 과학을 비롯해 그 어떤 장르라도 이야기 속 세계를 그 자체로 캐릭터로 만들 수 있다.

나는 이야기 속 세계를 만들 때 현기증이 나고 손이 떨린다. 분명 쉽지 않은 일이지만 작가이기에 경험할 수 있는 마법 같은 일이기도 하다. 어릴 때 작가가 창조한 책 속의 세계를 실제로 방문할 수 없다는 사실에 바닥을 구르며 슬퍼했던 기억도 난다. 하나의 세계관을 구축하는 일은 정말로 멋진 기술이다. 거짓말로 돈도 벌 수 있는 데다 사람들이 진짜였으면 좋겠다고 바라는 새로운 우주를 만들 수 있으니까 말이다.

작가는 플롯과 캐릭터가 이야기의 가장 중요한 요소라고 생각해 그 두 가지에 집중한다. 하지만 배경 역시 세 번째로 중요한 요소라는 사실을 잊으면 안 된다. 배경은 캐릭터가 살아가고 이야기가 펼쳐지는 장소다. 소설의 중요한 부분이므로 많은 시간과 정성을 들여야 한다. 배경이 '현실' 세계라도 말이다.

왜냐고? 배경을 잘 설정하면 감정이 더욱더 깊어져서 독자가 쉽게 공감할 수 있다. 판타지 장르를 좋아하지 않는 독자라도 사극 로맨스의 배경인 저택이나 어반 판타지 스토리의 배경인 런던 중심가에 가보고 싶었던 적이 있었을 것이다. 훌륭하게 설정된 배경은 독자와의 연결 고리를 만들고 이야기에 깊이를 더하고 독자가 더욱더 공감하게 해준다. 그러기 위해서 다음의 질문을 꼭 고려해야 한다.

- ⌄ 이야기가 펼쳐지는 주요 위치는 어디인가?
- ⌄ 반복적으로 등장하는 곳이 있는가? 즉 캐릭터가 여러 번 그 장소에 머무르는가?
- ⌄ 배경의 주요한 특징은 무엇인가?
- ⌄ 그 특성이 갈등을 유발하거나 줄거리를 뒷받침하는가?

장소를 바꿔도 된다

때때로 우리는 어떤 사고방식에 갇힐 수 있다. 어떤 일이 특정한 장소에서 일어난다고 결정하면 그 결정을 절대 번복하지 않는 것이다. 퇴고하면서 단어나 어조가 바뀔 수 있지만 장소는 그렇지 않은 경우가 많다.

하지만 나는 소설을 쓰면서 이야기를 제대로 살리기 위해 배경을 세 번이나 바꾼 적이 있다. 어떤 장소를 첫 장면으로 설정하였을 때 그 장면의 '플롯'은 비교적 안정적으로 유지되었지만, 한번 장소를 바꿔보았다. 그랬더니 플롯이 더 빨리 움직이고 다른 장면들과 더 효과적으로 맞물렸다. 내가 쓴 『에덴 이스트』 시리즈의 2권은 원래 에덴의 타워에서 시작하려고 했지만, 캐릭터들을 대학교로 좀처럼 데려가지 못하고 오프닝 장면이 정체되고 지지부진했다. 그래서 이야기를 조금 틀어 캐릭터들이 대학교로 가기 위해 기차역에 도착하는 장면으로 오프닝을 바꿨고 대사는 그대로 넣었다.

　어떤 장면이 잘 풀리지 않는다면 장소를 한번 바꿔보자. 이 장면을 다른 장소로 옮기면 플롯과 캐릭터에 무슨 일이 일어날지 생각해볼 필요가 있다. 이야기 속의 세계는 그만큼 중요하니까.

반복적인 배경

만약 당신의 캐릭터가 매번 배경이 달라지는 여정을 떠난다면 이 내용은 무시해도 된다. 이야기에 같은 배경이 여러 번 나온다면 장소를 만드는 방법을 고려해보자. 분량에 따라 사이드 캐릭터의 중요성이 변하는 것처럼 배경도 마찬가지다. 많이 사용되는 배경일수록 더 중요하며 깊이도 있어야 한다.

　T. J. 클룬의 『벼랑 위의 집』의 주요 배경은 푸르디푸른 바다에 있는 작은 마르시아스섬이다. 그 섬에는 대저택처럼 커다란 집이 하나 있다. 그 집에 모든 사이드 캐릭터가 산다. 이 섬은 이야기의 배경에서 반 이상을 차지한다. 따라서 그 배경의 디테일과 특이점이 매우 훌륭하고 이야기를 생생하게 만들어준다.

　모든 캐릭터마다 자기 방이 있고 모두 독특하다. 한 가지 특이한 점은 섬을 수호하는 정령이 있고 그 정령은 섬의

성격을 구현한다는 것이다. 그 섬에서는 신기하고 마법 같은
일들과 숲속의 모험이 펼쳐지고 날씨는 언제나 화창하다.
주인공 라이너스가 사는 비 내리는 암울한 회색 도시의 배경과
대조를 이룬다. 그 섬이 라이너의 도시와 비교해 얼마나 멋진지
보여주려는 의도적인 병치인 듯하다. 여기에서도 알 수 있겠지만
이야기 속의 세계는 정말로 중요하다.

구조적인
부분

이야기 속 세계에 대한 정보를 한꺼번에 투하하는 대신 사이드
캐릭터를 통해 묘사하면 좋다. 예를 들어, 캐릭터들의 대화에서
특정 장소나 어떤 사건에 대한 과거의 디테일을 드러낼 수 있다.
캐릭터가 자기 경험에 비추어 이야기하므로 노골적인 설명이
필요 없어진다.

이야기 속의 자연을 이용해 캐릭터에게 장애물이나 장벽을
만들어줄 수 있다. 예를 들어, 날씨를 이용해서 캐릭터가 목적지에
도달하는 것을 어렵게 만드는 것이다. 가파른 언덕이나, 다리가
없는 협곡 같은 것으로 험난한 지형을 만들어라. 날씨가 화창해야
할 때는 느닷없이 비를 뿌릴 수도 있다.

물론 반대로 활용할 수도 있다. 『식스 오브 크로우스』에서는
이네지가 아직 불이 켜져 있는 소각로의 파이프를 한참 타고
올라가는데 고무로 된 신발 바닥이 녹기 시작한다. 바로 그때

비가 내리기 시작하지 않았다면 떨어져서 죽었을 것이다. 이처럼 이야기 속 세상은 캐릭터를 구할 수도 있고 오히려 캐릭터에게 시련을 안겨 삶을 고달프게 만들 수도 있다.

세계를 설정하기 전에 앞서 다음과 같은 질문을 활용하면 좋다.

> ✔ 세상이 주요 캐릭터의 욕구와 필요에 어떤 식으로 반박하는가?
> ✔ 주인공은 어떻게 세상과 대립하는가?
> ✔ 세상이 주인공에게 어떤 영향을 미쳤는가?

세계의 의인화

제이 크리스토프와 에이미 카우프만이 쓴『일루미네』라는 책에서 주인공 케이디는 이야기의 95% 정도를 우주선 안에서 보낸다. 우주선이 그의 세계라는 뜻이다. 이 우주선 세계는 지각력이 있다. 어마어마한 의인화라고 할 수 있다. 이 우주선을 구현하는 것은 몸이 없는 인공지능 AIDAN이다. 좀 복잡하기는 하지만 아수라장을 선사하는 세계를 설정하는 방법을 보여주는 좋은 예다. 세계를 의인화한 환상적인 예이기도 하고.

캣 하워드는『불친절한 마법사』에서 마법사들이 사는 집을 중심으로 마법사의 세계를 만들었다. 모든 집마다 개성이 있고 침입자를 막거나 시련을 줄 수 있다. 집들이 매우 다양해서

AIDAN처럼 모든 것을 아우르지는 않지만 반복적으로 등장하는 장소고 캐릭터들이 많은 시간을 보내는 곳이므로 세계의 일부다.

또 다른 예는 수잰 콜린스의 『헝거 게임』에 나오는 판엠의 수도 캐피톨이다. 수도인 캐피톨과 그 중심으로 분업화된 12개의 구역은 매우 독특한 배경이다. 캐피톨은 화려하고 부유하지만 나머지 구역들은 빈곤 그 자체기 때문이다. 화려한 캐피톨은 비록 상징적으로 대통령을 통해 표현되기는 하지만 눈에 보이지 않는 거대한 빌런이기도 하다.

『해리 포터』에 나오는 학교 호그와트도 세계가 캐릭터인 예다. 호그와트는 소설의 주요한 배경이고, 그곳에는 움직이는 계단과 말하는 초상화가 있으며, 백스토리와 캐릭터 아크까지 갖춰 캐릭터로서 온전히 살아 있다.

세계의
성격

이야기 속의 세계를 하나의 캐릭터로 취급한다면 이야기에서 수행하는 역할의 크기로 볼 때 '주요' 캐릭터가 될 것이다. 따라서 백스토리와 캐릭터 아크가 필요하다. 물론 강제적인 것은 아니다. 이야기 속 세계에 캐릭터 아크가 없다고 소설이 망가지진 않으니까. 하지만 고려해야 할 사항이 몇 가지 있다.

백스토리

백스토리는 캐릭터의 성격을 만들 때 도움이 된다. 지난 1000년 동안의 역사를 한 해씩 일일이 읊을 필요는 없지만, 캐릭터에게 영향을 직접 주거나 현실감을 높이는 주요 사건들이 있다면 적당한 시점에 넣으면 좋다.

예를 들어, 내 책 『에덴 이스트』시리즈에는 세 번의 큰 전쟁이 있었다. 인어와 사이렌 사이에 일어난 한 전쟁은 현재의 이야기에 영향을 미친다. 이 전쟁은 책에서 언급하고 설명한다. 하지만 '서쪽 전쟁'이라는 다른 전쟁은 현재의 이야기와 관련이 없다. 당연히 작가인 나는 그 전쟁이 왜 일어났는지 자세히 알고 있지만, 세계를 구축하다가 갑자기 떠오른 부분일 뿐이다. 현재 타임라인에는 영향을 미치지 않기 때문에 전혀 언급하지 않았다.

캐릭터 아크

만약 장르가 현대 로맨스라면 배경이 바뀌지 않을 수도 있지만, 배경의 변화도 한번 고려해보면 좋다. 꼭 판타지 장르처럼 길가의 돌멩이가 마담처럼 말하거나 해와 달, 별, 구름이 사라지게 하라는 뜻은 아니다. 예를 들어, 디스토피아 소설에서 전쟁으로 세계가 파괴된다면 이 변화가 캐릭터와 줄거리를 어떻게 전개하는지 생각해봐야 한다. 변화를 갈등과 연결할 수 있을까? 계곡을 가로지르는 하나뿐인 다리가 지진으로 끊긴다면? 이런 이런, 우리의 주인공 큰일 났다.

배경의 변화를 이용해 상황을 상징적으로 나타낼 수도 있다. 예를 들어, 『에덴 이스트』시리즈에서는 지역마다 날씨가 다르다. 어떤 곳은 항상 겨울이고 다른 곳은 우기가 계속된다. 이야기 속 세계가 그렇듯 이 지역들은 역사적 사건으로 인해 서로 분리되어 있다. 초록 식물이 죽어가기 시작하면 생태계가 변화하고 있다는 신호다. 이 신호로 캐릭터들은 걱정에 잠기고 세상이 파괴될 날이 머지않았다는 하위 텍스트가 드러난다.

빌런의 출현으로 세계가 물리적으로 손상되기도 하지만, 캐릭터가 예전과 다른 눈으로 세상을 바라보게 될 수도 있다. 어릴 적 다닌 초등학교를 어른이 되어서 방문해본 적이 있는가? 언젠가 차를 몰고 어릴 때 다녔던 초등학교를 지나간 적이 있다. 엄청나게 커 보였던 운동장이며 건물들이 어찌나 작아 보이던지 충격적일 정도였다. 모든 것은 변하기 마련이다. 인식도 변하고 사람도 변하며 세상도 변한다.

영감의
원천

이야기 속의 세상을 만들 때 매우 다양한 곳에서 영감을 얻을 수 있다. 당신의 머릿속이 꽉 막혔을 때 장소를 연구하기 좋은 아이디어를 제안한다.

✓ 지역의 건물이나 장소를 둘러싼 신화나 역사적 이야기가 있는가?
✓ 대저택이나 유명 인사의 집을 찾아보아라.
✓ 유명한 장소를 사용하고 싶지 않다면 상점 거리, 쇼핑센터,

박물관, 대학 캠퍼스 또는 큰 학교를 살펴본다.

ⱽ 그 밖에도 자연보호구역, 특이한 건축물 그리고 유람선이나
점보제트기 같은 거대한 교통수단을 참고할 수 있다.

ⱽ 아틀라스 오브스쿠라(atlasobscura.com) 같은 웹사이트에서
볼 수 있는 기발하고 특이한 장소를 기반으로 새로운 세계를
창조한다.

감각의
사용

세상은 감각의 공간이다. 최대한 사실적이고 깊이 있는 캐릭터를
만들려면 감각을 이용해야 한다. 세계는 다른 사이드 캐릭터와
달리 감정이나 대사가 없다.

현실 세계에서 인간은 감각을 통해 환경과 상호작용한다.
우리는 표면을 만지고 자연의 소리를 듣고 날씨를 느끼고 도시를
보고 음식을 맛본다. 이야기 속 세계가 정말로 살아 숨 쉬는
것처럼 느껴지도록 건설하는 가장 빠른 방법은 감각을 이용하는
것이다.

캐릭터들이 세상과 상호작용하고 세상을 느끼도록 하라. 한
가지 감각만 고르지 않는다. 감각을 층층이 쌓아라. 감각이 하나만
사용되는 경우는 거의 드물다. 나뭇잎과 나뭇가지가 탁탁거리는
소리가 들리면 분명 숲이나 들판이 보이기도 할 것이다. 감자를
맛볼 때는 고기나 익힌 채소 냄새도 날 것이다. 이야기 속 세상을

만들 때는 둘 이상의 감각을 사용해보자.

감각의 사용은 반드시 의도적이어야 한다. 예를 들어 캐릭터가 맡은 냄새를 책의 주제와 연결하거나 복선을 암시하게 만들 수 있다.

감각의 사용에 대해 더 배우고 싶다면 감각을 글쓰기에 활용하는 방법에 관한 내 강좌를 여기에서 확인해보기를 바란다. sachablack.co.uk/senses

세계에 캐릭터를 부여하는 방법

현대 디스토피아 판타지와 포스트 아포칼립스 소설, 논픽션을 주로 쓰는 작가 안젤린 트레베나는 세계관 설정에 관한 작법서도 다수 발표했다. 그중 특히 『30일의 세계 건설30 Days of Worldbuilding』에서 세계에 캐릭터를 부여하는 방법에 관한 조언이 인상 깊었기에 저자의 허락을 받아 이 책에 인용해오기로 했다. 안젤린은 이렇게 말한다.

여러 다양한 캐릭터를 사용하는 것과 똑같은 방법으로 이야기 속 배경을 캐릭터로 사용할 수 있다. 가상의 환경이든 실제 현실 세계든 마찬가지다. 세상이 캐릭터가 되면 이야기를 빠르게 진행하고 위험을 높이고 심지어 적대자 역할도 할 수 있다. 흐리멍덩한 배경보다 훨씬 더 낫다.

220

자, 그럼 어떻게 해야 할까?

배경을 장르와 맞춰라. 이 배경이 정말로 딱 맞고 다른 배경은 생각할 수도 없을 것처럼 느껴지게 하려면 장르에 맞춰야 한다. 대서사적인 판타지 소설이라면 흐르는 들판과 신비한 산, 광활하게 펼쳐진 바다가 나올 수 있다. 지구 종말 이후를 배경으로 한 소설에는 여기저기 뒤지며 살아가는 허름한 천국이 나올 것이다. 하지만 이때 거꾸로 뒤집을 수도 있다. 암울한 도시에서 펼쳐지는 판타지라면 배경을 장난감 상자 속 같은 마을로 설정해도 된다. 하지만 밀수꾼의 동굴, 지하 무덤, 들, 누가 쳐다보는 기분이 드는 오싹한 숲처럼 마을의 어두운 면이 발견되어야 한다.

주제와 맞춰라. 이야기 속의 세상도 캐릭터들과 마찬가지로 책의 주제를 탐색하고 드러낼 수 있다. 만약 책의 주제가 비밀이라면 숨겨진 방이나 지도에 표시되지 않은 나라를 등장시킨다. 만약 성장이 주제라면, 캐릭터가 오락실에서 세련된 커피숍으로 옮겨가는 모습을 통해 세상과 캐릭터가 함께 성숙해지는 모습을 보여줄 수 있다. 구원이 주제라면 옛 노예시장을 허물고 그 자리에 단결의 의미로 정원을 만들 수 있을 것이다.

역사를 사용해라. 허구의 장소든 실제로 있는 장소든 그 장소의 과거를 사용할 수 있다. 그 기념비가 세워진 목적은 무엇이고 이야기와 어떻게 엮을 수 있을까? 동네 묘지에 누가 묻혔는가? 그 건물이 어떤 이유로 불타버리고 무엇으로 바뀌었는가? 특이한 역사적 사건이나 사람들, 숨겨진 또는 지워진 역사를 찾아보자.

그곳에서의 삶은 어떠한가? 캐릭터들이 정말로 그곳에 사는 것처럼 그 장소에 대해 잘 알아야 한다. 그곳에 사는 사람의 경험은 관광객이나 방문객과 다르다는 사실도 꼭 기억하라. 이 도시에서 질 나쁜 곳은 어디인가? 캐릭터들은 어떤 식으로 돌아다니는가? 그들이 부끄러워하거나 자랑스러워하는 장소는 어디인가? 또한, 모든 감각을 사용해야 한다는 사실을 기억하라. 어떤 냄새가 나고 어떤 소리가 날지 생각해본다. 빵 공장이 화요일에만 돌아간다거나 농부들이 주말에 밭에 거름을 줄 수도 있다. 캐릭터들이 저마다 고유한 특징이 합쳐진 것처럼 장소도 마찬가지다. 그 장소만의 고유하고 특별한 디테일을 찾는다.

꼼꼼하게 조사하라! 실제 장소를 활용할 때는 허구적인 요소를 넣는다고 해도 반드시 꼼꼼한 조사가 필요하다. 버스 노선이 어디로 이어지는지, 레코드 가게가 어느 요일에 일찍 문을 닫는지, 어느 교회가 다른 교회보다 30초 먼저 종을 울리는지. 그 장소를 아는 독자라면 제대로 된 디테일 표현을 반가워할 것이다! 그곳을 모르는 사람이라도 꼼꼼한 디테일 덕분에 더욱더 생생하게 다가온다.

평판을 설정하라. 평판은 얻기는 쉽지만 잃기는 훨씬 어렵다! 당신의 배경에는 어떤 평판이 있고 어떻게 생겼는가? 장소마다 다른 이미지가 떠오르기 마련이다. 로맨틱한 휴가를 떠나고 싶다면 파리나 로마가 떠오를 것이다. 세일럼이나 펜들 힐, 스티븐 킹이 쓴 『그것』의 배경인 데리를 떠올리진 않는다. 그 장소의 평판이 어떤지 생각해본다. 겉모습은 물론 도시 전설, 사회경제적 위치, 인구 통계 같은 기준이 있다. 산 아래의 어둑하고 황폐한 마을은 양지바른 목초지에 있는 깔끔한 마을과 평판이 사뭇 다를 것이다.

캐릭터 아크와 여정을 설정하라. 장소도 캐릭터와 마찬가지로 발전하고 성장할 수 있다. 재개발되거나 더 부유해지거나 재앙이 닥쳐서 유령도시가 될 수도 있다. 캐릭터의 여정이 진행되면서 한때 안정감을 주었던 도시가 불길하고 낯설게 변할 수도 있다. 배경 자체에 캐릭터 아크를 설정해주면 캐릭터가 느끼는 위기감과 긴장감이 올라간다.

장소는 폭동의 증가, 새로운 정부의 탄압, 마법 학교 폐쇄 등을 통하여 갈등을 일으킬 수 있다. 캐릭터가 목표에 가까워지도록 돕거나 어떤 사건에 불을 붙여 이야기를 빠르게 진행하기도 한다.

이야기 속 세계를 사랑하라! 절대로 살고 싶지 않은 끔찍한 곳이라도! 글을 통해 그 세계에 대한 열정을 전해야 한다. 그래야 독자가 캐릭터만큼이나 배경에 몰입할 수 있다.

5단계 요약

- 사이드 캐릭터의 주요 원형은 다음과 같다.
  - 친구
  - 안내자
  - 장애물
  - 헤르메스
  - 교활한 여우
  - 조커
  - 세계

- 친구는 동기부여, 갈등, 양심, 동행의 역할을 한다. 조력자는 대개 분량이 많고 캐릭터 아크가 있는 주요 사이드 캐릭터다. 이 캐릭터를 주인공과 비슷하게 만들면 안 된다.

- 안내자의 주요한 목적은 세 가지다. 히어로를 가르치고 보호하고 그에게 선물을 주는 것. 안내자는 긍정적일 수도 있고 부정적일 수도 있다.

- 장애물은 당신의 히어로를 시험하기 위해 존재하지만 진짜 빌런은 아니다. 책의 주제와 주인공의 약점과 관련된 장애물을 만들어라.

- 헤르메스는 정보를 전달한다. 그의 메시지는 부정적일 수도 있고 긍정적일 수도 있다. 이 캐릭터는 꼭 사람일 필요는 없으며 편지나 부엉이, 초대장이 메시지 기능을 수행할 수도 있다.

- 교활한 여우는 주인공의 마음에 의구심을 심는 음흉한 녀석이다. 이 친구는 이야기의 초반에 등장하는 경향이 있고 긍정적이거나 부정적인 캐릭터일 수 있다. 교활한 여우는 반드시 속으로 뭔가를 꾸미고 있었다는 사실과 함께 본성을 숨겨야 한다.

- 조커는 어떤 이야기에서든 '재미'를 담당한다. 분위기를 띄우고 독자와 다른 캐릭터들에게 웃음을 선사하는 것이 조커가 할 일이다. 하지만 유머 아래에 숨겨진 의미로 주인공에게 중요한 사실을 짚어주기도 한다. 조커는 꼭 그런 건 아니지만 아크가 없는 평면적인 캐릭터인 경우가 많다. 유머러스한 면을 유지하기 위해 별다른 변화가 없다.

- 간과하기 쉽지만 이야기 속 세상도 하나의 캐릭터가 될 수 있다. 캐릭터들이 살아가는 곳을 좀 더 사실적으로 보여준다. 또한 배경에도 다른 캐릭터들처럼 성격을 부여할 수 있다. 캐릭터 아크나 백스토리, 평판을 만들 수 있다.

생각해볼 질문

● 당신이 좋아하는 작품 속 세상을 돋보이게 하는 요소는
무엇인가?

● 당신이 좋아하는 작품에서 모든 원형의 예를 하나씩
찾아본다.

Step ›› 6

아크 짜기

캐릭터 아크 하면 이야기의 주인공만 떠올리는 사람이 많다. 어떤 이야기든 주인공과 그의 캐릭터 아크가 가장 돋보이니 그럴 만도 하다. 캐릭터 아크는 캐릭터가 이야기에서 겪는 일이라고 정의할 수 있다. 이야기는 변화에 관한 것이며 '아크'가 바로 그 변화를 나타낸다. 캐릭터 아크는 처음에 결함 있는 캐릭터로 등장해 여러 일을 겪고 변화한 모습으로 끝난다.

작가라면 히어로가 이 변화를 꼭 거쳐야 한다는 것을 안다. 그런데 사이드 캐릭터는 어떨까? 1단계에서 카메오나 보조 사이드 캐릭터는 캐릭터 아크가 필요하지 않다고 했다. 하지만 주요 사이드 캐릭터는 필요하다. 단, 사이드 캐릭터의 분량은 주인공과 같을 수가 없다. 같으려면 책등이 킬리만자로를 위협할 만큼 엄청나게 두꺼워질 것이다.

사이드 캐릭터의 역할은 히어로의 목적과 아크에 도움을 주거나 방해하는 것이다. 본격적으로 사이드 캐릭터의 아크로 뛰어들기 전에 아크가 무엇인지부터 살펴보자. 일반적으로 캐릭터 아크에는 긍정적 아크, 부정적 아크, 평면적 아크 세 가지가 있다.

긍정적 아크

긍정적 아크는 장르 소설과 영화에서 가장 일반적인 캐릭터 아크다. 성장, 치유, 자아 발견 등 다양한 형태로 나타나며 보통 행복한 결말로 끝맺는다. 그래서 로맨스, 청소년, 어린이 소설에서 자주 볼 수 있다. 특히 주인공에게 흔하다. 처음에 주인공은 성장하거나 빌런을 물리치지 못하는 중대한 결함이 있다. 주요 사이드 캐릭터에도 같은 원칙이 적용된다.

물론 사이드 캐릭터의 적은 주인공이 상대하는 이야기의 메인 빌런이 아니다. 주요 사이드 캐릭터는 장애물을 만나 더 좋게 변하거나 깨달음을 얻거나 그의 빌런을 물리치는 데 필요한 힘을 얻는다. 캐릭터나 하위 플롯의 비중에 따라 장애물을 여럿 만날 수도 있다. 결국 이야기의 끝에 이르면 이 캐릭터는 처음보다 더 나아져 있을 것이다.

『해리 포터』의 론 위즐리와 네빌 롱바텀이 좋은 예다. 이 사이드 캐릭터들은 처음에는 소심해 보였지만 끝에서는 그 무엇도 두려워하지 않는 자신감 넘치는 모습을 보여준다. 네빌은 모자에서 그리핀도르 검을 뽑아 볼드모트의 뱀 내기니를 베었고 론은 그렇게도 좋아하던 소녀와 이루어진다.

부정적 아크

부정적 아크는 긍정적 아크와 정반대다. 주인공이 처음보다 더 나빠진 상태로 소설이 끝난다. 사이드 캐릭터도 마찬가지다. 빌런은 사이드 캐릭터로 분류될 때가 많은데 이것은 빌런에게서 볼 수 있는 가장 일반적인 아크 유형이다.

캐릭터 아크가 부정적인 캐릭터는 새롭게 깨달아가는 여정을 거치지 않고, 어떤 형태로든 악과 어둠에 빠지며 부정적인 성격을 보여준다. 부정적 아크는 타락한 캐릭터부터 환멸에 찬 캐릭터까지 다양한 형태로 그려질 수 있다. 주제를 부정적으로 구현하는 사이드 캐릭터가 있으면 주인공이 질문에 대한 답을 찾는 데 도움이 된다.

부정적 아크를 가진 캐릭터로는 『대부』의 주인공 마이클 콜레오네, 『도리언 그레이의 초상』의 도리언, 〈브레이킹 배드〉의 월터 화이트, 『불과 얼음의 노래』의 세르세이 라니스터가 있다.

평면적 아크

평면적 아크는 주인공이나 사이드 캐릭터가 처음부터 어느 정도 완성된 상태로 등장한다. 이 경우에 이야기는 주인공이 겪는 변화에 관한 내용이 아니라, 그가 세상에 불러일으키는 변화에 대한 것이다. 사이드 캐릭터도 마찬가지다. 주제를 긍정적으로, 때로는 부정적으로 표현하면서 마지막까지 같은 사이드 캐릭터가 있기 마련이다.

예를 들어 처음부터 끝까지 주인공의 좋은 친구로 남는 캐릭터가 있다. 주인공은 어느 시점에 그에게 상처를 주지만 베스트 프렌드는 주인공을 다시 받아주고 좋은 친구로 잘 지낸다. 〈퀸카로 살아남는 법〉의 제니스가 좋은 예다. 제니스는 케이디의 바보 같은 실수를 알려주는 좋은 친구지만, 케이디는 무시하고 나중에야 깨달음을 얻는다. 제니스는 좋은 친구이므로 케이디를 용서하고 모두 행복해진다.

이야기가 캐릭터에게 영향을 끼치는 다른 아크와는 달리 이 아크는 캐릭터가 변하지 않으며, 캐릭터가 만드는 변화가 이야기를 움직인다. 이 구조는 주로 반영웅의 이야기나 범죄소설이나 미스터리 같은 시리즈에서 볼 수 있다. 셜록 홈즈를 생각해보라.『헝거 게임』의 주인공 캣니스 에버딘의 캐릭터 아크도 평면적이라고 할 수 있다. 캣니스가 디스토피아 세상을 바꾸는 것이기 때문이다. 세상을 바꾸는 것은 주인공이 할 일이지만 사이드 캐릭터는 주인공에게 영향을 주어야 한다. 아크가 평면적인 사이드 캐릭터는 주인공에게 그의 방식이나 생각이 잘못되었다고 알려주어야 한다. 사이드 캐릭터는 자신의 아크, 포지션, 의견을 그대로 유지해 이 일을 해낸다. 예를 들어 제니스는 항상 좋은 친구로서 케이디의 곁에서 잘못된 점을 쿡쿡 찔러주는 것만으로 충분하다. 그 외에도 평면적 아크를 가진 캐릭터의 예로 제임스 본드, 인디아나 존스, 잭 리처가 있다.

마구
두드려 패라

모든 독자는 캐릭터가 힘든 시기를 겪을 때 안타까워하며 하나로 뭉친다. 이 말은 작가에게 자유롭게 사용할 수 있는 훌륭한 도구가 있다는 뜻이다. 주인공을 위태로운 상황으로 몰아넣고 장애물 혹은 문제를 마주하게 해야 한다. 구덩이 속으로 더 깊이 밀어 넣은 뒤에 빛이 있는 곳으로 꺼내준다.

사이드 캐릭터도 주인공처럼 자신의 목표를 위해 고군분투해야 한다. 사이드 캐릭터를 때려눕히고 그가 절대로 목표를 쉽게 이루지 못하게 만들어라. 하지만 알다시피 사이드 캐릭터에게 내어줄 수 있는 페이지의 수는 한정되어 있다. 자주 등장하는 캐릭터라면 가끔 두드려 패도 된다. 글로 한 방 먹여라. 독자에게 흥미진진한 긴장감을 선사할 수 있다.

버즈 라이트이어는 자신이 실제 우주 특공대가 아니라는 사실을 깨닫고 우울증과 비슷한 모습을 보인다. 사이드 캐릭터가 겪는 시련은 주인공과 마찬가지로 목표에 도달하려는 과정에서 발생한다. 이야기의 끝부분에 가면 버즈 라이트이어는 다시 자기 자신을 믿고 뭐든 할 수 있다는 자신감이 커진다. 하지만 그런 믿음이 생기기까지는 노력이 필요했다.

아크의 변형

이제 긍정적 아크, 부정적 아크, 평면적 아크가 있다는 것을
알았다. 그런데 이 아크들에는 어떤 변형이 있을까?

가장 일반적인 아크는 세 가지다. 변화 아크, 성장 아크, 하락
아크. 하나씩 자세히 살펴보자.

변화 아크

변화 아크는 가장 일반적인 아크 형태다. 변화가 가장 극명하게
히어로를 성장시키기 때문이다. 토르도 변화 아크에 속한다.
마블 영화에서 그는 처음에 이기적이고 독선적인 모습이었지만,
망치를 되찾기 위해 겸손해지고 사람들을 위하는 법을 배운다.
성격의 극적인 변화다.『해리 포터』시리즈의 사이드 캐릭터
헤르미온느 그레인저도 제멋대로 구는 모습에서 겸손하고
호의적이며 차분한 성격으로 변하는 비슷한 과정을 겪는다.
〈스타워즈〉시리즈의 루크 스카이워커도 성격의 급격한 변화를
보여주는 또 다른 예다.

사이드 캐릭터 역시 변화 아크에서는 그의 무언가가 반드시
변화해야 한다. 가장 쉬운 예로는 캐릭터가 어떤 거짓말을 믿게

하는 것이다. '지식이 가장 중요하다'고 믿는 헤르미온느처럼
말이다. 헤르미온느가 우정이 더욱 중요하다는 사실을 깨달으며
그가 믿는 거짓말이 제거된다. 꼭 거짓말일 필요는 없다. 오해나
착각, 고정관념일 수도 있다.

　캐릭터 자체가 변하기도 한다. 성격이 계속 똑같으면 안 된다.
그러면 변화 아크가 아니라 성장 아크일 테니까. 일반적으로
이 아크는 주인공의 아크에 해당한다. 변화가 극적이라 사이드
캐릭터가 주인공처럼 분량이 많지 않으면 포괄적으로 담아내기가
어렵기 때문이다. 물론 불가능하다는 이야기는 아니다. 규칙을
깨뜨려도 된다는 말을 또 할 필요는 없겠지? 규칙 같은 건 없다.
만약 시리즈 소설이라면 주요 사이드 캐릭터의 분량도 자연스레
늘어날 테니 변화 아크를 설정할 수 있을 것이다.

성장
아크

성장 아크는 어떠한 변화를 제공한다는 점에서 변화 아크와
비슷하다. 하지만 성장 아크의 변화가 덜 급진적이다. 변화 아크는
전적인 변화고 성장 아크는… 성장이다! 캐릭터는 원래 성격
그대로지만 이야기의 끝부분에 이르러 좀 더 나아지고 균형이
잡힌다. 일반적으로 소설에서 주인공이 변화 아크고 사이드
캐릭터가 성장 아크인 경우를 자주 볼 수 있다. 성장 아크가 덜
극적이라는 사실 덕분에 주인공이 겪는 극적인 변화가 더욱더

두드러진다.

　성장 아크는 어떤 모습일까? 일반적으로는 다음과 같이 다양한 형태로 나타난다.

- 그동안 믿어온 거짓말에 대한 진실과 같이 새로운 것을 배운다.
- 관점을 바꾼다.
- 새로운 역할, 직업, 가족 등이 생긴다.

　〈왕좌의 게임〉 시리즈의 제이미 라니스터가 좋은 예다. 그는 분명히 처음보다 성장하고 배우고 온화해지지만 결말에서도 쌍둥이 누나의 연인으로 남는다. 또 다른 예는 앞서 언급한 버즈 라이트이어다. 그는 처음에 자신이 우주 특공대원이라서 무엇이든 할 수 있다고 믿는다. 나중에 자신의 정체성에 관한 진실을 알게 되어서 좀 더 균형 잡힌 캐릭터가 되었지만 그 믿음은 똑같다. 기존의 관점에 대한 새로운 관점이 생긴 것이다. 『반지의 제왕』의 샘와이즈 갬지도 성장 아크다. 프로도는 예전과 완전히 다르게 웃음을 잃지만, 샘와이즈는 처음보다 조금 더 나이가 들고 초췌해지고 현명해진다.

　성장 아크는 사이드 캐릭터에 가장 많이 사용된다. 이유가 무엇일까? 캐릭터의 극적인 변화가 덜해서 분량이 그리 많이 필요하지 않기 때문이다. 그렇다고 깊이가 얕은 아크라는 말은 아니다. 전혀 그렇지 않다. 변화를 충분하게 보여준다면 이 아크도 소설 전반에 걸쳐 깊어질 수 있다.

　성장 아크에서 가장 중요한 부분은 책의 마지막에 이르러서도 캐릭터가 여전히 처음과 똑같은 사람이라는 것이다. 두 번째로 중요한 부분은 성장이나 생각 변화, 깨달음 등 어떤 성장을 거두었는지 딱 꼬집어 말할 수 있다는 사실이다.

하락
아크

하락 아크는 부정적 아크에 속한다. 이름에서 알 수 있듯이 캐릭터가 추락하거나 몰락한다. 나쁜 선택을 하고 상황이 잘못되고 결국 실패를 마주하게 된다. 보통은 불쌍한 빌런이 이 아크에 속한다. 히어로와 사이드 캐릭터도 물론 하락 아크를 가질 수 있다.

이런 아크에서 가장 흔하게 나타나는 결과는 죽음이다. 문자 그대로의 죽음일 수도 있고 비유적인 죽음일 수도 있다. 사이드 캐릭터의 죽음에 대한 자세한 내용은 7단계를 참조한다.

또 다른 결과로는 타락, 정신이상, 투옥, 환멸 같은 파괴적인 사건이 있다. 특히 주목해야 할 부분은 보통 이 아크를 가진 캐릭터는 자신은 물론 주변 사람들에게도 피해를 준다는 것이다. 이는 갈등과 캐릭터의 행동 결과의 측면에서 생각해야 할 부분이다. 주인공에게 미치는 영향은 무엇인가? 이야기를 진행하거나 히어로에게 장애물을 던지는 데 쓸 수 있을까?

이러한 유형의 캐릭터는 일반적으로 빌런이다. 그러나 빌런에게만 국한되지는 않는다. 예를 들어, TV 드라마 〈브레이킹 배드〉의 주인공 월터 화이트는 하락 아크를 가진 주인공의 훌륭한 예다. 『도리언 그레이의 초상』에 나오는 도리언 그레이도 그렇다. 〈왕좌의 게임〉에 나오는 세르세이 라니스터와 산사 스타크도 마찬가지다. 세르세이는 전형적인 하락 아크다. 산사는 흥미로운 사례인데, 시리즈 초반에 보여준 '선하고 맑은' 모습은 나중에 사라지지만 대신에 힘을 얻는다. 일종의 역량 강화라고 할 수 있으니 긍정적인 변화다. 그의 아크는 순수한 하락 아크보다 성장 하락 아크에 더 가깝다. 이렇게 하락 아크는 주로 빌런 캐릭터에 사용되지만 처음에는 선하고 도덕적인 캐릭터에 사용하면 대단히 강력한 효과를 낼 수 있다.

사이드 캐릭터 설정이 잘 풀리지 않을 때는 어떤 종류의 아크로 캐릭터에 깊이를 더하고 주인공과 연결할지 생각해보자.

누구에게 어떤 아크가
필요할까?

흔히 주인공은 무엇이든 불타는 욕망과 목표가 있어야 한다고
말한다. 사이드 캐릭터라고 해서 주인공만큼 뜨거운 욕망이
있으면 안 된다는 뜻은 아니다. 사람은 누구나 욕망이 있으니까.
쪼잔하게 주인공한테만 욕망을 허락하지 마라. 사이드 캐릭터도
욕망이 있다.

　하지만 차이가 있다면 사이드 캐릭터는 이야기의 주인공이
아니라는 것이다. 아무리 주인공에 뒤지지 않는 뜨거운 욕망과
목표가 있어도 주인공과 똑같은 비중으로 완전하게 살펴볼 수는
없다. 사이드 캐릭터의 욕망은 대부분 장면의 바깥에 존재해야
한다.

　핵심은 사이드 캐릭터와 주인공의 목표가 교차하거나 서로
영향을 미칠 수 있는 지점에서 갈등과 긴장 또는 장애물이
발생한다는 것이다. 그런 장면이 자주 나와야 한다. 그러면 플롯에
더 큰 목적을 수행하므로 유용하다.

누가 아크가
필요할까?

1단계에서 사이드 캐릭터가 카메오, 보조 사이드 캐릭터, 주요
사이드 캐릭터의 세 가지 유형으로 나뉜다는 사실을 살펴보았다.
이 중에서 카메오와 보조 사이드 캐릭터는 애석하게도 캐릭터
아크를 가질 일이 거의 없다. 변화에는 시간이 걸리고 책에서
시간은 곧 페이지 수이기 때문이다. 이 가엾은 캐릭터들에게는
미안한 일이지만 그들 몫의 분량은 많지 않다. 하지만
괜찮다. 누군가는 단역을 맡아야 하니까. 이들은 완전하게
구현되기보다는, 평면적이고 변화가 없고 어떤 면에서는 약간
희화적인 캐릭터다.

아크가 필요한 사이드 캐릭터는 주요 사이드 캐릭터다. 참고로
모든 주요 사이드 캐릭터에 아크가 필요한 것은 아니다. 가장
중요한 사이드 캐릭터, 즉 주인공에게 영향을 주거나 줄거리에
영향을 직접 주는 사람은 단순하고 평면적인 모습이어서는 안
되므로 아크가 필요하다.

그렇다면 캐릭터에 온전한 아크 또는 아크와 비슷한 것이
필요한지 어떻게 알 수 있을까? 그럴 때 다음의 질문을
떠올려보자.

> ✔ 캐릭터의 등장 횟수가 세 번 이하인가? 그렇다면 답은 이미
> 나왔다. 절대로 아크를 주지 마라.
> ✔ 주인공이나 줄거리에 변화를 줄 만큼 영향력이 큰

캐릭터인가? 아니라면 역시 아크를 주지 마라. 만약 영향력이 충분한 캐릭터라면 다음 질문으로 가보자.

∨ 중요한 캐릭터의 친한 친구고 대다수 장면에 등장하는가?

만약 그렇다면 캐릭터 아크나 아크 비슷한 것을 주어야 한다.

모든 아크에
필요한 것

모든 캐릭터 아크의 필수 기본 요소는 다음과 같다.

- 필요하거나 원하는 것이 있다.
- 그것을 가질 수 없다.
- 변화 또는 행동을 시도한다.
- 그것을 손에 넣는다!

보다시피 사이드 캐릭터도 주인공과 설정이 매우 비슷하다. 이야기가 끝날 때쯤 그는 원하는 것을 얻었거나 사실은 원하지 않는다는 사실을 깨달았거나 목표를 달성하지 못했을 것이다.

아크와 관련된 중요한 점이 또 있다. 사이드 캐릭터가 '원하는 것'은 반드시 줄거리와 관련이 있어야 한다. 북극 허스키 경주 대회를 다룬 이야기에서 사이드 캐릭터가 파이 굽기 대회에 나가고 싶어 한다면 별로 어울리지 않는다. 이야기와 연관성이 있는지, 이야기에 보탬이 되는지를 생각하라.

사이드 캐릭터의
아크 암시하기

주인공과 사이드 캐릭터의 아크 간에는 차이가 있다. 독자는 사이드 캐릭터의 아크에서 그가 무언가를 손에 넣는 일밖에 볼 수 없다. 목표하는 것을 가질 수 없거나 다른 일을 시도하는 것은 그저 대화나 회상을 통해 암시되거나 전혀 나오지 않는다. 물론 절대적인 규칙은 아니다. 주인공에 비해 그렇게 자세하지는 않지만 주요 사이드 캐릭터의 아크에서 필수 기본 요소를 모두 보여주는 예도 있다. 하지만 작은 아크를 만드는 가장 쉬운 방법은 시작과 끝만 보여주는 것이다.

단, 주의할 점이 있다. 끝부분에서 사이드 캐릭터가 시작 부분과 달라져 있으면 아크 비슷한 느낌을 줄 수 있지만 아무런 설명도 없이 달라진다면 독자가 불쾌할 수 있다. 또한 캐릭터도 평면적이고 비현실적으로 느껴질 것이다.

그럼 이 문제를 어떻게 풀어야 할까?

캐릭터의 변화를 암시하는 데는 많은 것이 필요하지 않다. 만약 소설의 앞부분에서 결혼에 관한 대화가 이루어졌고 캐릭터가 절대 결혼하지 않겠다고 강력하게 의사 표현을 했다고 해보자. 그 뒤로 한두 번의 비슷한 대화가 또 일어나 캐릭터의 생각과 사고방식에 변화가 생기기 시작한 모습을 보여주면 된다.

그렇다면 인간은 생각의 변화를 어떻게 표현할까?

• 목소리, 어조, 단어가 변한다.

- 자세와 보디랭귀지가 잠재의식 중에 변한다.
- 사고방식이 변한다.
- 행동이 변한다.

이것을 전부 캐릭터의 변화를 나타내는 지표로 활용할 수 있다. 캐릭터의 생각을 그저 반대로 뒤집기만 하면 된다. 사이드 캐릭터가 처음에는 절대 결혼하지 않을 거라고 하고서는 마지막에 배신을 때리고 약혼을 하도록 설정한다. 더 효과적인 방법은 독자에게 이유를 알려주는 것이다. 캐릭터가 어떤 계기로 마음을 바꿨는지 보여주면 된다.

만약 사이드 캐릭터가 책의 주제를 반영하는 등 중요한 기능을 하는 존재라면, 변화의 이유를 보여주는 것뿐만 아니라 장애물과 엮는다든지 캐릭터 아크에 갈등을 넣는 식으로 만들어보자.

주인공과 사이드 캐릭터의 아크 비교하기

주인공의 아크는 책의 주제를 표현한다. 부정적인 아크일 수도 있고 평면적인 아크일 수도 있다. 일단 주인공의 아크를 간단하게 긍정적이라고 가정해보자. 그러면 빌런의 아크는 반대일 것이다. 그리고 사이드 캐릭터의 아크는 긍정적이거나 부정적이거나 그 중간일 것이다.

주인공은 외로운 고아지만 끝에 가서는 가족과 사랑하는

사람들이 생긴다고 해보자. 좋다. 그렇다면 적대자는 반대편에서 시작해야 한다. 인기도 많고 사랑하는 사람들에게 둘러싸여 있다. 하지만 끝부분에서는 반대가 되어야 한다. 친구도 없고 가족의 미움을 받는 외톨이가 되었다. 이렇게 하면 부정적 아크가 만들어지고 주제를 주인공과 정반대되는 방식으로 표현할 수 있다.

그럼 사이드 캐릭터들은 어디에 위치할까? 이야기가 끝나도록 변하지 않는 아크를 가진 캐릭터라고 해보자. 적당히 인기 있어서 주변 사람과 친구에게 항상 친절하다. 끝까지 그런 모습을 유지함으로써 주인공이 배워야 하는 '좋은 친구가 되는 법'을 상징한다.

주인공의 아크는 모든 순간이 속속들이 탐구된다. 우리는 주인공이 원래는 어떠했고 어떤 깨달음을 얻었고 왜 변화해야 했고 무엇이 달라졌는지 지켜본다. 하지만 사이드 캐릭터의 아크는 이야기를 장악하지 않는다. 주인공의 아크처럼 온전하게 탐구되지 않는다는 뜻이다. 모든 캐릭터마다 그렇게 할 시간이 없기 때문이다.

사이드 캐릭터 아크의
성공적인 예

예시 『죽음의 향기』의 프랭크

이 소설의 주제는 '구원'이다. 정확히 말하면, 모든
사람이 구원을 원하지는 않아서 모두를 구원할 수가
없다는 것이다. 주인공의 친구 프랭크는 게이고 가족과
친구들에게 선뜻 커밍아웃을 하지 못하고 망설인다.

사이드 캐릭터의 아크는 주제를 다양하게 변주한다. 이야기를
훨씬 더 응집력 있게 한다. 이상적으로는 사이드 캐릭터의
역할이 클수록 캐릭터 아크도 주제 및 주인공의 아크와 관련
있어야 한다. 몇 가지 방법으로 가능하다. 첫 번째는 사이드
캐릭터가 다른 방식으로 주제를 나타내게 하는 것이다. 프랭크는
다른 사람을 구하려는 것이 아니라 자신의 정체성을 지키려고
한다. 프랭크가 주제를 긍정적으로 나타내도록 할 수도
있고 부정적으로 나타내도록 할 수도 있으며 아예 주제에서
미끄러져나가 끝까지 커밍아웃하지 못하고 불행해지게 할 수도
있다. 평면적인 캐릭터를 활용하는 방법도 있다. 그러면 프랭크와
주제의 관계가 변하지 않을 것이다. 예를 들어 시작 부분부터
커밍아웃한 동성애자라면 그럴 수 있다.

　나는 프랭크의 아크를 주제에 대한 변주곡으로 만들었다.
프랭크는 자신의 정체성과 정신건강을 구원하기 위해서는
커밍아웃을 해야만 한다. 그렇다면 어떻게 전개될 수 있을까?
프랭크는 아크가 있지만 그 아크의 결과는 주인공과 함께

나오는 짧은 장면에서 나타날 수 있을 것이다. 프랭크는 주인공 말로리와 함께한 자리에서 부모님에게 커밍아웃을 할 수도 있고, 말로리가 실수로 프랭크가 동성애자라는 사실을 밝히거나 프랭크가 가족에게 커밍아웃하도록 밀어붙일 수도 있다. 어느 쪽이든 이 소설은 프랭크의 이야기가 아니다. 이 소설은 말로리가 주인공이고, 모든 사람을 구할 수 없다는 사실을 깨달아야 하는 그의 이야기다. 프랭크의 커밍아웃은 주인공과 관련 있는 작은 장면과 하위 플롯을 이룬다. 동시에 메인 플롯 안에서 구원이라는 주제를 다른 방식으로 구현한다.

6단계 요약

- 캐릭터 아크에는 긍정적 아크, 부정적 아크, 평면적 아크 세 가지가 있다. 이 아크들의 변형으로 변화 아크, 성장 아크, 하락 아크가 있다.

- 일반적으로 변화 아크는 주인공의 아크에 해당한다. 성격이 시작 부분과 완전히 달라지는 가장 극적인 변화를 보여주는 아크이기 때문이다.

- 성장 아크는 변화 아크보다 덜 극적이다. 캐릭터가 끝에 가서도 본질적으로 똑같은 사람이지만 성장하면서 관점과 태도가 달라지거나 새로운 깨달음을 얻었거나 새로운 역할이 생겼을 수 있다. 이 아크는 보통 사이드 캐릭터들에게서 발견된다.

- 하락 아크는 부정적이라 빌런에게서 가장 흔히 발견된다. 캐릭터가 선하거나 도덕적인 것에서 멀어져 엄청난 재앙을 맞이한다. 보통은 캐릭터가 죽지만 꼭 그럴 필요는 없다. 타락, 정신이상, 투옥, 환멸 같은 파괴적인 결과로 이어질 수도 있다.

- 히어로는 변화를 위해 고통을 겪어야 하는데 사이드 캐릭터도 그래야만 한다.

- 모든 캐릭터의 선택에는 결과가 따라야 한다. 결과가 긴장을 고조하고 플롯 포인트를 만든다.

- 캐릭터에 아크가 필요한지 알려면 다음의 질문을 떠올린다.
  - 캐릭터의 등장 횟수가 세 번 이하인가?
  - 주인공이나 줄거리에 변화를 줄 만큼 영향력이 큰 캐릭터인가?
  - 주인공의 친한 친구고 장면에 자주 등장하는가?

- 모든 아크의 필수 기본 요소
  - 필요하거나 원하는 것이 있다.
  - 그것을 가질 수 없다.
  - 변화 또는 행동을 시도한다.
  - 그것을 손에 넣는다!

- 그것을 왜 원하고 왜 얻거나 얻지 못하는지에 대한 이유가 없으면 평면적인 캐릭터가 될 수 있으니 조심한다.

- 캐릭터 변화의 지표
  - 목소리, 어조, 단어가 변한다.
  - 자세와 보디랭귀지가 잠재의식 중에 변한다.
  - 사고방식이 변한다.
  - 행동이 변한다.

생각해볼 질문

● 당신이 좋아하는 장르에서 아크를 가진 사이드 캐릭터를
다섯 명 찾아보자.

● 그 사이드 캐릭터의 아크는 어떻게 그려지는지 적어보자.
분량이 많은가? 시작 부분과 끝부분만 나오는가? 아크의 묘사
방식에서 배울 점은 무엇인가?

Step ⇥ 7

달링
죽이기

죽음을 가슴 아프게 만들려면 삶을 아름답게 만들어야 한다.
살아 있을 때 가장 멋진 존재여야 죽으면 그리워진다.

도널드 마스,
『소설의 감정 표현 기법The Emotional Craft of Fiction』

세상 모든 사람을 찾아가는 짓궂은 불멸의 해골에 관해
이야기해보자. 죽음을 어떻게 생각할지 모르겠지만 어쨌든
소설에서는 꽤 골치 아픈 녀석이다. 작가는 저녁 식사 자리에서
아무렇지도 않게 주인공의 머리를 댕강 자르고 웃으며 배를 푹
찌르고 그의 와인 잔에 독약을 몰래 탄다.

그런데 이런 죽음에 무슨 의미가 있을까? 너무 품위 없는 것
아닌가? 가벼운 도끼질이나 총질은 가끔씩은 필요하지만 그
영향력이 최대한 커져야 한다. 셰익스피어는 희곡에서 155명의
캐릭터를 죽였다. 장담하건대 그는 모든 죽음의 디테일을
고심했을 것이다. 그냥 즉흥적으로 죽이면 안 된다. 확실한
것은 셰익스피어가 칼로 찌르는 방법을 선호했다는 것이다.
그의 캐릭터들은 대부분 칼에 찔려 죽는다. 셰익스피어의
작품에 나오는 모든 죽음을 분석한 자료를 원한다면,
sachablack.co.uk/sidecharacters에서 체크리스트를
참고하라.

죽음은 제대로만 그려내면 당신의 이야기와 캐릭터, 독자에게
모두 기념비적인 영향을 줄 수 있다. 주인공이 죽으면 할
이야기가 없어지다 보니 주인공이 죽는 경우는 흔하지 않다.
죽음은 대부분 사이드 캐릭터에게 일어난다. 살인과 대혼란,
소멸의 어둠 속으로 들어가 보자.

소설에 죽음이
왜 필요할까?

로맨스 소설처럼 유혈이 낭자할 일 없는 이야기를 쓰고 있다면
죽음을 신경 써야 할 이유가 전혀 없다고 생각할 것이다.
캐릭터들이 손을 꼭 잡고 노을을 바라보며 내일은 내일의 태양이
뜬다고 노래하는 마당에 죽음은 아무런 상관도 없어 보인다.
하지만 모든 이야기에는 죽음이 필요하다. 이야기는 결국 변화에
관한 것이고 변화를 창조하기 위해 당신의 주인공은 죽음을
간접적이나마 경험할 필요가 있다. 그래야 적을 물리칠 수 있을
만큼 성장한다. 그리고 캐릭터 아크를 가지고 있는 사이드
캐릭터도 '변화'가 필요한데 변화는 정말로 죽음을 의미하기도
한다.

무형의
죽음

죽음에 여러 가지 유형이 있지만, 나는 간단한 게 좋으니 유형의
죽음과 무형의 죽음 두가지로 나누려고 한다. 먼저 무형의
죽음은 실제 죽음을 제외한 모든 죽음에 해당한다. 물리적이거나
영구적인 죽음이라기보다는 비유적인 죽음이다. 보통 소설에서
주인공은 죽지 않는다. 물론 그렇지 않은 작품도 찾아볼 수 있다.

핵심은 주인공이 빌런을 무찌르기 위해서는(빌런은 사람일
수도 있고 아닐 수도 있다) 충분히 성장해야 하므로 죽음과의
상호작용이 필요하다는 것이다.

감정적 죽음부터 시작해보자. 당연히 로맨스가 먼저 떠오른다.
주인공은 상처 준 전 애인을 잊어야만 새로운 사랑을 진정으로
받아들일 수 있다. 세실리아 아헌의 『PS. 아이 러브 유』에서
남편과 갑작스럽게 사별한 주인공 홀리에게 슬픔을 받아들이고
앞으로 나가는 것은 감정적으로 대단히 고통스러운 일이다.
이런 감정적 죽음은 대단히 의미심장한 것이어야 한다. 약간
씩씩거리게 할 정도의 감상적인 사건이 아니라 주인공의 가슴에
칼을 꽂고 영혼을 짓누르고 파괴하는 사건이어야만 한다.
무엇보다 심각한 결과와 영향을 가져올 필요가 있다. 모든 종류의
죽음이 결과를 수반해야 한다.

직업적 죽음은 말 그대로다. 예를 들어 주인공이(영화로도
만들어진 소설 『더 울프 오브 월스트리트』의 주인공이자 실존
인물인 조던 벨포트처럼) 거물 은행가인데, 사기와 주가 조작을
저질러 FBI에 붙잡혀서 투자 은행가라는 지위와 직업을 잃을
수 있다. 하지만 조던은 주인공이다. 사이드 캐릭터를 예시로
살펴보자. 크리스토프는 영화 〈트루먼 쇼〉에서 같은 이름의 쇼를
만드는 제작자다. 주인공 트루먼이 자기 삶이 TV 드라마라는
사실을 알고 떠나기로 결심하면서 크리스토프의 직업도 소용이
없어진다.

철학적, 도덕적 또는 가치 중심적 죽음은 주인공에게 큰 영향을
미치는 결과가 따른다. 이런 죽음은 부정적인 스토리 아크가 있는
이야기나 빌런의 구원 아크에서 종종 볼 수 있다. TV 드라마

〈원스 어폰 어 타임〉에 나오는 이블 퀸 레지나는 이 죽음을
보여주는 좋은 사이드 캐릭터다. 그는 사악한 사고방식과 가치관,
욕망을 버리고 더 나은 사람이 되려고 한다. 성장을 위해 기존의
철학이 죽음을 맞이한다.

　성격의 죽음 또는 심리적 죽음은 주인공이나 사이드 캐릭터가
누구인지에 영향을 미친다. 이 죽음에는 주의할 점이 있다.
작가는 캐릭터를 변화시킬 수 있지만 독자는 페이지를 통해서만
캐릭터를 접할 뿐이다. 따라서 너무 많이 바꾸면 같은 캐릭터처럼
느껴지지 않을 것이다. 따라서 한 가지 특징만 바꾸고 다른 모든
것은 똑같이 유지한다.

　내가 쓴 『에덴 이스트』 시리즈의 3권에서 사이드 캐릭터
카토가 성격의 죽음을 경험한다. 그는 2권에서 형제를 잃고
특정한 종류의 권력에 중독된다. 그 결과 그의 인생이 하향
곡선을 그리고 성격의 많은 측면을 잃는다. 카토가 주인공이 적을
무찌르도록 도와주려면 우선 이 성격의 죽음을 극복해야만 한다.
이 죽음에서 중요한 부분은 캐릭터가 자신이 누구인지, 자신의
정체성과 소속에 의문을 품어야 한다는 것이다. 〈매트릭스〉의
사이드 캐릭터 트리니티는 심리적 죽음을 겪는다. 오라클이
트리니티에게 '그'와 사랑에 빠질 것이라고 예언했지만 네오가
스스로 '그'가 아니라고 확신하면서 트리니티는 무너진다. 다행히
트리니티는 새로운 확신을 얻고, 네오가 스스로에 대한 믿음을
찾도록 도와준다.

　이제 유형의 죽음으로 넘어가보자.

유형의
죽음

유형의 죽음은 그야말로 관에서 맞이하는 영원한 죽음이다. 솔직히 지금 자리 잡고 앉아서 캐릭터를 죽이는 다양한 방법에 관해 몇 시간이고 떠들 수 있지만 그러기에는 우리가 나눌 다른 이야기들이 많으므로 여기에서는 캐릭터를 죽여야 하는 이유에 대해 살펴보자.

중요한 점은 캐릭터가 죽으면 끝이 아니라는 것이다. 그 죽음이 가져오는 결과와 다른 캐릭터들의 반응이 있어야 한다. 이제부터 나중에 자세히 살펴보자.

캐릭터를 죽이는 잘못된 이유

작가는 신처럼 자신의 캐릭터를 휘두르는 것을 좋아한다. 작은 칼날로 캐릭터들의 겨드랑이를 간지럽히는 것은 정말 재미있다. 하지만 단지 원한다는 이유로 칼부림을 해서는 안 된다. 아쉽지만 절제의 미덕은 필요한 법이니까. 자, 그럼 캐릭터를 죽이는 끔찍하게 잘못된 이유를 살펴보자.

독자를
울리려고

작가는 손가락을 놀려 독자의 눈물을 짜내고 그 눈물이 모여 바다를 이루면 달을 올려다보며 킬킬거릴 것이다. 잘 들어라. 그냥 독자를 울리고 싶어서 캐릭터를 죽이는 것만큼 우주 최강의 멍청한 짓은 없다. 죽음은 의미가 있고 주제와 이어지고 이로운 결과를 가져다주어야 한다. 독자의 가슴을 찢고 싶으면 빵 부스러기를 남겨 돌아오는 길을 표시한 헨젤과 그레텔처럼 죽음의 복선을 깔아야 한다.

　나는『다이버전트』시리즈를 정말 재미있게 잘 읽었지만, 『다이버전트』의 작가는 결말 때문에 많은 비난을 받았다. 주인공 트리스는 히로인의 여정을 보여주었다. 군대를 만들고 사람들을 하나로 모아 빌런을 물리치고 세상을 구할 운명이었다. 하지만 그런 일은 일어나지 않았다. 대신 작가는 트리스를 갑작스레 죽여버렸다. 그런 암시는 어디에도 없었다.

솔직히 나는 작가가 독자의 눈물을 빼기 위해 그랬다고 생각한다. 안타까운 일이지만 그러지도 못했다. 팬들은 트리스의 죽음이 진짜라는 것을 깨닫고 방 안에서 책을 던졌다. 제발 이런 짓은 하지 마라. 캐릭터를 죽이려면 빵 부스러기를 미리 남겨야 한다.

깜짝
놀래주려고

가끔은 모닥불에 폭죽을 던지고 낄낄 웃고 싶다. 가끔은 형제자매들을 쿡쿡 찌르고 반응을 보고 싶다. 그냥 궁금해서. 하지만 소설을 쓸 때는 어떤 반응이 나올지 궁금해서 뭔가를 한다는 것은 정말로 좋지 않은 일이다. 다시 한번 말한다. 모든 것에는 목적이 있어야 한다. 캐릭터의 죽음도 마찬가지고.

독자들에게 예상치 못한 충격을 주기 위해 캐릭터를 죽인다면 놀랍지도 않고 만족스럽지도 않을 뿐이다. 이 장의 첫머리에서 인용한 도널드 마스의 말을 다르게 표현해보겠다. 캐릭터의 죽음을 의미 있게 만들려면 그들의 삶을 사랑해야 한다. 갑자기 죽여버리기 전에 그들과 사랑에 빠질 시간이 필요하다는 뜻이다. 그리고 무엇보다 이유가 있어야 한다.

동성애자를
파묻어라

이 부분은 다루기가 쉽지 않은 주제지만 특히 요즘 사회에서는
중요한 문제이니 짚고 넘어가야겠다.

캐릭터의 죽음 가운데 최악의 유형은 소외되거나 다양성
집단에 속하는 캐릭터를 아무런 이유 없이 죽이는 것이다.
레즈비언이나 유색인종 같은 다양성 집단에 속하는 사람을
절대로 죽이면 안 된다는 말은 아니다. 순수하게 다양한
등장인물들로 구성된 대서사적인 판타지 소설이라면, 누군가는
죽어야 하니까.

내가 하려는 말은 소외된 계층의 캐릭터를 죽일 때는 그럴 만한
확실한 이유가 있어야 한다는 것이다. 그 이유는 다이아몬드처럼
단단해야 한다. 다양성 캐릭터, 특히 성소수자를 죽이는 일은
너무나 흔하다. '동성애자를 파묻어라Bury Your Gays'라는 이름의
트롭까지 있을 정도니까. 뒷부분의 참고 자료에서 TV 트롭
기사의 링크를 수록하겠다.

소외되거나 다양성 집단에 속하는 캐릭터의 죽음이 훌륭하게
표현된 예는 앤지 토머스의 『당신이 남긴 증오』에서 찾을 수 있다.
책의 초반에 일어나는 카힐의 죽음은 플롯의 촉매제 역할을 한다.
중요한 것은 그의 죽음이 상징적이며 목적을 수행한다는 것이다.
많은 흑인 젊은이들이 폭력배로 비인간적인 취급을 받는다는
사실을 보여준다. 주인공 스타는 줄거리의 대부분에 걸쳐 카힐의
삶과 그의 관심사, 그가 어떤 사람이었는지에 대해 이야기하면서

독자와 이야기 속 '군중들'에게 그를 한 인간으로 보여준다.
그 결과로 그들이 경찰과 언론의 악의적인 개념을 그대로
받아들이지 않게 한다.

프리징

'냉장고 속 여자women in refrigerators' 또는 '프리징fridging'이라는
말을 한 번도 들어본 적이 없다면 알려주겠다. 이 말은
〈그린 랜턴〉이라는 만화에서 작가들이 그린 랜턴의 여자
친구(알렉산드라 드윗)를 죽이고 냉장고에 욱여넣은 것에서
나왔다.

프리징이 왜 안 좋을까?

그린 랜턴의 여자 친구가 죽은 유일한 이유는 오로지
그린 랜턴이 메이저 포스를 더욱 증오하고 각성하게 만들기
위해서였다. 그의 죽음은 문제를 해결하지도, 반전을 가져오지도
않았다. 다른 남성에 대한 증오심을 키우는 결과만 가져왔을
뿐이다.

캐릭터를 이런 식으로 죽이면 안 된다. 그저 남성의 캐릭터
아크에 더하려고 여성을 죽이는 것은 정말 별로인 선택이다. 남자
주인공의 로맨스 상대를 절대로 죽이면 안 되냐고? 당연히 그건
아니다. 단지 '남자 주인공의 캐릭터 아크를 위해서'보다 훨씬 더
나은 이유가 있어야 한다는 말이다. 내가 정말 좋아하는 드라마라
말하는 것 자체가 마음 아프지만 〈뱀파이어 해결사〉에서

윌로우의 여자 친구 타라가 총에 맞는다. 그의 죽음은 아무런 의미가 없었다. 친구를 구하려고 싸우다 죽은 것도 아니고 무슨 임무를 수행하려던 것도 아니었다. 심지어 그를 겨냥해 날아온 총알도 아니었다. 타라의 죽음은 말 그대로 무의미했다.

만약 당신의 캐릭터가 어떤 임무나 목적에 헌신하다가 죽었다면 이야기가 달라지겠지만, 윌로우의 화를 돋우려고 여자 친구를 잘못 날아온 총알에 죽이는 것은 냉장고 처리나 다름없다. 조지 R.R. 마틴은 성별을 뒤집어서 냉장고 처리를 했다.『얼음과 불의 노래』시리즈에서 단지 대너리스에게 동기를 부여하기 위해 칼 드로고를 죽였다.

사실은
죽지 않았다

마법이 없는 현대 세계가 배경이라면 캐릭터를 죽일 때 신중해야 한다. 퍼트리샤 콘웰의『카인의 딸』에서 케이의 파트너 벤튼 웨슬리가 죽는다. 하지만 그 후 세 권의 책 다음에 나온『데드맨 플라이』에서 다시 등장한다. 나는 그가 돌아온다는 사실에 분노했다. 이전의 죽음에 아무런 의미가 없어졌기 때문이다. 케이와 무척 가까운 두 사이드 캐릭터 피트와 루시가 벤튼의 죽음을 은폐했으므로 그의 '가짜' 죽음은 그들의 삶을 망치는 이중적인 목적을 수행하는지도 모르겠다.

그러나 캐릭터를 되살리려면 확실한 이유가 있는지, 죽음과 귀환 이후에 따르는 결과가 있는지 반드시 확인해야 한다.
죽었다가 무작정 그냥 살아날 수는 없으니까. 당신이 쓰는 소설
장르가 판타지라면 죽음이 이야기 속의 세계관에 어긋나지
않도록 두 배로 신경 써야 한다. 잘못된 이유에 대해 불평은
이쯤에서 그만하고 이제 캐릭터를 죽여도 되는 정당한 이유에
대해 살펴보자.

캐릭터를 죽이는 정당한 이유

지금까지 캐릭터를 죽이면 안 되는 이유를 살펴보았다. 이쯤 하면 겨눈 총구를 거두어야 하는 이유를 충분히 알았을 것이다. 그럼 기꺼이 죽여도 되는 이유에는 무엇이 있을까?

동기부여

방금 프리징을 하지 말라고 경고하지 않았던가? 하지만 캐릭터의 죽음은 주인공에게 동기를 부여하는 경향이 있다. 그렇다면 냉장고 처리로 전락하지 않으려면 어떻게 해야 할까?

영화 〈어벤져스: 인피니티 워〉의 마지막에 많은 어벤져스가 죽는다. 이것은 그 영화의 결말이기도 하지만, 남은 어벤져스가 다음 영화에서 그들을 살리는 꼬리가 긴 촉매제 역할을 한다. 꼬리가 길다고 한 이유는 남은 어벤져스들이 그 방법을 깨닫기까지 5년이 필요하기 때문이다.

마지막 영화 〈어벤져스: 엔드 게임〉에는 동기부여의 역할을 더 잘 수행하는 두 번째 죽음이 나온다. 블랙 위도우가 어벤져스들이 소울 스톤을 얻을 수 있도록 자신을 희생한다. 그의 죽음은 〈인피니티 워〉의 끝에 나온 다른 캐릭터들의 죽음과 다르게 돌이킬 수 없다. 블랙 위도우를 되살릴 수 없기에 남은 캐릭터들은 그의 죽음이 헛되지 않도록 사람들을 구하려고 애쓴다.

『반지의 제왕』에서 간달프는 모리아의 다리에서 발로그와 싸우다가 원정대가 위험에 처했다는 사실을 깨닫는다. 그는 원정대를 구하기 위해 자신을 희생한다. 그의 죽음은 프로도를 비롯한 이들이 계속 앞으로 나아가게끔 동기를 부여한다. 간달프가 살아 돌아왔으니 죽음을 통한 동기부여가 아니라고 할 사람들도 있을 것이다. 하지만 프로도와 원정대는 그가 살아 돌아올지 몰랐다. 그들의 눈에는 간달프의 죽음이 진짜이므로 동기부여가 된다.

어두운 밤

모든 이야기에서는 주인공이 어둠의 순간을 맞이한다. 주인공이 '전투'에서나, 빌런 또는 반대 세력과의 조우에서 패배하고 절대 이길 수 없다고 믿게 되는 순간이다. 대개 이 순간은 그들이 마지막 퍼즐 조각을 발견하기 직전에 발생한다.

어느 캐릭터의 죽음은 주인공을 어두운 밤으로 몰아넣을 수 있다. 이 시점에서 친구나 조력자 또는 멘토를 잃으면 모든 것을 잃어버린 것처럼 절망한다.『크리스마스 캐럴』에서 꼬마 팀의 죽음이 좋은 예다. 크리스마스의 유령과 함께 스크루지는 팀이 죽는 미래를 보게 된다. 이 일은 그를 어두운 밤으로 몰아넣고 또 빠져나오게 한다.

현실성

캐릭터가 대대적인 전투를 벌이고 있는가? 이야기에 검투나 폭발
사고가 일어나는가? 캐릭터의 친구들이 암살자인가? 그렇다면
적어도 한 명의 등장인물이 죽는다고 예상하는 것은 매우
현실적이다. 이런 상황이라면 오히려 단 한 명도 죽이지 않는
것이 이상할 정도다.

　『왕좌의 게임』시리즈가 좋은 예다. 조지 R. R. 마틴은
캐릭터들을 잘도 죽인다. 그 이야기에서 만약 아무도 죽지 않으면
오히려 독자가 의아해할 것이다.

주제 강조

존 그린의『잘못은 우리 별에 있어』는 10대 청소년 헤이즐과
어거스터스에 관한 이야기다. 이 둘은 아직 어려서 죽음을
가까이서 경험할 때가 아니다. 하지만 책의 주제가 주제이니만큼
죽음이 반드시 나와야 한다. 그러므로 어거스터스의 죽음은
독자의 마음을 찢어놓지만 예상된 결과였으니 만족스러운
죽음이다. 독자는 삶과 죽음에 관한 이야기라는 것을 알고 있다.
주인공들이 환자고 빵 부스러기도 충분히 뿌려져 있다. 그래서
어거스터스의 죽음은 목적이 있고 주제를 부각한다.

캐릭터 아크의 완성

영화 〈후크〉에서는 주인공 피터가 없는 동안 네버랜드에서 아이들을 이끌었던 루피오가 죽는다. 그의 죽음은 캐릭터 아크를 완성한다. 피터가 네버랜드로 돌아오면서 그와 루피오 사이에는 긴장과 불안이 싹튼다. 루피오는 피터를 경멸한다. 그가 실제로 피터를 동경하고 피터처럼 되고 싶었기 때문이었다. 그런 그가 피터를 지키기 위해 목숨을 바친 것은 완전히 말이 된다. 죽음은 루피오의 캐릭터 아크를 완성하고 그 결과로 피터에게 후크 선장을 물리치려는 더욱더 강한 동기를 부여한다.

　마찬가지로 〈어벤져스〉 시리즈의 토니 스타크도 캐릭터 아크를 완성하기 위해 죽음을 맞이해야만 했다. 물론 그는 자기 영화에서 주인공이지만, 주인공과 사이드 캐릭터만 나오는 〈어벤져스: 엔드게임〉에서는 주인공이 아니었다. 처음에 토니는 자기밖에 모르고 자신의 이익만 추구하는 이기적인 사람이었다. 하지만 영화의 끝부분에서는 세상을 구하려고 자신의 목숨을 희생할 정도로 이타적인 모습을 보여준다. 정말 180도 바뀌었다!

보이지 않는 죽음

작가들이 자주 활용하지 않는 두 가지 유형의 죽음이 있다. 바로 플롯 이전 죽음과 오프스크린off-screen 죽음이다. 그 이유는 어쩌면 당연한데 독자가 '보지' 못하기 때문이다. 이 두 가지는 무척 유용한 기법이다. 한번 자세히 살펴보자.

플롯 이전 죽음

플롯 이전 죽음은 지금 당신이 읽고 있는(또는 쓰고 있는) 이야기의 '현재' 이전에 발생한 죽음이다. 예를 들어, 잰디 넬슨의 『하늘은 어디에나 있어』에서는 주인공의 언니 베일리가 이야기가 시작되기 전에 죽었다. 주인공 레니가 언니의 죽음으로 힘들어하지만 혼자서도 살아가는 법을 배워나가는 이야기가 시작된다. 크리스틸 서덜랜드의 『아우어 케미컬 하츠』도 비슷한 플롯 장치를 따른다. 주인공 헨리는 그레이스에게 반하지만, 이야기가 시작하기 전에 그레이스는 남자 친구를 잃은 상황이다. 전 남자 친구의 죽음이 그레이스와 헨리의 사랑을 막는 갈등과 장벽을 만든다.

　플롯 이전 죽음은 이야기의 '현재' 시점에서도 반복적으로 언급되고 영향을 미친다. 특히 죽은 캐릭터가 주인공에게 중요하거나, 주인공의 중요한 사람에게 중요한 존재라면(헨리와 그레이스의 경우) 더더욱 그렇다. 이렇게 플롯 이전의 죽음이 '현재' 시점에서 어떤 목적을 수행하는 또 다른 예는『왕좌의 게임』속 리안나 스타크의 죽음이다. 리안나는 네드 스타크의 여동생이자 존 스노우의 어머니다. 네드는 그 비밀을 지켜야만 했고 그로 인해 말할 수 없는 갈등이 벌어졌다.

플롯 이전 죽음을 설정하려면 다른 형태의 죽음과 마찬가지로 목적을 달성하고, 갈등과 문제를 일으키고, 현재 이야기에서 등장인물을 괴롭혀야 한다. 죽음을 여러 시점과 연결하거나 여러 캐릭터에 영향을 미치게 하라. 반복된 접점이 없으면, 죽음이 존재감을 잃고 그저 그런 과거 이야기로 전락한다. 플롯 이전 죽음이 의미 있고 현재의 시점에 영향을 끼치기를 바란다면 반드시 접점을 만들어주어야 한다.

그런데 한 가지 더 짚고 넘어갈 부분은 플롯 이전 죽음이 귀엽고 사랑스럽고 완벽하고 아무런 결함도 없는 사람의 죽음일 때가 많다는 것이다. 이렇게 멋진 사람이 죽으면 캐릭터는 괴로울 수밖에 없을 것이다. 캐릭터가 그리워하게 할 목적으로 만들어진 죽음이니까 말이다.

아니, 제발 그러지 말자. 죽은 캐릭터에 결함을 설정하고, 바로 그런 결함에서 다른 캐릭터가 그리워할 만한 부분을 찾아주자. 그러면 죽은 캐릭터가 진부한 플롯 장치로 전락하지 않고 주인공이나 다른 캐릭터들에게 현실 같은 상실감을 안겨줄 수 있다.

오프스크린
죽음

<u>오프스크린</u> 죽음은 이야기 전이나 도중에 일어난다. 죽는 순간이
하나의 장면으로 나타나지 않는다는 것이 중요하다. 다시 말해서
칼에 찔리는 모습이나 죽음을 앞둔 힘겨운 숨소리를 독자(그리고
주인공)가 보지도 듣지도 못한다. 하지만 그 죽음을 전해주는
말은 들을 수 있다. 예를 들어 죽음의 현장에 있었던 사이드
캐릭터가 전해주는 식이다.

　하지만 주의할 점이 있다. 독자들은 액션을 보고 싶어 한다.
그들은 재미를 위해 책을 읽는다. 칼이 창자를 가르는 그
재미있는 순간을 놓치고 싶지 않을 것이다. 멋진 캐릭터가
목숨을 잃는 순간을 보고 심장이 찢어지는 걸 느끼고 싶다. 그
즐거움을 빼앗으면 독자의 짜증을 돋울 수도 있다. 그런데 대규모
전투에서는 수십 명의 캐릭터가 죽을 텐데, 모든 카메오에게 한
명도 남김없이 세 페이지에 걸쳐 일생을 기록한 추도사를 써줘야
할까? 아니다. 여기서 강조하는 법칙은 중요한 캐릭터일수록
죽음의 순간도 길고 상세해져야 한다는 것이다. 단역이라면? 그의
오프스크린 죽음에 눈물 흘릴 사람은 없을 것이다.

　<u>오프스크린</u> 죽음의 예로는『해리 포터』시리즈 마지막 권에
나오는 통크스, 무디, 루핀이 있다. 모두 최후의 결전에서
오프스크린 죽음을 맞이한다. 픽사 영화 〈코코〉의 끝부분에서
미구엘의 증조할머니 코코가 세상을 떠나는데, 그의 사진이
조상들의 사진과 함께 놓여 있는 모습으로 죽음이 표현된다.

죽음과 사이드 캐릭터

사이드 캐릭터
유형별 죽음

죽음에는 차등제가 적용된다. 어떤 캐릭터의 죽음은 커피 흘린 책 위에 얼굴을 묻고 몇 날 며칠을 엉엉 울게 할 정도로 깊이 와 닿는다. 또 어떤 죽음은 술을 잔뜩 마시고 숙취가 아직 가시지 않은 채로 작가를 욕하게 만든다. 독자들에게 이렇게 강렬한 감정을 일으키려면 어떻게 해야 할까? 그리고 사이드 캐릭터가 어떻게 죽는지가 중요할까?

그렇기도 하고 아니기도 하다.

비중이 큰 캐릭터일수록 그들의 죽음도 더 중요하고 의미 있어야 한다. 캐릭터가 얼마나 의미 있는지를 결정할 때 유용한 질문이 있다.

✔ 주인공과 가까운 사이인가? 주인공에게 소중한 존재인가?

✔ 주요 사이드 캐릭터인가?

✔ 주제를 나타내는 캐릭터인가?

✔ 여러 개의 플롯에 관여하는가?

이 질문에 하나라도 해당하는 캐릭터의 죽음은 그냥 도끼를
휘두르고 '죽었다'라는 말로 끝내지 말고 좀 더 신경을 써야 한다.

카메오의 죽음

모든 캐릭터의 죽음을 상당한 분량의 대대적인 전투로
그려주면 좋겠지만 누군가는 희생양이 되어야 한다. 칼날이
경동맥으로 향하는 소리와 함께 그냥 죽어야 한다. 바로 카메오가
그렇다. 카메오의 죽음은 감정이 북받치고 의미 있게 만들 필요가
없다. 그는 줄거리에 크게 의미 있는 존재가 아니기 때문이다.
원한다면 한 줄짜리 부고를 써주어도 된다.

보조 사이드 캐릭터의 죽음

보조 사이드 캐릭터의 죽음은 카메오보다는 좀 더 까다롭지만
아주 조금이다. 진짜 문제는 얼마나 '보조적인' 캐릭터인지 하는
것이다.

만약 한두 번밖에 등장하지 않는 캐릭터라면, 도끼를 마구
휘두르고 더 고민할 필요가 없다. 주인공이 즐겨 찾는 술집의
바텐더라면 세 시간 동안 추도사를 읊어줄 필요까지는 없겠지만
조금은 슬플 것이다. 독자는 그런 슬픈 감정을 느껴야 한다.
슬픔을 보여주어라. 말하지 말고 보여줘야 한다. 네 문단까지도
필요 없고 슬픔이 느껴지는 순간을 살짝 보여주는 것만으로
충분하다.

주요 사이드 캐릭터의 죽음

주요 사이드 캐릭터의 죽음은 반드시 의미가 있어야 한다.

논리적으로 주요 사이드 캐릭터는 지면을 어느 정도 할애해 죽는 장면과 그에 따른 결과를 보여주어야 맞는다. 그러나 주요 사이드 캐릭터를 죽일 때는 항상 독자의 반발을 살 위험이 있다. 반드시 정당한 이유로 죽이는지 확인하라.

　TV 드라마에서 나를 엉엉 울게 만든 사이드 캐릭터의 죽음은 〈그레이 아나토미〉의 맥드리미, 데릭 셰퍼드 박사의 죽음이었다. 〈뱀파이어 해결사〉에서 버피의 엄마 조이스 서머스의 죽음도 그랬다. 이 캐릭터들은 모두 주인공에게 의미가 있었다. 데릭은 메러디스의 아이들에게는 좋은 아빠이자 메러디스의 가장 친한 친구였다. 조이스는 버피의 엄마고. 이 캐릭터들의 죽음은 주인공과 이야기에도 큰 영향을 주었다. 데릭은 여섯 시즌이 지나도 여전히 메러디스에게 영향을 끼친다. 두 사람의 결혼 서약을 대신한 포스트잇은 에릭이 죽은 지 몇 년이 지나도록 메러디스의 침대에 붙어 있다.

　주요 사이드 캐릭터를 죽일 때 이 두 가지가 반드시 포함되어야 한다는 것을 명심하라.

- 주인공과 다른 사이드 캐릭터들의 강렬한 반응
- 감정이나 동기부여, 플롯에 따르는 결과

죽음에 대한
감정적 반응

죽음은 큰 사건이다. 우리의 삶에 의미 있는 사람들을 우리
곁에서 데려간다. 영원히. 죽음이 캐릭터와 독자들에게 끼치는
영향력을 과소평가하면 안 된다. 주요 사이드 캐릭터의 죽음은
의미가 있어야 한다고 했다. 하지만 어떻게 해야 할까? 지금부터
그걸 알아보려고 한다.

캐릭터의 죽음을 의미 있게 만들려면 그 캐릭터가 주인공이나
다른 사이드 캐릭터들과 살고 사랑하고 아끼고 의미 있는 관계를
맺는 모습을 독자가 보아야 한다. 그 캐릭터와 주인공에게만
의미 있는 추억이 있는지 확인하라. 그 관계에 고유한 것일수록
보편적이고 큰 감정을 불러일으킨다. 남은 캐릭터가 떠난
캐릭터에 대해 그리워할 만한 무언가가 있어야 한다.

죽음의 디테일

캐릭터의 죽음을 의미 있게 만드는 일이 잘 안 풀린다면
당신에게 죽음이 어떤 느낌인지를 생각해보라. 세상을 떠난
사람과의 소중한 추억을 적어본다. 그 기억에서 끌어낼 수 있는
디테일이 무엇인가?

- 그 사람 하면 떠오르는 냄새
- 그 사람의 습관이나 특징
- 함께 갔던 곳

- 함께 보낸 휴일
- 그 사람이 항상 착용했던 옷이나 보석
- 그 사람에게 중요했던 다른 사람(그리고 그 이유)
- 그 사람이 사랑했던 물건 또는 골동품
- 그 사람이 사랑했던 꽃이나 장식
- 그 사람이 즐겨 먹은 음식이나 마신 음료
- 함께 나눈 농담이나 둘만의 언어

죽음과 감각

독자가 어떤 감정을 느끼게 하려면, 가장 빠른 방법은 글에서 감각을 이용하는 것이다. 우리의 뇌는 정말 놀랍다. 우리가 실제로 행동을 하든 그 행동에 대해 생각하든 뇌의 똑같은 부분이 활성화된다. 장미 향기를 떠올리면 실제로 장미 향기가 코끝을 간지럽힐 때 그 정보를 처리하는 뇌의 영역이 움직인다. 다시 말해서 독자들의 감각을 움직이게 하면 감정 반응을 끌어낼 수 있다. 하지만 대체 어떻게 캐릭터의 죽음에 감각을 이용할 수 있단 말인가? 썩은 살냄새와 부풀어 오른 시체에서 풍기는 가스 냄새를 맡고 싶은 사람이 있을까? 너무 생생했나? 아무튼….

당신의 주인공과 죽은 캐릭터의 관계를 생각해보라. 죽은 캐릭터가 주인공의 특정한 감각을 활성화하는가? 예를 들어, 죽은 캐릭터가 항상 같은 향수를 뿌렸는가?

『에덴 이스트』 시리즈의 두 번째 책에서 트레이(주인공의 로맨스 상대)가 마지막에 죽는다. 주인공 에덴은 트레이에게서 나던 유향 냄새와 여름밤의 냄새를 그리워한다. 그는 비슷한 냄새를 찾으려고 애쓰지만 그러지 못한다. 이 냄새는 주인공에게 끊임없이 상실감을 상기시키고 독자들의 감정도 자극한다.

냄새에만 집착할 필요는 없다. 만약 죽은 캐릭터가 사냥을 즐겼다면 산탄총의 총구가 열리거나 닫히는 소리, 방아쇠 당기는 소리가 남은 캐릭터들에게 영향을 줄 수 있다. 죽은 캐릭터가 엄지를 문지르거나 주인공의 손바닥을 쓰다듬어준 것처럼 촉각을 이용할 수도 있다.

sachablack.co.uk/senses에서 감각을 사용하는 방법을 더 자세히 대해 배울 수 있다. 세 시간 정도의 여러 가지 보너스 영상도 있다.

죽음의
결과

누군가 길 한복판에 쓰러져 미동도 없을 때 뭐라고 말하거나 나서는 사람이 주변에 한 명도 없으면 어떨까? 정상적인 일이 아닌 것처럼 보일 것이다. 소설에서 죽음에 아무런 결과가 따르지 않으면 그렇게 된다. 가장 일반적인 죽음의 결과가 무엇일까? 바로 플롯, 갈등, 감정이다. 하나씩 살펴보자.

플롯 결과

플롯 결과는 죽음이 플롯에 직접적인 영향을 미칠 때 발생한다. 만약 주인공이 꼭 가야만 하는 장소를 유일하게 알고 있는 마법사가 갑자기 죽는다면 주인공에게 큰 문제가 생길 것이다.

가장 중요한 질문은 이것이다. 캐릭터의 죽음이 주인공과 다른 캐릭터들의 목표에 어떤 영향을 미치는가? 죽음이 갈등이나 장애물을 만드는가? 주인공의 가슴에 구멍이 뚫리는가? 주인공의 팀이 인원이 부족해져서 재구성이 필요할 수도 있다. 소설에서 주요 인물이 죽었는데도 아무런 변화도 없어서 죽음을 무의미하게 만드는 경우가 너무 많다.

〈스파이더맨〉에서 벤 삼촌의 죽음은 피터의 세계를 뒤흔든다. 그는 한참 하향 곡선을 그리다가 삼촌을 죽인 살인자를 추적하기 시작하며 의욕을 되찾는다. 여기서 죽음이 초래한 결과는 두 가지다. 첫 번째는 슬픔이라는 감정이고, 그다음은 행동이다. 벤 삼촌의 죽음은 슬프지만 플롯을 전진시킨다.

〈라이온 킹〉에서 무파사의 죽음도 결과를 가져온다. 무파사가 죽고 그의 아들 심바는 살던 곳을 떠나 도망치다 티몬과 품바를 만나게 된다. 이는 심바가 성장하여 캐릭터 아크를 완성하고 아버지를 죽인 원수를 물리치게 해주는 촉매제 기능을 한다.

예상을 뒤엎는 것도 언제든 가능하다. 오히려 그러면 훌륭한 반전이 만들어진다. 이야기에 죽음이 없으면 플롯에 문제가 발생할 수 있는 것도 그 때문이다. 예를 들어, 만약 주인공의 직업이 고도로 훈련된 암살자라면 살인이 감정적인 영향을 초래할 가능성은 낮을 것이다. 하지만 오랜 여정을 거쳐 살인을 그만두고 싶다는 깨달음에 이른 상태라면? '암살'이 플롯 결과를 만들지는 않겠지만 다른 캐릭터를 죽이거나 죽이지 않아 직업에 어떤 결과를 초래할 수 있다. 그리고 만약 살아남은 캐릭터가 주인공에게 복수를 결심한다면? 플롯에 어떤 결과를 초래하든 주인공과 캐릭터들이 넘어야 할 장애물이 생기는 경우가 많다.

갈등 결과

이 결과는 이해하기가 쉽다. 만약 로맨스 상대가 죽으면
주인공은 엄청나게 화가 날 것이다. 주인공과 빌런의 갈등이
고조된다. 물론 프리징은 피해야 한다.

〈다크 나이트 라이즈〉에서 배트맨은 하비 덴트와 레이첼 도스
중 누구를 구할지 선택해야 한다. 배트맨은 레이첼을 사랑하지만
레이첼은 하비와 약혼했다. 배트맨은 하비가 아닌 레이첼을
구하러 갔지만 조커가 그를 속여서 하비를 구하게 되었다.
배트맨이 구하려던 건 레이첼이었기에 이 일로 배트맨과 조커
사이에 큰 갈등이 발생한다.

하지만 죽는 캐릭터가 꼭 로맨스 상대여야 할 필요는 없다.
빌런이 주인공에게 중요한 사람이라면 누구를 죽이든 갈등이
발생한다. 물론 주인공이 누군가를 죽여도 갈등이 일어날 수 있다.
고려해야 할 사항은 다음과 같다.

- ✔ 죽음이 주인공과 캐릭터들에게 어떤 감정을 일으키는가?
- ✔ 죽음의 결과로 캐릭터들이 서로를 원망하거나 부정적인
  감정이 생기게 되는가?
- ✔ 죽음이 누구 탓이며 캐릭터들은 누구 탓이라고 생각하는가?
- ✔ 죽음으로 인해 중요한 정보가 손실되었거나 잘못된 정보나
  오해가 생겼는가?

감정 결과

만약 주인공이 사람을 죽인다면 감정적인 결과가 발생할
가능성이 크다. 누군가의 생명을 앗아간다는 것은 평생 잊을 수

없는 심각한 일이다. 또한 다른 캐릭터가 누군가를 죽였든지 아니면 다른 원인으로 죽었든지 간에 감정적인 반응이 있어야 한다.

우리는 모두 죽음에 대해 우리가 어떻게 반응하는지 알고 있다. 절제력이 강한 사람도 있고 통곡하는 사람도 있을 것이다. 죽음에 어떻게 반응하는 것이 이 캐릭터에게 어울릴지 생각해보라. 성격의 특성이 캐릭터의 정서적 행복에 어떤 영향을 미치는가? 감정적으로 힘든 일을 겪을 때는 또 어떤 영향을 줄까?

모든 인간처럼, 모든 캐릭터는 감정의 기준선을 가져야 한다. 친구, 가족 등 사랑하는 사람을 떠올려보자. 그 사람과의 여러 상호작용을 상상해보라. 분명 그 사람을 묘사하는 감정 단어를 선택할 수 있을 것이다. 평소에 대부분 행복하고 쾌활한 모습인 사람도 있고 우울하고 시무룩한 사람도 있다. 평소 침울한 친구가 갑자기 활기차게 변하면 당신은 눈이 휘둥그레질 것이다. 정말 좋은 일이 생겼거나 속내를 숨기고 있는 거니까.

사이드 캐릭터도 이렇게 날카로운 시선으로 바라봐야 한다. 크게 감정을 자극하는 사건들은 캐릭터를 평소의 감정 상태에서 벗어나게 할 것이다. 하지만 꼭 예측 가능한 경로를 선택할 필요는 없다. 예를 들어, 주인공이 평소 감정 표현을 잘하지 않는 성격이라면 사랑하는 사람이 죽었을 때 평소보다 더 조용해질까, 아니면 정반대로 감정을 분출할까? 아무리 감정 표현이 강하지 않더라도 평소와는 다를 것이다.

7단계 요약

- 캐릭터를 죽이는 잘못된 이유
- 독자를 울리기 위해
- 예상치 못한 충격을 주기 위해
- 다양성 캐릭터라는 이유
- 프리징
- 가짜 죽음

- 캐릭터를 죽이는 정당한 이유
- 캐릭터에게 동기를 부여하기 위해
- 주인공을 어두운 밤으로 내던지기 위해
- 현실적인 플롯 포인트이기 때문에
- 주제를 강조하기 위해
- 이야기의 진전을 위해

- 플롯 이전 죽음은 지금 당신이 읽고 있는(또는 쓰고 있는) 책의 '현재' 이전에 발생한 죽음이다. 사이드 캐릭터의 플롯 이전 죽음은 이야기에 반복적으로 언급되고 문제를 발생시킨다.

- 오프스크린 죽음은 장면에 나타나지 않는다. 칼에 찔리는 모습이나 죽음을 앞둔 힘겨운 숨소리를 독자(그리고 주인공)가 보지도 듣지도 못한다.

- 주요 사이드 캐릭터를 죽일 때 다음의 두 가지가 뒤따라야
한다.
  - 주인공과 다른 사이드 캐릭터들의 강렬한 반응
  - 감정이나 동기부여, 플롯에 따르는 결과

- 캐릭터의 죽음을 의미 있게 하려면 이야기와 연결해라. 만약
이야기의 주제가 복수라면 그와 관련해 죽음을 해석해야 한다.

- 또한 살아 있는 캐릭터가 죽은 이의 특징과 추억, 사소한
행동을 그리워하게 하라.
  - 그 사람 하면 떠오르는 냄새
  - 그 사람의 습관이나 특징
  - 함께 갔던 곳
  - 함께 보낸 휴일
  - 그 사람이 항상 착용했던 옷이나 보석
  - 그 사람에게 중요했던 다른 사람
  - 그 사람이 사랑했던 물건 또는 골동품
  - 그 사람이 사랑했던 꽃이나 장식
  - 그 사람이 즐겨 먹은 음식이나 마신 음료
  - 함께 나눈 농담이나 둘만의 언어

- 죽음으로 인한 감정적 반응이 어떻게 갈등을 일으킬지
생각해본다. 다음의 질문이 도움된다.
  - 죽음이 주인공과 캐릭터들에게 어떤 감정을 일으키는가?
  - 죽음의 결과로 캐릭터들이 서로를 원망하거나 부정적인 감정이
생기게 되는가?
  - 죽음이 누구 탓이며 캐릭터들은 누구 탓이라고 생각하는가?
  - 죽음으로 인해 중요한 정보가 손실되었거나 잘못된 정보나 오해가
생겼는가?

생각해볼 질문

● 당신에게 가장 큰 영향을 준 캐릭터의 죽음은 무엇인가?

● 당신이 쓰고 있는 이야기와 비슷한 장르의 작품에서
나타나는 캐릭터의 죽음을 목록으로 작성한다. 그 죽음에서
무엇을 배울 수 있는가?

Step ›› 8

목숨을 건
싸움

내가 쓴 모든 작법서에는 갈등을 다루는 장이 반드시 들어간다. 왜냐고? 갈등은 변화의 원천이기 때문이다. 갈등은 간단한 공식으로 만들어진다. 문학 용어로 설명하자면, 목표 존재와 목표 달성 방해를 더하면 갈등이 벌어진다. 일단 목표를 만들고, 목표가 이루어지지 못하도록 막아라. 보통 우리는 히어로의 관점에서 목표를 떠올리지만, 이 책에서는 사이드 캐릭터에 집중하자.

그 전에 내가 『히어로의 공식』에서 설명한 것처럼 갈등에는 세 가지 유형이 있다. 첫째로 거시적 갈등이란 디스토피아 소설에서 흔히 볼 수 있는 세계대전이나 사회체제 변혁을 위한 싸움에 해당한다. 둘째로 미시적 갈등은 개인 간의 갈등이다. 다시 말해 캐릭터가 연인, 친구, 가족, 동료, 적대자와 빚는 갈등이다. 마지막으로 내적 갈등이란 갈등의 최소 단위이며 캐릭터가 자신의 약점, 감정, 가치관 사이에서 겪는 갈등이다.

사이드 캐릭터의 유형과 갈등

사이드 캐릭터의 유형과 그들이 갈등에 어떤 식으로 개입하는지 살펴보겠다. 우선 카메오부터 살펴보자.

카메오는 이야기에서 스쳐 지나가는 가장 비중이 낮은 캐릭터다. 따라서 갈등에 미치는 영향이 가장 작거나 아예 없다.

보조 사이드 캐릭터도 그다지 중요하지 않은 부류에 속한다. 하지만 카메오보다는 분량이 많으므로 적어도 가끔은 갈등에 영향을 미칠 수도 있다. 예를 들어 주인공에게 이름을 알려주지 않는다거나 심복에게 불청객의 등장을 알리는 것이다. 이처럼 보통은 그가 일회성으로 전달하는 정보나 취하는 행동을 통해 영향을 끼친다.

주요 사이드 캐릭터는 주인공의 문제에 대한 직접적인 원인이 된다. 그의 대사와 행동, 생각이 주인공에게 상당한 수준의 갈등과 긴장을 유발하거나 간섭해야 한다. 또한 그는 다른 사이드 캐릭터보다 갈등 현장에 모습을 드러내고 개입할 가능성이 크다.

사이드 캐릭터가 자신의 목표를 달성하려는 과정에서 주인공에게 고통이나 공포를 안겨주는 것이 가능한 한 좋다.

갈등의
균형 잡기

갈등은 조금씩 차곡차곡 쌓아나가야 한다. 숨 돌릴 틈도 없이 커다란 갈등이 계속 벌어지면 독자는 정신을 잃을지도 모른다. 이때 사이드 캐릭터의 활약이 필요하다.

『헝거 게임』의 거시적 갈등은 주인공 캣니스와 캐피톨의 갈등이다. 그러나 중간에 사이드 캐릭터가 슬쩍 들어와 미시적 갈등과 내적 갈등을 제공한다. 예를 들어, 캣니스는 헝거 게임이 진행되는 동안 다른 조공인들, 즉 사이드 캐릭터들과 물리적인 싸움을 벌여야 한다. 그리고 피타와 게일 모두에게 마음이 가므로 자신의 감정과도 맞서 싸워야 한다. 내적 갈등의 등장이다.

이렇게 사이드 캐릭터를 사용해서 갈등의 균형을 맞추고 관계적 갈등을 제공해 긴장감과 속도에 변화를 주자.

불가능한 선택

가장 첨예한 갈등은 바로 불가능한 선택, 즉 도무지 결정할 수 없는 선택이다. 동성애자 캐릭터가 보수적인 부모님에게 쫓겨날까 봐 혹은 사랑하는 사람을 잃을까 봐 커밍아웃하지 못하는 경우가 그렇다. 이런 상황에는 최선의 선택이란 없다. 모든 사람을 만족시킬 수 있는 답이 존재하지 않기에 불가능한 선택이다. 독자는 주인공과 같은 상황에 놓이면 자신도 좋은 선택을 할 수 없을 것이라 자연스레 생각하게 된다. 말 그대로 긴장감이 만들어진다. 주인공이 어떤 나쁜 선택을 할지, 그 결정이 어떤 결과로 이어질지 독자가 예측할 수 없기 때문이다. 그래서 불가능한 선택을 적어도 한 가지는 반드시 넣어야 한다.

그런데 주인공이 불가능한 선택에 맞닥뜨려야 한다고 해서 사이드 캐릭터는 그럴 수 없다는 뜻은 아니다. 넷플릭스 드라마 〈오티스의 비밀 상담소〉에서 에릭 에피옹은 오티스의 가장 친한 친구고 주요 사이드 캐릭터다. 동성애자인 그에게는 신앙심 깊은 가족이 있다. 에릭 역시 내가 앞에서 언급한 불가능한 선택에 놓이게 된다.

시간 제한

시간을 제한하면 갈등 수준을 좀 더 끌어올릴 수 있다. 주인공이 곧바로 보물을 찾게 하지 말고, 화산이 폭발하기 전에 보물을 찾게 한다면 액션의 강도가 훨씬 높아진다.

매슬로의
욕구 5단계

매슬로의 욕구 이론은 갈등을 만들 때 활용할 수 있는 소재들로 가득해 이 작업이 훨씬 쉬워진다. 심리학자 매슬로는 1954년에 인간의 모든 욕구를 정리한 이론을 제시했다. 음식, 물, 산소, 추위나 더위로부터의 보호 같은 가장 기본적인 욕구에서 시작해 안전과 소속, 사랑, 자존감 그리고 마지막으로 자아실현의 욕구로 올라간다.

물론 더 높은 단계의 욕구를 활용하여 갈등을 만들 수 있다. 더 높이 올라갈수록 갈등은 더 개인적인 것이 된다. 자아실현은 내적 투쟁이며 개인 잠재력은 외부 요인의 영향을 덜 받는다. 개인적인 용기와 결단력으로 더 많은 것을 얻을 수 있다. 그것은 오직 '자아'에만 영향을 미치는 반면, 음식과 물과 같은 기본 욕구는 세계적으로 보편적인 욕구며 수십억 인구에 영향을 미친다.

이것이 갈등 창조에 어떻게 작용할까? 기본적인 욕구일수록 갈등도 일반적이다. 모든 사람은 물과 음식이 필요하다. 없으면 죽는다. 욕구의 단계가 높아질수록 갈등은 더 내밀해진다. 자아실현이 똑같은 사람은 세상에 한 명도 없다. 어떤 캐릭터는 명문 음악 학원에 입학하고 싶어 하고 또 어떤 사람은 비즈니스를 확장하기를 원할 것이다. 그런가 하면 또 다른 캐릭터의 목표는 애완 개구리가 개구리 올림픽에서 우승하는 것이 될 수도 있다.

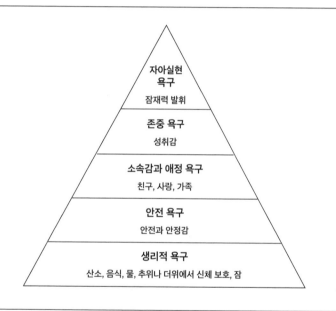

내적 갈등

카메오부터 주요 사이드 캐릭터에 이르기까지 모든 사이드
캐릭터들에게 내적 갈등을 만들어줄 수는 없다. 그럴 만한 시간이
없다. 세상에 톨스토이는 한 명뿐이니까. 당신의 이야기에서 가장
큰 내적 갈등에 직면하는 캐릭터는 주인공이다. 주인공 말고
그 어떤 종류의 갈등을 경험하는 사람은 반드시 주요 사이드
캐릭터야 한다.

상처

상처는 내적 갈등의 훌륭한 원천이 된다. 상처는 캐릭터를 아프게
한 과거의 사건이다. 예를 들어, 사랑하는 사람을 잃었거나 한
사람을 의도치 않게 죽음으로 몰아갔거나 전쟁터에 나갔거나
하는 일들. 충격이 너무 커서 현재 캐릭터의 모습에도 영향을
미치고 '잠재력'을 발휘하지 못한다.

　내가 지금 쓰고 있는 소설 『죽음의 향기』에서 말로리는
형이 죽었을 때 옆에 있었지만 형을 구하지 못했다는 사실을
자책한다. 그래서 사랑하는 사람들을 전부 지켜내야 한다는
책임감이 머릿속에 강하게 자리 잡혀 있다. 그는 주변 사람을
과잉보호하기도 하고, 도움받기를 원하지 않는 사람까지 억지로

294

지키려고 한다. 말로리의 가장 친한 친구 프랭크는 커밍아웃을 두려워한다. 옛날에 부모님이 동성애를 혐오하는 모습을 봤기 때문이다.

주인공의 상처를 설정할 때 가장 중요한 요소는 상처가 현재의 플롯에 영향을 미쳐야 한다는 것이다. 지금 아무런 관련도 없는 상처를 만들어봤자 소용이 없다. 사이드 캐릭터도 마찬가지다. 때에 따라 다르지만, 사이드 캐릭터가 캐릭터 아크를 가졌다면 상처가 필요하다. 상처는 그가 캐릭터 아크를 완성하기 위해 넘어야 하는 장애물을 만들어줄 것이다.

캐릭터가 믿는 거짓말

사이드 캐릭터의 상처는 캐릭터 아크의 완성을 방해하는 거짓말을 만들어낸다. 예를 들어, 말로리는 사랑하는 모든 사람을 구해야 한다고 믿는다. 하지만 모든 사람을 구해야 하는 것도 아니고 모든 사람이 구원을 원하는 것도 아니기에 문제가 된다. 그리고 프랭크는 부모님이 동성애를 혐오하는 모습을 본 뒤로 가족에게 절대로 커밍아웃할 수 없다고 생각한다. 가족들이 그를 받아주고 사랑해줄 거라고 생각하는 대신 잘못된 믿음과 가정을 쌓는다. 이 거짓말은 그가 사람들과 친밀하고 진실한 관계와 유대감을 쌓는 것을 막는다.

브리짓의 로맨스 상대는 마크 다아시다. 브리짓은
다니엘 클리버에게 마크가 거짓말쟁이고 바람둥이라는
말을 듣는다. 브리짓은 그 거짓말을 믿어서 더 이상
마크와 함께할 수 없다고 생각한다.

상처를 눈에 띄게
표현하라

모든 상처는 캐릭터에 영향을 끼친다. 결함을 만들어서 그가
목표를 이루지 못하게 방해한다. 하지만 그것은 명백하게
드러나는 표면적인 수준일 뿐이다. 좀 더 깊이 들어갈 순 없을까?
상처가 이중의 효과를 거두게 하거나 이야기의 다른 측면과
연결할 수는 없을까?

　항상 가능하지는 않지만, 주인공과 사이드 캐릭터가 과거의
사건이 벌어질 당시 한자리에 있게 하는 것도 상처를 활용하는
방법이다. 사이드 캐릭터가 자신이 아는 내용을 이용하여
현재를 휘저을 수 있다. 과거에 일어난 일에 대해 캐릭터들 간의
의견이 다를 수도 있다. 사이드 캐릭터는 그 일은 주인공의
잘못이라고 생각하겠지만, 주인공은 그가 다르게 대처했어야
한다고 생각할지 모른다. 아니면 사이드 캐릭터가 스스로 자신을
탓하고 공포심에 사로잡혀서 주인공과 충분히 교감하지 못할
수도 있다. 주인공이 상처 입은 순간 그 자리에 없었던 사이드

캐릭터를 등장시키면 다양한 갈등을 만들어낼 수 있다. 예를 들어, 주인공이 사이드 캐릭터 A와 함께 그 사건을 경험한 후 둘 사이가 가까워져서 주인공을 사랑하는 사이드 캐릭터 B가 불만을 품게 될 수 있다.

하지만 상처가 생긴 지 오래 지난 후에야 캐릭터들이 만나는 경우도 있다. 리 바두고의 『식스 오브 크로우스』에서 카즈는 항상 장갑을 끼고 다닌다. 그가 절대로 장갑을 벗지 않는 이유에 대해 온갖 터무니없는 소문이 떠돌며 '더티 핸드'라는 별명이 생길 정도다. 그러나 사실 장갑은 그의 상처를 상징한다. 어릴 때 아버지와 형은 일찍이 목숨을 잃었고 그 역시 죽을 뻔했다. 눈을 떠보니 선박 화장장에서 피부가 썩어 부풀어 있는 시체들 사이에 누워 있었다. 그 후 그는 피부의 촉감을 견디지 못해 장갑을 끼게 된다. 이렇듯 카즈의 상처는 눈에 보이는 유형으로 남았다. 다른 사람들은 카즈의 장갑에 가벼운 호기심을 보이거나 나쁘게 이야기한다. 게다가 그는 로맨스 상대 이네즈를 만질 수 없기에 관계를 제대로 맺지 못한다.

이네즈는 사창굴에서 일하며 정신적 트라우마뿐 아니라 몸의 흉터도 남았다. 노예로 구분하는 문신을 지워서 생긴 것인데, 이 흉터는 나중에 이네즈가 교도소에 몰래 들어가기 위해 같은 사창굴 출신인 척할 때 문제가 된다. 문신을 다시 그리지만 결국 발각된다. 이네즈의 상처가 아직 회복되지 못한 것을 상징하는 상처다.

〈토이 스토리〉에서 버즈 라이트이어의 상처는 우주복 헬멧을 통해 드러난다. 그는 항상 헬멧을 착용하는데, 그것은 우주 특공대를 향한 그의 열망과 우주에 갈 수 없다는 사실을 동시에 나타낸다. 버즈는 진실을 깨닫고 장난감으로서의 삶을 받아들이고 나서야 비로소 헬멧을 올린다.

상처와 갈등

주인공이든 사이드 캐릭터든 자신의 결함에 맞설 때 벌어지는 갈등이 가장 좋다. 앞에서 언급한 카즈는 가족을 죽음으로 몰고 간 자에게 복수하기 위해서 큰돈이 필요하다. 경비가 삼엄한 교도소에서 죄수를 탈옥시키면 수백만 파운드를 벌 수 있다. 그러나 감옥에 들어가려면 장갑을 벗어야만 한다. 이처럼 상황과 상처를 교묘히 엮어서 갈등을 만들 수 있다.

내적 갈등의 유형

사랑
사랑은 가장 쉽게 떠올릴 수 있는 플롯 아이디어일 것이다. 사이드 캐릭터는 주인공의 연애사에 쉽게 개입할 수 있다. 주인공과 연애할 수 있고, 비밀과 거짓말 또는 잘못된 정보를 퍼뜨리거나, 단순한 의사소통의 오류를 초래할 수도 있다.

주인공이 사랑하는 사람과 사귈 수도 있다. 청소년 로맨스 장르에서 흔하게 나타나는 트롭이다. 〈퀸카로 살아남는 법〉에서 주인공 케이디 헤론은 같은 학교의 미식축구 선수를 좋아하게 된다. 그 남학생이 친구 레지나 조지와 사귄다는 것을 알면서도 그와 하룻밤 자고 싶을 수도 있다. 이런 골칫거리라면 환영이다!

가치관

가치관이 다른 사이드 캐릭터는 갈등을 만들기에 안성맞춤이다. 가치는 그 사람에게 큰 의미와 중요성을 가진다. 우리도 마찬가지로 자신의 가치관에 반대하는 사람이 있으면 발끈하는 경향이 있다. 특히 빌런은 더더욱 그렇다. 한니발 렉터에게 무례하게 굴면 바로 그의 저녁상에 오를 것이다.

사이드 캐릭터들 간의 도덕과 윤리관을 서로 충돌하게 할 수 있다. 예를 들어 어떤 사이드 캐릭터가 인권을 중시하는데, 다른 캐릭터는 낙태나 안락사에 찬성하지 않을 수 있다. 아니면 주인공과 사이드 캐릭터가 서로 대립하게 만들어도 된다. 두 사람은 인권을 중시하지만, 한 명은 '모든' 사람의 권리가 중요한 것은 아니라고 생각한다면 당연히 갈등이 발생할 것이다.

신념

종교적 신념이든 집안 신념이든 갈등을 초래할 수 있다. 고리타분하고 보수적인 집안 출신의 캐릭터가 현대적이고 자유로운 환경에서 자랐다면 자신의 욕구와 가족의 신념 사이에서 갈등할 것이다.

이미지

현대나 고등학교 배경의 이야기 또는 로맨스에 적절하다.
너무도 많은 사람이 외모에 대한 잘못된 고정관념에 빠져 있다.
타인의 시선이 두려워 마음을 열거나 교감하는 것을 어렵게
만든다. 캐릭터가 거짓말을 하거나 남의 말을 오해할 수도 있다.

종교

대상이 무엇이든 믿음을 지속하기는 쉽지 않다. 종교 자체로
내적 갈등이다. 로맨스는 종교와 충돌할 때가 많다. 사랑에 빠진
두 사람의 배경이 서로 다르면 그렇다. 신앙에 대한 의문, 과학
대 종교, 현대사회적 가치 대 전통 종교적 가치는 모두 갈등을
초래한다.

정치

공화주의 대 민주주의 혹은 보수주의 대 자유주의처럼 널리
알려진 정치를 사용하지 않아도 된다. 새로운 정치 체제를
만들어서 캐릭터의 도덕관을 그 체제와 대립시킬 수도 있다.

실존

대다수가 실존적 위기를 경험하며 궁극적인 내적 갈등에
해당한다. 나는 왜 여기 있는가? 무엇을 해야 하는가? 삶에 과연
의미가 있을까? 이 질문들은 위기에 처한 캐릭터가 잘못된
선택을 하게 만드는 좋은 방법이다.

미시적 갈등

미시적 갈등은 내적 갈등보다 대인 관계적인 형태를 띤다.
캐릭터가 연인이나 친구, 가족, 동료, 적처럼 개인 간에 벌이는
갈등이다. 내적 갈등처럼 내면에 집중하는 것이 아니라, 외부 세계
두 명 이상의 캐릭터 사이에 생긴다. 예를 들어 『해리 포터』에서
헤르미온느와 론은 서로에게 끌리지만 그 사실을 인정할 수
없어서 벌이는 말다툼은 일종의 미시적 갈등이다.

　앞에서 언급한 내적 갈등의 유형은 미시적 갈등에도 모두
해당한다. 예를 들어, 정치는 내적 갈등뿐만 아니라 등장인물들
사이에서 미시적 갈등을 일으킨다. 한 캐릭터의 정치관이 그의
도덕성과 어긋나는 것이 아니라, 다른 캐릭터의 정치관과
충돌하게 하라.

미시적 갈등의
결과

내적 갈등과 마찬가지로 모든 미시적 갈등에는 반드시 결과가
따라야 한다. 일반적으로 결과는 긍정적이거나 부정적인 두
가지 형태로 나타난다. 그리고 전체 비중의 4분의 3 이상 대부분
부정적이어야 한다. 부정적인 결과는 플롯에 복잡성을 더해

액션이 일어나게 하고 주인공을 향해 데려간다.

그럼 결과는 어떤 모습일까?

아이를 야단치는 부모를 상상해보자. 큰 벌을 내리기 전에 아이의 취향과 관심사를 파악해야 한다. 집에서 닌텐도 스위치를 가지고 노는 걸 더 좋아하는 아이에게 한 달 동안 공원에 갈 수 없다고 한들 소용없다. 닌텐도 스위치를 표백제에 넣고 그 망할 물건을 녹여버리는 것이 훨씬 더 효과적인 벌이다.

핵심은 갈등의 결과가 캐릭터에게 의미가 있어야 한다는 것이다. 캐릭터에게 무엇이 중요한가? 그것을 결과로 치르게 하라. 그는 무엇을 이루려고 하는가? 그것을 이루기가 훨씬 어려워지게 하라. 캐릭터가 모르도르로 가는 대대적인 여행길에 나섰는가? 쉬운 길을 막아 먼 길로 가게 하라.

자, 그럼 결과에 대한 아이디어를 몇 가지 소개한다.

- 관계, 우정, 연인의 상실
- 더 어렵거나 더 오래 걸리거나 더 복잡한 여정
- 마법, 권위, 힘의 상실
- 정보의 손실 또는 회복 불가
- 필요한 물건의 분실 또는 회수 불가
- 자신감 같은 긍정적인 자아 가치의 상실
- 거주지, 안전, 식량 공급원의 상실

미시적 갈등을
현실적으로 표현하기

미시적 갈등을 만들 때는 현실성을 반드시 고려해야 한다.
갈등은 깊고 강렬하고 의미 있어야 한다. 보통 작가들은 갈등이
히어로와 빌런에게만 의미 있는지만 신경 쓴다. 하지만 미시적
갈등은 사이드 캐릭터까지 확장되며 결코 중요성이 덜하지도
않다. 그러므로 두 캐릭터는 만약 이 싸움에서 진다면 광장에서
엉덩이를 맞고 토마토 세례를 받고 목을 매달고 내장을 꺼내고
사지가 찢기는 벌을 받게 될 것처럼 진심으로 싸워야 한다.

그러면 어떻게 그 정도로 강렬한 갈등을 만들 수 있을까?

구체성

어떤 갈등이든 구체적일 필요가 있다. 갈등이 일반적일수록
공감하기가 더욱 어렵다.

지구 온난화는 생명을 위협할 수도 있는 걱정스러운 문제다. 그
문제를 끝내려면 사회가 하나로 뭉쳐야 하는데 그렇지 않고 있다.
왜일까? 충분히 구체적이지 않기 때문이다. 물론 지구의 온도가
올라가면 만년설이 더 많이 녹고 우리는 산에서 허우적거리며
죽을 것이다. 심각성을 어느 정도 이해는 하면서도 지금 당장은
눈에 보이는 위협으로 여기지 않는다.

만약 만년설이 녹아버린 지구 종말 배경의 이야기를 쓴다면
어떨까? 일단 상황이 매우 구체적이다. 두 캐릭터가 똑같은
환경에 처해 있지만 대처법에 관한 생각이 서로 다를 수 있을

것이다. 그리고 그것은 그 이야기 속을 살아가는 모든 사람에게 적용된다. 그럼에도 충분히 구체적이지 않은 것은 여전하다. 여기서 좀 더 디테일하게 해보면 어떨까?

캐릭터 A가 만년설이 녹는 것을 막는 방법을 내놓아 환경상을 받으려고 애쓴다고 해보자. 캐릭터 B는 그 상을 폐지하려고 한다. 아버지가 상을 타려다 돌아가셨기 때문이다. 이처럼 미시적 갈등은 캐릭터들 간의 관계를 구체적이고 서로 관련되게 설정할수록 좋다.

의미

미시적 갈등은 특정한 캐릭터에 고유할 뿐 아니라 관련 인물에게 어떤 의미가 있어야 한다. 앞에서 언급한 B가 만약에 아버지와 사이가 나빴다면 환경상 따위에 조금도 신경 쓰지 않을 것이다. 그에게 큰 의미가 없기에 갈등은 추진력을 잃는다. 다시 말해 미시적 갈등은 두 캐릭터에 특정할 뿐만 아니라, 반드시 그들에게 의미가 있어야 한다.

주제의 연결성

미시적 갈등에 활력을 더하고 싶으면 주제와 연결하라. 예를 들어 영화 〈G.I. 제인〉의 주제는 페미니즘이다. 제인의 상관은 그가 단지 여자라는 이유만으로 얕잡아보고 무시하며 괴롭힌다. 영화 내내 그는 상관에게 인정받으려고 싸우고 또 싸운다. 그는 전쟁터 한복판에서 부상을 입은 상관을 안전한 곳으로 옮겨 구조한다. 결국 그는 승리했고 강한 사람으로 인정받는다.

미시적 갈등의
원인

가족

    사이드 캐릭터로 미시적 갈등을 만드는 가장 쉬운 방법은
가족을 활용하는 것이다. 알다시피 형제자매는 자주 싸운다.
애증이 그 관계의 탄탄한 토대를 이룬다. 함께 레고를 가지고
놀면서 탑을 잘 쌓고 있나 싶다가도 어느새 날카로운 레고
조각으로 서로를 때리며 누가 피를 많이 흘리게 하는지
겨루기라도 하는 모습이다. 마블 영화 〈토르〉의 로키와 토르는
형제간의 경쟁을 재미있게 보여준다. 『나니아 연대기』의
에드먼드와 루시는 또 어떤가. 『왕좌의 게임』의 라니스터 가족도
형제자매 간에 피 튀기는 치열한 경쟁이 벌어진다. 성경의
창세기에 나오는 카인과 아벨은 가장 오래된 형제간의 경쟁이다.

비밀과 거짓말

    비밀과 거짓말은 캐릭터와 독자를 모두 돌아버리게 만든다. 이
비열한 수수께끼는 분명히 독자로 하여금 달콤한 것을 좋아하는
아이가 사탕을 삽으로 퍼서 먹는 것보다 더 빠르게 책장을
넘기도록 할 것이다.

    비밀로 갈등을 만든다면 캐릭터가 비밀을 지키거나 폭로하게
하는 두 가지 방법을 사용할 수 있다. 비밀의 원칙은 모두
거짓말에도 똑같이 적용할 수 있으니 굳이 따로 설명하지는
않겠다. 그도 그럴 것이 비밀의 결과는 주로 거짓말이기 때문이다.

비밀과 거짓말은 커다란 갈등의 고리에서 서로가 서로를
따라다닌다.

비밀 유지

비밀은 가능한 한 오랫동안 은밀히 숨겨야 한다. 캐릭터가
비밀을 알아차리자마자 폭로해버리는 일은 절대로 없어야 한다.
단서를 조금씩 흘려 암시하며 캐릭터가 비밀을 지키느라 갈등이
벌어지고 곤란해지게 만들어라. 진실이 나중에야 밝혀지게 하라.
독자는 '모르는' 진실을 파내고 싶어서 계속 책장을 넘기게 된다.

하지만 비밀 유지에 따른 결과가 없으면 플롯에 도움이
되지 않는다. 캐릭터들이 비밀을 지키기가 절대 쉽지 않아야
한다. 그들의 삶에 혼돈이 일어나야 한다. 〈프리즌 브레이크〉의
마이클은 형을 탈옥시키려는 비밀을 들켜서 원수와 힘을 합치게
된다. 누군가의 비밀을 알아내고 협박하는 것은 전형적인 빌런의
행동이다.

비밀 유지가 캐릭터에게 어떤 결과를 초래하는지 한번
생각해보라. 다음은 몇 가지 예다.

- 거짓말을 위한 거짓말을 해야 한다.
- 사랑하는 사람이나 거짓말하지 않기로 약속한 사람을 속인다.
- 너무 많은 거짓말을 해서 혼란스럽다.
- 비밀을 위해 살인을 한다.
- 비밀을 지키기 위해 자신의 도덕성에 반하는 행동을 한다.
- 비밀을 지켜야 할지 진실을 밝혀야 할지 고민한다.
- 죄책감에 시달린다.

• 비밀을 지키기 위해 속해 있던 집단에서 쫓겨난다.

비밀 누설

대부분 소설에서는 비밀 유지만큼이나 누설도 중요하다.
예외가 있다면 소설이 시리즈인 경우다. 이때는 비밀이 풀리지
않은 채로 다음 책으로 넘어가야 한다. 그런 게 아니라면 소설에서
비밀은 밝혀지라고 있는 것이다. 체코프의 총이라고 생각하라.
총이 등장했다면 쏴야 하고, 비밀 역시 생겼다면 밝혀야 한다.

작가들은 사랑하는 주인공에게 고통을 주기 싫겠지만 내
포효를 잘 들어라. 비밀이 밝혀지기 가장 좋은 시점은 그것이
가장 큰 피해를 줄 때다. 캐릭터가 어떤 관계를 유지하기 위해
비밀을 지켜왔는가? 그러면 두 사람이 싸울 때 비밀이 밝혀져서
관계를 위태롭게 만든다.

다른 고려 사항은 비밀이 밝혀진 뒤의 개인적 또는 감정적
변화다. 캐릭터들 간의 관계에 불화가 생길 수 있지만, 비밀을
밝힌 캐릭터는 더 이상 비밀을 지키지 않아도 되기에 깊은
안도감을 느끼기도 한다.

아니면 주인공 모르게 독자에게만 비밀을 드러낼 수도 있다.

어떻게 하면 될까?

여러 시점에서 글을 쓰면 놀라울 정도로 쉽다. 관점을 바꿔서
다른 사이드 캐릭터의 시점을 통해 비밀을 드러내면 된다. 하지만
만약 시점이 하나밖에 없거나 일인칭시점일 때는 확실히 더
어렵다. 그렇다면 복선을 활용해 독자에게 암시할 수 있다. 예를
들어, 어두운 하늘, 뿌연 안개, 스산하고 축축한 바람 같은 상징은
독자에게 주인공이 깨닫지 못하는 정보를 알려준다. 이 모든 것은

본질적으로 하위 텍스트며, 작가가 행간을 통해 독자에게 전하는 정보다.

경쟁

경쟁은 미시적 갈등을 만드는 확실한 방법이다. 주인공 대 사이드 캐릭터든 사이드 캐릭터 대 사이드 캐릭터든 경쟁 자체에 갈등이 포함된다. 시합에서 승자는 한 명뿐이다. 캐릭터들은 승리를 위해 목숨 걸고 싸워야 한다. 『헝거 게임』을 보라. 물론 작가가 원하지 않는다면 꼭 죽음까지 걸 필요가 없지만 판돈이 높아야 한다. 캐릭터는 이기기 위해서 나쁜 일이든 좋은 일이든 짓궂은 일이든 뭐든 닥치는 대로 하려고 해야 한다. 그들이 원하는 보상은 경쟁에 참여하는 캐릭터들과 모두 관련 있고 구체적이어야 한다. 다시 말해 모두 승리를 쟁취하려는 타당한 동기가 있어야 한다.

의심

사이드 캐릭터는 주인공에게 의심을 일으키는 좋은 방법이다. 숨긴 정보나 곁눈질, 피하는 눈길, 제삼자에게 하는 귓속말, 일부러 주인공을 따돌리는 것만으로 충분하다. 주인공은 갑자기 편집증에 사로잡힐 것이다. 이 기술을 자유롭고 규칙적으로 사용하면 독자가 좋아할 것이다.

오해와 가정

내가 캐릭터를 만들 때 가장 좋아하는 도구인데 실제로 많은 사람이 오해하고 가정하기 때문이다. 대사가 아니라 묘사와 설명에 거짓말을 넣으면 독자가 주인공 또는 내레이터가 느끼는 감정을 알 수 있는 한편 다른 캐릭터들에게 숨길 수 있다. 이 전략은 캐릭터 간에 오해가 생기고 긴장감이 커지게 해준다.

또한 중단interruption 기술은 오해를 만드는 중요한 열쇠가 된다. 주인공의 애인이 미식축구부 남학생과 진한 키스를 한 사실을 설명하고 있다고 하자. 그러나 도중에 다른 사이드 캐릭터나 주인공, 어떤 사건에 의해 충분히 설명하지 못한다. 키스를 한 이유에 대해 제대로 설명을 듣지 못한 주인공이 잘못된 결론을 도출한다.

그 외에도 오해는 여러 가지 형식으로 가능하다. 몇 가지 유용한 아이디어를 소개한다.

- 두 캐릭터의 대화가 끝난 후에 남는 단순한 오해
- 앞으로 나아갈 방향이나 누군가의 행동과 말에 대한 전면적인 의견 불일치
- 거짓말로 인한 오해
- 서로 다른 목적으로 이루어지는 두 캐릭터의 대화
- 잘못 해석된 암호로 말하는 것
- 의도적으로 생략한 정보로 상대방이 잘못된 가정을 하는 것

거시적 갈등

단어 중독자들이여, 우리는 지금 갈등의 '빅 리그'에 와 있다. 이
유형의 갈등은 사이드 캐릭터와 연결하기가 가장 어렵다. 사람
대 사람이 아니라 세상을 마주하는 갈등이기 때문이다. 사이드
캐릭터라면 앞에서 다룬 내적 갈등과 미시적 갈등이 더 중요하다.
하지만 세상이 사이드 캐릭터와 비슷한 역할을 할 수 있으니 이
종류의 갈등에 대해서도 살펴보기로 하자.

거시적 갈등의
문제

거시적 갈등은 얼굴 없는 크고 나쁜 늑대며 대기업과 비슷하다.
빌런이 누군지 정확하게 꼬집을 수는 없지만 많은 캐릭터가
피해를 당한다. 이야기 속에 전쟁을 일으킬 때는 유용하지만
개별적인 사이드 캐릭터를 갈등에 끌어들이는 데는 그리
효과적이지 못하다. 무형의 특징이 강하고 일반적이기 때문이다.
따라서 사이드 캐릭터가 거시적 갈등에 개입하는 이유를
확실하게 정하는 것이 중요하다.
　『헝거 게임』을 예로 들어보자. 주인공 캣니스가 사는 세계의
수도 캐피톨이 진짜 빌런이다. 캐피톨은 차별, 죽음, 통제,

희생처럼 어두운 가치를 옹호한다. 책의 주제는 희생이고 캐피톨은 해마다 TV로 방영되는 게임 쇼를 위해 모든 구역에 두 명의 아이를 희생시킬 것을 요구한다. 이 게임은 참가자들 간에 미시적 갈등을 일으키기도 하지만 거시적 갈등의 씨앗을 뿌린다. 그 씨앗은 시리즈의 마지막에서 절정이 되는 캣니스와 캐피톨의 싸움이 된다.

거시적 갈등이 캣니스와 사이드 캐릭터들에 국한되는 몇 가지 예가 있다.

- 가장 일반적인 연관성은 캐피톨은 게임이 진행되는 동안에도, 끝나고 나서도 캣니스를 죽이려고 한다.
- 좀 더 구체적으로, 캐피톨은 캣니스가 사는 구역에 공급되는 식량과 자원을 통제한다. 캣니스가 사랑하고 아끼는 모든 사람이 캐피톨의 손바닥에 놓여 있다는 것을 뜻한다. 주요 사이드 캐릭터인 피타와 게일도 포함된다.
- 가장 구체적으로 말하자면, 캣니스의 여동생이 여러 번 위협받는다. 처음에 조공인으로 선택되고 나중에는 캐피톨과 전쟁 때문에 목숨을 잃는다.

거시적 갈등의 다른 형태로는 종교, 권력 투쟁, 사회 또는 정부, 세대 또는 유산 문제, 역사적 사건과 전통, 자원 손실이 있다.

거시적 갈등을
주제와 연결하라

거시적 갈등에 대해 마지막으로 할 말은 이야기의 주제와
연결하는 것이 중요하다는 점이다. 전체적인 주제나 메시지와
연결할 수 없다면 아무리 거대한 전쟁도 소용없다. 『헝거 게임』의
주제는 희생이고 빌런은 아이들의 희생을 요구한다. 캣니스와
동료들은 사랑하는 사람을 잃고 승리를 위해 수많은 희생을
치른다. 그런가 하면 캐피톨은 오직 부를 지키기 위해 사람들을
희생시킨다. 이처럼 희생이라는 주제가 모든 부분과 이어져 있다.
　거시적 갈등을 만들 때 다음과 같은 질문을 고려해보면 좋다.

　　✔ 갈등이 주인공과 사이드 캐릭터에 어떤 영향을 미치는가?
　　✔ 주인공과 사이드 캐릭터가 이 갈등에 왜 신경 쓰는가?
　　✔ 거시적 갈등이 주제와 어떻게 연결되는가?
　　✔ 사건을 통해 그 연결성을 어떻게 표현할 수 있는가?
　　✔ 이 거시적 갈등에서 승리하는 것은 주제에 무엇을
　　　의미하는가?

클라이맥스

이 책의 주인공은 사이드 캐릭터지만 안타깝게도 이야기의 클라이맥스는 히어로의 차지다. 사이드 캐릭터도 클라이맥스에 어느 정도 관여할 수 있지만 가장 중요한 역할을 맡아서는 안 된다. 사이드 캐릭터는 빌런과의 최후 결전에 나갈 수 없고 빨간 버튼을 누를 수도 없고 사악한 악마를 벨 수도 없다. 왜냐고? 클라이맥스는 주인공의 결말이다. 모든 일이 주인공을 위해 지금 이 순간에 이른 것이다. 사이드 캐릭터를 위한 순간이 아니다. 미안하지만 히로인의 여정에서도 그렇다.

그렇다면 사이드 캐릭터는 어떻게 클라이맥스에 관여할 수 있을까?

- 주인공이 이야기의 클라이맥스로 나아가도록 돕거나 압박한다.
- 다른 한편으로 그는 주인공이 이야기의 결말에 이르지 못하도록 방해하고 주의를 분산시키거나 끌어당길 수 있다. 이 경우 사이드 캐릭터는 이야기의 클라이맥스에 부정적인 영향을 받는다. 그것은 주인공이 한 선택의 결과일 때가 많다.
- 이야기의 클라이맥스에 관여하지 않지만 책의 앞부분에서 복선 같은 장치를 통해 상징적으로 표현할 수 있다.
- 주인공이 목표를 달성하도록 유용한 정보나 지식 또는 물건을 제공한다.

마지막 부분이 가장 중요하다. 모든 사이드 캐릭터는 주인공이 목표를 이루도록 도와준다. 목표 클라이맥스에서 사이드 캐릭터는 주인공의 성공을 돕는 데 초점을 맞춰야 한다.

사이드 캐릭터의 마무리

사이드 캐릭터 아크는 이야기의 클라이맥스를 제외한 어느 곳에서도 끝낼 수 있다. 물론 클라이맥스의 결과로 완성되기도 한다. 사이드 캐릭터의 아크를 클라이맥스 바로 이전에 끝내고 싶은가? 좋다. 일부 사이드 캐릭터는 그 결과로 포장될 수 있다. 마지막 전투에서 목숨을 잃는 방법도 괜찮다. 이야기의 정점은 주인공을 위해 남겨둬야 한다는 것만 기억하면 된다.

8단계 요약

- 갈등의 유형
- 거시적 갈등은 세계대전과 같이 규모가 크고 외부 세계에 초점이 맞춘 갈등이다.
- 미시적 갈등은 두 명 이상의 캐릭터들 간의 싸움, 논쟁, 갈등이다.
- 내적 갈등은 자신과의 싸움, 가장 내밀한 갈등이다.

- 갈등과 사이드 캐릭터는 차등제와 같다. 일반적으로 덜 중요한 사이드 캐릭터일수록 그들이 일으키는 갈등의 크기도 작다. 다시 말해 주요 사이드 캐릭터일수록 대포알을 안고 싸움에 끼어든다.

- 갈등을 계층화하고 균형 조정하라. 모든 사이드 캐릭터 유형의 갈등 요소가 이야기에 들어가야만 전체적으로 더 균형 잡힌 소설이 만들어진다.

- 매슬로의 욕구 5단계를 참고하여 당신의 소설에 필요한 기본적인 갈등 유형을 만든다.

- 구체적인 시간 제한은 플롯의 위기감을 높이는 좋은 도구가 된다.

- 내적 갈등의 일반적인 원인은 마음의 상처다. 상처를 물리적으로 나타내는 방법도 있다. 가치관의 대립 역시 내적 갈등에 흔히 쓰인다.

- 갈등에는 좋든 나쁘든 반드시 결과가 따라야 한다.

● 내적 갈등은 사랑, 가치관, 신념, 이미지, 종교, 정치 그리고 실존적 위기에서 비롯된다.

● 비밀과 거짓말은 미시적 갈등의 좋은 원인이 된다. 비밀을 지키는 것이나 비밀을 발설하는 것 모두 그렇다. 미시적 갈등의 다른 원인에는 의심, 경쟁, 오해, 가정, 가족이 있다.

● 갈등을 현실적으로 표현하려면 캐릭터들에게 의미가 있고 책의 주제와도 연관 있어야 한다.

● 거시적 갈등은 캐릭터를 갈등에 끌어들이는 데는 별로 효과적이지 않다. 눈에 잘 보이지 않고 일반적이기 때문이다. 따라서 캐릭터가 거시적 갈등에 개입하는 이유를 확실하게 정하는 것이 중요하다.

● 거시적 갈등을 주제와 연결하며 다음 질문들을 떠올려보자.
· 갈등이 주인공과 사이드 캐릭터에게 어떤 영향을 미치는가?
· 주인공과 사이드 캐릭터가 이 갈등에 왜 신경 쓰는가?
· 거시적 갈등이 주제와 어떻게 연결되는가?
· 사건을 통해 그 연결성을 어떻게 표현할 수 있는가?
· 이 거시적 갈등에서 승리하는 것이 주제 면에서 어떤 의미가 있나?

생각해볼 질문

● 당신이 쓰는 이야기와 비슷한 장르의 작품에서 거시적,
미시적, 내적 갈등이 나오는 예를 찾아보자.

● 좋아하는 작품에 나오는 갈등을 분석해보자. 어떤 부분이
흥미를 끌고, 무엇이 당신을 사로잡는가?

이 책은 죽지 않는다

어떤 책들은 죽지 않는다. 이 책도 그런 책이었다. 첫 번째 책은 빌런에 관한 책이었고 무사히 나왔다. 분량은 전혀 예상할 수 없었는데 아주 짧은 책이었다. 진통 세 시간 만에 손쉽게 낳은 거나 다름없었다.

히어로에 관한 두 번째 책도 분량이 거의 비슷했다. 두 번째 책이라 복잡한 마음과 싸우면서 처음보다는 힘들게 낳았다.

문체에 관한 그다음 책은 정말 악랄한 녀석이었다. 발길질하고 비명을 지르며 세상에 태어났다. 스테로이드 먹은 바이러스처럼 힘이 장사였다. 만만치 않은 녀석이라는 건 처음부터 알고 있었다.

하지만 이 책은, 정말로 장난이 아니었다. 짓궂은 걸 떠나서 아주 사악한 녀석이었다. 사이드 캐릭터들이 슬금슬금 다가와 소제목과 챕터를 야금야금 늘려야 했다. 중간에 흥미로운 기사나 책을 계속 접하면서 분량도 계속 늘어났다. 사이드 캐릭터를 다루는 이 '작은' 책은 처음에 4만 단어 정도를 예상했지만 결국은 8만 단어까지 늘어났다. 글을 쓰는 동안 슬픔과 부정과 분노, 노트북 째려보기 단계를 여러 번 거쳤다. 도무지 끝날 조짐이 안 보였다. 마침내 원고를 다 쓰고 사무실 바닥에 조용히 누워 순전히 안도감에서 눈물을 흘렸다.

책을 쓰는 것은 놀라운 일이다. 힘들지만 세상에서 가장 재미있는 일이다. 책들의 성격이 저마다 다르다는 사실이 정말 좋다. 이 책을 조심해라. 잘못하면 물린다.

사샤 블랙

감사의 말

이 책을 팬데믹이 한창일 때 썼습니다. 많은 사람이 창의성이 약해져서 고군분투하는 시기에 말이죠. 매일 함께 달리는 친구들이 없었다면 절대로 쓸 수 없었을 겁니다. 댄 윌콕스, 캐틀린 던컨, 크라이스 케인. 여러분은 내가 계속 달리게 해주고 내 헛소리를 지적해주고 내 안의 경쟁 정신을 격려해주었습니다. 많은 격려가 되었어요. 친구의 존재가 그 어느 때보다도 중요해진 요즘 같은 시기에 정말 고맙습니다. 아침에 같이 달리기하는 친구들과 베카 심의 사무실을 자주 이용하는데 조용해서 일하기도 좋지만 익숙한 얼굴들을 매일 볼 수 있어서 좋습니다.

나의 글쓰기 친구 헬렌 J, 수지, 헬렌 S, 제나! 내가 정신을 꼭 붙들고 있게 해줘서 고마워!

물론, 신경증 환자인 나를 참아주고 꿈을 좇도록 격려해주는 나의 배우자에게도 고맙습니다. 그리고 내가 글을 쓰는 이유이기도 한 아들아, 네가 유튜버가 되고 싶든 우주 비행사나 수의사가 되고 싶든, 큰 꿈을 갖고 열심히 노력하면 불가능이란 없다는 사실을 내가 너에게 보여줄 수 있다면 좋겠구나. 아들아, 가능하면 세계 정복을 꿈꾸도록 해라.

지식과 지혜를 인용할 수 있게 해주신 작가님들께도 감사드립니다. 특히 제프 엘킨스, 안젤린 트레베나에게 감사를 전합니다.

페이스북 Rebel Author 그룹 친구들, 항상 지지해주고 관심을 가져주어서 고맙습니다. 여러분과 함께라 매주 더 열심히 재미있게 일할 수 있었습니다. 나의 끊임없는 질문에 답해주고 아이디어를 내주어서 정말 고맙습니다.

나의 후원자들 오르나, 아이시, 톰, 크리스틴, 매트, 데이지, 패트릭, 셰이, 사라, 에이미, 앨리슨, 아리앤, 홀리, 줄리아, 야니, 안젤라, 페이, 케이틀린, 다니엘, 캐리, 스티븐, 베어, 재키, 캐리, 제이, 레이, 데니스, 윌리엄, 메리, 스테이시, 르네, 헤더, 신디, 할리, 주네타, 엠마, 제프, 빅토리아, 마커스, 자넬, 크리스, 캐시, 나오미, 헬렌, 니콜, 마티나, 잭슨, 스탠리, 해리, 스콧, 지아닌, 자스민, 젠, 노엘, 네이선, 모닌더, 헤더, 케이트, 린, 타우나, 제니퍼, 셸리, 스테파니, S.W., 로라, 매티, 루시, 이든, 모닌더.

여러분의 변함없는 지원에 감사드립니다. 여러분 덕분에 내가 하는 일이 중요하다는 걸 느낍니다. 이 고마움을 말로 다 할 수 없습니다.

그리고 독자 여러분, 이 책에 시간을 투자해주셔서 감사합니다. 이 책에서 배운 것이 여러분의 꿈의 여정에 조금이나마 도움이 되기를 바랍니다.

참고 자료

- dictionary.com/browse/protagonist

- thegarretpodcast.com/jay-kristoff-nevernightchronicles

- vox.com/2016/1/3/10702004/shakespeare-death-chart

- tvtropes.org/pmwiki/pmwiki.php/Main/BuryYourGays

- angelinetrevena.co.uk

- dialoguedoctor.com

- A.H. Maslow(1954), Motivation and Personality, Harper

- Gabriela Pereira, 『DIY MFA: Write with Focus, Read with Purpose, Build your Community』

지은이

사샤 블랙 Sacha Black

베스트셀러 소설가이자 작가들의 글쓰기 선생님. 다양한 작가들을 초대해 창의적인 아이디어와 소설 작법에 관해 이야기를 나누는 '반항적인 작가들을 위한 팟캐스트The Rebel Author Podcast'를 운영한다. 임상심리학자가 되고자 대학교와 대학원에서 심리학을 공부했으나 글쓰기를 더 좋아해 결국 소설가가 되었다. 아마존 베스트셀러에 오른 영어덜트 판타지 소설 『에덴 이스트EDEN EAST』 시리즈와 10여 권이 넘는 작법서를 썼다. 글을 쓰지 않을 때는 지나치게 큰 소리로 웃거나 곰팡내 나는 오래된 책 냄새를 맡거나 LP 레코드를 사 모은다.

옮긴이 **정지현**

스무 살 때 남동생의 부탁으로 두툼한 신시사이저 사용설명서를 번역해준 것을 계기로 번역의 매력과 재미에 빠졌다. 대학 졸업 후 출판번역 에이전시 베네트랜스 전속 번역가로 활동 중이며 현재 미국에 거주하면서 책을 번역한다.

옮긴 책으로 『빌런의 공식』 『히어로의 공식』 『자신에게 너무 가혹한 당신에게』 『5년 후 나에게』 『자신에게 엄격한 사람들을 위한 심리책』 『타인보다 민감한 사람의 사랑』 『콜 미 바이 유어 네임』 등이 있다.

어차피 작품은 캐릭터다 ③

사이드 캐릭터의 공식

펴낸날 초판 1쇄 2024년 12월 30일

지은이 사샤 블랙

옮긴이 정지현

펴낸이 이주애, 홍영완

편집장 최혜리

편집1팀 최서영, 김하영, 김혜원

편집 박효주, 강민우, 한수정, 홍은비, 안형욱, 송현근, 이소연, 이은일

디자인 기조숙, 김주연, 윤소정, 박정원, 박소현

홍보마케팅 김민준, 김태윤, 김준영, 백지혜

콘텐츠 양혜영, 이태은, 조유진

해외기획 정미현, 정수림

경영지원 박소현

펴낸곳 (주)윌북

출판등록 제2006-000017호

주소 10881 경기도 파주시 광인사길 217

전화 031-955-3777 **팩스** 031-955-3778

홈페이지 willbookspub.com

블로그 blog.naver.com/willbooks **포스트** post.naver.com/willbooks

트위터 @onwillbooks **인스타그램** @willbooks_pub

ISBN 979-11-5581-781-0   03800